"名著导读" 名家讲解版

山地回忆·芦花荡
——白洋淀纪事

孙犁 著

岳麓書社·长沙

总　序

每一部名著，都经受过历史老人苛刻的检验。换句话说，只有通过了历史老人苛刻检验的文化产品，才能称得上是名著。同样的，每一部名著，也都经受过地域空间的检验。换句话说，只有跨越了地域空间遥远阻隔的文化产品，才能称得上是名著。

名著能否不朽，不在于镌刻金石还是抄录纸张，也不在于尘封书库还是流传网络，而在于名著本身是不是蕴含着隽永而灵动的意义、丰厚而深邃的精神。有了这些，名著便足以不朽。而不朽的名著，借助读者的观赏和阅读，更加得以长存。

我们为读者呈献的“名著导读名家讲解版丛书”，以最新版中学语文教科书中设置的“名著导读”及“自主阅读”所列书目为基础，包括数十部精挑细选的古今中外名著，有中国古典的《世说新语》《唐诗三百首》《三国演义》《水浒传》《西游记》《红楼梦》《聊斋志异》……有中国现代的《朝花夕拾》《呐喊》《骆驼祥子》《湘行散记》《山地回忆 · 芦花荡——白洋淀纪事》……还有来自域外的《格列佛游记》《简 · 爱》《猎人笔记》《名人传》《海底两万里》《钢铁是怎样炼成的》《泰戈尔诗选》……它们不仅是货真价实的文化精品，更是蕴藏丰富的文化宝藏。

阅读名著，既是一场灵魂的对话，也是一场生命的体验。在这场灵魂对话中，读者可以自由自在地超越渺远的时间和广袤的空间，“观古今于须臾，抚四海于一瞬”（陆机《文赋》）。在这场生命体验中，读者可以出入自如地周游外在的宇宙和内在的心灵，“念天地之悠悠，独怆然而涕下”（陈子昂《登幽州台歌》）。

每一个人，当他呱呱落地的时候，都有一颗赤子之心，犹如一张白纸，好写最新最美的文字,好画最新最美的图画。而阅读就是这支写字和绘画的生花妙笔,阅读名著就是为洁白的心灵书写最新最美的文字,彩绘最新最美的图画。

来自北京师范大学、北京大学等著名高校的专家学者,凭借他们自身丰富的文化修养、生活体验、审美感受和人文精神,将陪伴每一位读者,走进中外名著的文本世界,欣赏五彩缤纷的文学景观,享受视觉和听觉的盛宴。

对每一位读者来说,接受"名著导读名家讲解版丛书",既是一次阅读的挑战,也是一次思考的挑战。

我相信,你一定愿意接受挑战,也一定能够成为挑战的胜者。

我也相信,经历中外名著洗礼的心灵,是最为玲珑剔透的心灵,也是最为绚丽多彩的心灵。能够永远葆有这样的心灵,是一生之福。

北京师范大学文学院教授　郭英德

2016 年 12 月 28 日

导　读

孙犁,原名孙树勋,1913 年生于河北衡水安平县,2002 年 7 月在天津去世。在中国现代作家中,他属较年轻的一代,1940 年代中期在解放区成名。

孙犁生于河北农村,父亲经商,家属小康,因此受到良好教育,中学就读于华北地区有名的私立中学保定育德中学。中学时期,孙犁便显露了文学天赋,在校刊上发表过创作,然而,父亲为他安排的人生,是在北平谋得邮政局职员一类的安稳工作。1933 年,孙犁高中毕业,在北平市政机关和小学校做过几年职员,1936 年在保定安新县同口镇小学教书。七七事变后,华北沦陷,孙犁失业。1938 年,他在好友陈乔、李之琏的影响下,参加了吕正操领导的人民自卫队(后整编为八路军第三纵队兼冀中军区),做宣传干事。这个时期,孙犁的文学才华有了展露的机会,编写过《民族革命战争与戏剧》《现实主义文学论》《鲁迅论》等文艺论著,编辑了中外诗歌选集《海燕之歌》,并参与编辑大型纪实文学集《冀中一日》。1944 年,孙犁被派往延安,次年在《解放日报》发表了包括《荷花淀》在内的几篇短篇小说,一时声誉鹊起,遂由战士改吃小灶(干部待遇),并成为延安鲁艺(鲁迅艺术学院,1938 年成立)教员。

1949 年后,孙犁一直在《天津日报》任编辑,发表了大量散文,而小说创作也断断续续持续至 60 年代初,完成了长篇小说《风云初记》和中篇小说《铁木前传》。1966 年"文化大革命"发生,孙犁作为"老干部"兼作家被抄家、关牛棚,在监督劳动过程中,屡次萌生自杀之意。70 年代初,他被"落实政策",抄走的书籍如数返还。随后近十年,孙犁闭门读书,"读所有的书":"圣贤传道之书,星象占卜的书,农耕授时的书,牛羊牧畜的书",却不再读“大言欺人、妖言惑众的书”(孙犁诗《希望——七十自寿》)。这十年读书,使孙犁的思想和语言得到升华。其间,他每日的功课之一,是用旧纸包装和修补劫后余生的书籍,随手在书皮纸上记下随想、感言,短则数十字,长则近千字。这些写在书皮上的文字,后来被辑录出版,就是脍炙人口的《书衣文录》。

1977 年“文化大革命”结束,孙犁复出文坛,创作风格已然大变,不再是从前那种单纯轻柔的抒情,文字变得沉郁、沧桑,大受读者青睐。1977 年至 1995 年,孙犁发表了大量随笔和杂论,结集为《耕堂杂录》《耕堂读书记》《晚华集》《秀露集》《澹定集》《尺泽集》《书林秋草》《远道集》《老荒集》《陋巷集》《无为集》《如云集》《曲终集》等,逾一百万字,为中国当代文学贡献了一批精品散文。对此现象,学术界有“新孙犁”和“老孙犁”的说法,讨论他前后两个时期凤凰涅槃一般的蜕变。

《白洋淀纪事》,属于“老孙犁”即孙犁前期的创作,1958 年由康濯编选、中国青年出版社出版,包含了孙犁 1939 年至 50 年代初创作的中短篇小说和散文、特写共计 58 篇,其中中短篇小说 28 篇,散文、特写 30 篇,汇集了孙犁前期创作的代表作。这个集子目前有几种版本:1962 年印第 2 版,孙犁对篇目略有调整;2000 年该书入选“百年百部优秀中国文学图书”,增补了《琴和箫》等 40 年代创作的小说及若干 60 年代初创作的散文,这是第 3 版;2010 年印第 4 版。而岳麓书社的这版《山地回忆·芦花荡——白洋淀纪事》,是在 1958 年初《白洋淀纪事》版本基础上选编的,共 40 篇。

《山地回忆·芦花荡——白洋淀纪事》以抗战和土地改革两个时期孙犁所经历的生活为素材,描写了抗战时期华北平原的风貌及土地改革时期的乡村生活,赞美了质朴、善良、乐观和富于牺牲精神的人类品质,表达了孙犁对乡土和人民的热爱之情。

《山地回忆·芦花荡——白洋淀纪事》中,小说和散文大致各占一半,但这两种文体,区分并不明显。小说作为文体,首先要讲故事,要有情节。而孙犁的小说,尤其是短篇,恰恰大多数并没有故事,也没有完整的情节,常常只是一些生活现象或印象的记录,更像“琐记”“随笔”“人物特写”。著名学者、孙犁研究专家郭志刚先生曾指出,《白洋淀纪事》中的小说,“大多数没有紧张的戏剧冲突和曲折的故事情节，它们就像白洋淀里的荷花和冀中平原上的庄稼那样，以清香、美丽的花实和新鲜、活脱的气息吸引着读者"。孙犁的代表作《荷花淀》，情节是淡化的，人物形象是单纯的、写意的。小说一开始，写水生嫂月下织席的场景，将人们带入了一个诗的意境中，月下织席的水生嫂，既是质朴可感的普通农家妇女，又有几分缥缈若仙的轻灵美感，那一派由月光之皎洁、秋水之静穆、苇眉子之柔顺、荷叶荷花之清芬所构成的超绝意境，使女性的纯洁、宁静、深沉、温柔、优美尽在不言中。《荷花淀》没有讲述什么故事，却营造了一个清新优美、淡远隽永的意境，表现了人间生活的美，人情和人性的美。

孙犁以一颗纯真的充满爱的心灵，敏锐地捕捉着平凡生活中的善与美。《女人们》中的三个"故事"，实际上都是速写。其中的《红棉袄》，记述一个普普通通的事件："我"与害疟疾的小战士顾林借宿在一个农户家里，顾林衣裳单薄，疟疾发作，冷得厉害，没有什么可以御寒，姑娘便将她身上的红棉袄脱下给顾林盖上。就是姑娘这一个举动，引起了"我"的感动与联想：

> ……我来不及惊异，我只是把那满留着姑娘的体温的棉袄替顾林盖上，我只觉得身边这女人的动作，是幼年自己病倒了时，服侍自己的妈妈和姐姐有过的。

叙述者（作者）对姑娘这一小小举动的诗意的感觉与联想，正是将平淡的叙述升华为艺术的点睛之笔。

《吴召儿》中，女孩吴召儿带领一队战士前往神仙山。她是向导，在前面带路，战士们在后跟随。山路崎岖，不断攀登，不曾发生一点引人关注的事。然而，使平淡的记叙流动诗意的，是作者真纯的眼睛"发现"的美：

> ……她爬得很快，走一截就坐在石头上望着我们笑，像是在这乱石山中，突然开出一朵红花，浮起一片彩云来。

孙犁的短篇小说流于“琐记”,但几乎都是因了这诗的意象而“点铁成金”。

孙犁小说的诗意,也来源于他对女性美的赞赏与描绘。他不止一次说过,女性身上,更集中体现了人类的美好品质。这有点像贾宝玉。《山地回忆·芦花荡——白洋淀纪事》中写得最多的,是年轻的女性,无论是《荷花淀》《嘱咐》中的水生嫂,《吴召儿》中的带路女孩儿,《“藏”》中的少妇浅花,《碑》中的少女小菊,还是以土地革命为背景的《村歌》中的双眉、《秋千》中的大绢,这些女子性格各异,却无不具有单纯、善良和美好的品性,她们成为孙犁诗意感受的来源,化成孙犁笔下美的意象。

孙犁前期的小说几乎都是有关战争的,但他的笔触往往远离战争的风云,而是悉心捕捉战地一角悄然开放的野花、硝烟散尽后美丽的蓝天与白云。他关注的不是战争本身,不是“事件”,而是战争中更显美丽的人性,以及人们在动荡生活中所保持的对生活的热爱。

在日寇残酷的扫荡刚刚过去的冀中平原上,孙犁关注的不是血与眼泪,而是特别注意到“毡帽”“破棉鞋”遮蔽下的“浅蓝的时样的鞋”和“墨黑柔软的长发”等女性特有的柔媚,这种对美的敏感,只属于热爱生活、耽于审美的浪漫心灵。

《碑》写了滹沱河边的一家三口:赵老金,他的老伴,他的十六七岁的女儿小菊。小菊像含苞待放的花朵,恬静清纯,热情伶俐。她成熟的青春正随时间在流动,心中隐藏着一个朦胧的秘密:她暗恋着八路军连长老李。一天深夜,老李带着一群战士匆匆来临,又匆匆离去。就在这个晚上的残酷战斗中,老李和十几个战士牺牲在河中。这一个冬天,赵老金天天到河中撒网,试图打捞英雄的尸体。小菊“一刻不停地织着自己的布”,拼命想排解内心的悲痛——

> 有时她到岸上去叫爹吃饭,在傍晚的阳光里,她望着水发一会呆,她觉得她的心里也有一股东西流走了。

现实的悲剧,在小说中化成了一缕淡淡的忧伤,痛苦升华成了艺术美。

孙犁的小说，无论是在人物的描写上，还是在语言的使用上，都体现出一种单纯明丽的作风——

> 孩子睡着了，睡得是那么安静，那呼吸就像泉水在春天的阳光里冒起的小水泡，愉快地升起，又幸福地降落。（《嘱咐》）

《山地回忆·芦花荡——白洋淀纪事》中，处处可见这种单纯优美的文字，体现了作家孙犁对诗意和“美”的不倦追求。

杨联芬

编辑说明

《山地回忆 · 芦花荡——白洋淀纪事》是孙犁创作的小说、散文结集，主要表现了抗日战争和解放战争时期，冀中、冀西地区的斗争和生活，赞颂了他们热爱祖国、淳朴善良、机智勇敢等精神品质，深情讴歌了战争年代的人情美、人性美。文中充满诗情画意的描写，虽勾勒不多，但意境深远、明丽清新、朴素自然，具有浓郁的时代色彩和鲜明的地方特色，被广为流传。该作品中恰当运用了大量鲜活、富有表现力和生命力的河北方言词语，给文章增色不少，也形成了作者独具特色的创作风格。但考虑到本丛书的受众多为青少年，为了避免理解上的偏差，特将文中出现的高频方言词和理解难度大的方言词部分整理如下，特此说明。

长活（长工），打摆子（患疟疾），搭伙计（合作），儿妇（儿媳妇），黑间白日（整天整夜），家去、家来（回家），没对儿（无可比拟），年上（去年），勤谨（勤快），起晌（午后两三点钟），时气（一时的运气），心花（心思，精神），闲磕牙（闲谈），落道（不务正业，不正经），搪不开（惹不起），花马掉嘴（耍贫嘴，哄骗人），集（五天），慎（故意等待，见机行事），溜撒（迅速，灵活），斥打（用词语批评），冰床子（一种冰上滑行的交通工具），迎门橱（放在屋外的书柜），寻婆家（给女孩找对象），下书定准（定婚），过事（结婚，办喜事），白布封鞋（一种戴孝的方式），出溜（向前向下滑行），一准（一定），仄（倾斜，歪），刨制（整治，收拾）等。

［以上解释均参考《现代汉语词典》（第 7 版）、《汉语方言大词典》、《河北方言志》、《河北方言词汇编》等相关工具书。］

《山地回忆·芦花荡——白洋淀纪事》讲解

序号	标题	二维码
1	孙犁生平与文学趣味	
2	孙犁创作的蜕变与升华	
3	《白洋淀纪事》的由来	
4	《白洋淀纪事》的小说散文化与趣味	
5	小说《荷花淀》的诗意美	
6	《白洋淀纪事》中触动人心的生活美与人情味	
7	孙犁小说的女性描写	

续表

序号	标题	二维码
8	孙犁作品中的人道主义	
9	孙犁对创作的个性坚守	
10	孙犁作品的现实与理想主义	
11	白洋淀系列作品的单纯之美	
12	在痛苦与反思中涅槃的孙犁	

《山地回忆·芦花荡——白洋淀纪事》精华片段演播

序号	标题	二维码
1	《荷花淀——白洋淀纪事之二》 全篇	
2	《碑》 “这样过了两天,天气又暖和了些…… 就是平原上的一幢纪念碑。”	
3	《嘱咐》 “水生斜背着一件日本皮大衣…… 闯过了无数艰难的关口。”	
4	《新安游记》 全篇	

目录

山地回忆·芦花荡

——白洋淀纪事

芦花荡

——白洋淀纪事之一

夜晚，敌人从炮楼的小窗子里，呆望着这阴森黑暗的大苇塘，天空的星星也像浸在水里，而且要滴落下来的样子。到这样深夜，苇塘里才有水鸟飞动和唱歌的声音，白天它们是紧紧藏到窠里躲避炮火去了。苇子还是那么狠狠地往上钻，目标好像就是天上。

敌人监视着苇塘。他们提防有人给苇塘里的人送来柴米，也提防里面的队伍会跑了出去。我们的队伍还没有退却的意思。可是假如是月明风清的夜晚，人们的眼再尖利一些，就可以看见有一只小船从苇塘里撑出来，在淀里，像一片苇叶，奔着东南去了。半夜以后，小船又漂回来，船舱里装满了柴米油盐，有时还带来一两个从远方赶来的干部。

撑船的是一个将近六十岁的老头子，船是一只尖尖的小船。老头子只穿一件蓝色的破旧短裤，站在船尾巴上，手里拿着一根竹篙。

老头子浑身没有多少肉，干瘦得像老了的鱼鹰。可是那晒得干黑的脸，短短的花白胡子却特别精神，那一对深陷的眼睛也特别明亮。很少见到这样尖利明亮的眼睛，除非是在白洋淀上。

老头子每天夜里在水淀出入,他的工作范围广得很:里外交通,运输粮草,护送干部;而且不带一支枪。他对苇塘里的负责同志说,你什么也靠给我,我什么也靠给水上的能耐,一切保险。

老头子过于自信和自尊。每天夜里,在敌人紧紧封锁的水面上,就像一个没事人,他按照早出晚归捕鱼撒网那股悠闲的心情撑着船,编算着使自己高兴也使别人高兴的事情。

因为他,敌人的愿望就没有达到。

每到傍晚,苇塘里的歌声还是那么响,不像是饿肚子的人们唱的;稻米和肥鱼的香味,还是从苇塘里飘出来。敌人发了愁。

一天夜里,老头子从东边很远的地方回来。弯弯下垂的月亮,浮在水一样的天上。老头子载了两个女孩子回来。孩子们在炮火里滚了一个多月,都发着疟子,昨天跑到这里来找队伍,想在苇塘里休息休息,打打针。

老头子很喜欢这两个孩子:大的叫大菱,小的叫二菱。把她们接上船,老头子就叫她们睡一觉,他说:什么事也没有了,安心睡一觉吧,到苇塘里,咱们还有大米和鱼吃。

孩子们在炮火里一直没安静过,神经紧张得很。一点轻微的声音,闭上的眼就又睁开了。现在又是到了这么一个新鲜的地方,有水有船,荡悠悠的,夜晚的风吹得长期发烧的脸也清爽多了,就更睡不着。

眼前的环境好像是一个梦。在敌人的炮火里滚打,在高粱地里淋着雨过夜,一晚上不知道要过几条汽车路,爬几道沟。发高烧和打寒噤的时候,孩子们也没停下来。一心想:找队伍去呀,找到队伍就好了!

这是冀中区的女孩子,大的不过十五,小的才十三。她俩在家乡的道路上行军,眼望着天边的北斗。她俩看着初夏的小麦黄梢,看着中秋的高粱晒米。雁在她们的头顶往南飞去,不久又向北飞来。她们长大成人了。

小女孩子趴在船边,用两只小手淘着水玩。发烧的手浸在清凉的水里很舒服,她随手就舀了一把泼在脸上,那脸涂着厚厚的泥和汗。她痛痛快快地洗起来,连那短短的头发。大些的轻声吆喝她:

“看你,这时洗脸干什么?什么时候呵,还这么爱干净!”

小女孩子抬起头来,望一望老头子,笑着说:

“洗一洗就精神了!”

老头子说:

“不怕,洗一洗吧,多么俊的一个孩子呀!”

远远有一片阴惨的黄色的光,突然一转就转到她们的船上来。女孩子正在拧着水淋淋的头发,叫了一声。老头子说:

“不怕,小火轮上的探照灯,它照不见我们。”

他蹲下去,撑着船往北绕了一绕。黄色的光仍然向四下里探照,一下照在水面上,一下又照到远处的树林里去了。

老头子小声说:

“不要说话,要过封锁线了!”

小船无声地,但是飞快地前进。当小船和那黑乎乎的小火轮站到一条横线上的时候,探照灯突然照向她们,不动了。两个女孩子的脸照得雪白,紧接着就扫射过一梭机枪。

老头子叫了一声“趴下”,一抽身就跳进水里去,踏着水用两手推着小船前进。大女孩子把小女孩子抱在怀里,倒在船底上,用身子遮盖了她。

子弹吱吱地从她们的船边钻到水里去,有的一见水就爆炸了。

大女孩子负了伤,虽说她没有叫一声也没有哼一声,可是胳膊没有了力量,再也搂不住那个小的,她翻了下去。那小的觉得有一股热热的东西流到自己脸上来,连忙爬起来,把大的抱在自己怀里,带着哭声向老头子喊:

“她挂花了!”

老头子没听见,拼命地往前推着船,还是柔和地说:

“不怕。他打不着我们!”

“她挂了花!”

“谁?”老头子的身体往上蹿了一蹿,随着,那小船很厉害地仄歪了一下。老头子觉得自己的手脚顿时失去了力量,他用手扒着船尾,跟着浮了几步,才又拼命地往前推了一把。

她们已经离苇塘很近。老头子爬到船上去,他觉得两只老眼有些昏花。可是他到底用篙拨开外面一层芦苇,找到了那窄窄的入口。

一钻进苇塘,他就放下篙,扶起那大女孩子的头。

大女孩子微微睁了一下眼,吃力地说:

“我不要紧。快把我们送进苇塘里去吧!”

老头子无力地坐下来,船停在那里。月亮落了,半夜以后的苇塘,有些飒飒的风响。老头子叹了一口气,停了半天才说:

“我不能送你们进去了。”

小女孩子睁大眼睛问:

“为什么呀?”

老头子直直地望着前面说:

“我没脸见人。”

小女孩子有些发急。在路上也遇见过这样的带路人,带到半路上就不愿带了,叫人为难。她像央告那老头子:

“老同志,你快把我们送进去吧,你看她流了这么多血,我们要找医生给她裹伤呀!”

老头子站起来,抬起篙,撑了一下。那小船转弯抹角钻入了苇塘的深处。

这时,那受伤的才痛苦地哼哼起来。小女孩子安慰她,又好像是抱怨:“一路上多么紧张,也没怎么样,谁知到了这里,反倒……”一声一声像连珠箭,射穿老头子的心。他没法解释:大江大海过了多少,为什么这一次的任务,偏偏没有完成?自己没儿没女,这两个孩子多么叫人喜爱?自己平日夸下口,这一次带着挂花的人进去,怎么张嘴说话?这老脸呀!他叫着大菱说:

“他们打伤了你,流了这么多血,等明天我叫他们十个人流血!”

两个孩子全没有答言,老头子觉得受了轻视。他说:

“你们不信我的话,我也不和你们说。谁叫我丢人现眼,打牙跌嘴呢!可是,等到天明,你们看吧!”

小女孩子说:

“你这么大年纪了,还能打仗?”

老头子狠狠地说:

“为什么不能?我打他们不用枪,那不是我的本事。愿意看,明天来看吧！二菱，明天你跟我来看吧，有热闹哩！”

第二天，中午的时候，非常闷热。一轮红日当天，水面上浮着一层烟气。小火轮开得离苇塘远一些，鬼子们又偷偷地爬下来洗澡了。十几个鬼子在水里泅着，日本人的水式真不错。水淀里没有一个人影，有只一团白绸子样的水鸟，也躲开鬼子往北飞去，落到大荷叶下面歇凉去了。从荷花淀里却撑出一只小船来。一个干瘦的老头子，只穿一条破短裤，站在船尾巴上，有一篙没一篙地撑着，两只手却忙着剥那又肥又大的莲蓬，一个一个投进嘴里去。

他的船头上放着那样大的一捆莲蓬，是刚从荷花淀里摘下来的。不到白洋淀，哪里去吃这样新鲜的东西？来到白洋淀上几天了，鬼子们也还是望着荷花淀瞪眼。他们冲着那小船吆喝，叫他过来。

老头子向他们看了一眼，就又低下头去，还是有一篙没一篙地撑着船，剥着莲蓬。船却慢慢地冲着这里来了。

小船离鬼子还有一箭之地，好像老头子才看出洗澡的是鬼子，只一篙，小船溜溜转了一个圆圈，又回去了。鬼子们拍打着水追过去，老头子张皇失措，船却走不动，鬼子紧紧追上了他。

跟前是几根埋在水里的枯木桩子，日久天长，也许人们忘记这是为什么埋的了。这里的水却是镜一样平，蓝天一般清，拉长的水草在水底轻轻地浮动。鬼子们追上来，看看就扒上了船。老头子又是一篙，小船旋风一样绕着鬼子们转，莲蓬的清香，在他们的鼻子尖上扫过。鬼子们像是玩着捉迷藏，乱转着身子，抓上抓下。

一个鬼子尖叫了一声，就蹲到水里去。他被什么东西狠狠咬了一口，是一只锋利的钩子穿透了他的大腿。别的鬼子吃惊地往四下里一散，每个人的腿肚子也就挂上了钩。他们挣扎着，想摆脱那毒蛇一样的钩子。那替女孩子报仇的钩子却全找到腿上来，有的两个，有的三个。鬼子们痛得鬼叫，可是再也不敢动弹了。

老头子把船一撑来到他们的身边，举起篙来砸着鬼子们的脑袋，像敲打顽固的老玉米一样。

他狠狠地敲打，向着苇塘望了一眼。在那里，鲜嫩的芦花，一片展开的紫色的丝绒,正在迎风飘洒。

在那苇塘的边缘,芦花下面,有一个女孩子,她用密密的苇叶遮掩着身子,看着这场英雄的行为。

荷花淀

——白洋淀纪事之二

月亮升起来，院子里凉爽得很，干净得很，白天破好的苇眉子潮润润的，正好编席。女人坐在小院当中，手指上缠绞着柔滑修长的苇眉子。苇眉子又薄又细，在她怀里跳跃着。

要问白洋淀有多少苇地？不知道。每年出多少苇子？不知道。只晓得，每年芦花飘飞苇叶黄的时候，全淀的芦苇收割，垛起垛来，在白洋淀周围的广场上，就成了一条苇子的长城。女人们，在场里院里编着席。编成了多少席？六月里，淀水涨满，有无数的船只，运输银白雪亮的席子出口，不久，各地的城市村庄，就全有了花纹又密又精致的席子用了。大家争着买：

"好席子，白洋淀席！"

这女人编着席。不久在她的身子下面，就编成了一大片。她像坐在一片洁白的雪地上，也像坐在一片洁白的云彩上。她有时望望淀里，淀里也是一片银白世界。水面笼起一层薄薄透明的雾，风吹过来，带着新鲜的荷叶荷花香。

但是大门还没关，丈夫还没回来。

很晚丈夫才回来了。这年轻人不过二十五六岁，头戴一顶大草帽，上身穿一件洁白的小褂，黑单裤卷过了膝盖，光着脚。他叫水生，小苇庄的游击组长，党的负责人。今天领着游击组到区上开会去来。女人抬头笑着问：

"今天怎么回来得这么晚？"站起来要去端饭。水生坐在台阶上说：

"吃过饭了，你不要去拿。"

女人就又坐在席子上。她望着丈夫的脸，她看出他的脸有些红涨，说话也有些气喘。她问：

"他们几个哩？"

水生说：

“还在区上。爹哩？”

女人说：

“睡了。”

“小华哩？”

“和他爷爷去收了半天虾篓，早就睡了。他们几个为什么还不回来？”

水生笑了一下。女人看出他笑得不像平常。

“怎么了，你？”

水生小声说：

“明天我就到大部队上去了。”

女人的手指震动了一下，想是叫苇眉子划破了手，她把一个手指放在嘴里吮了一下。水生说：

“今天县委召集我们开会。假若敌人再在同口安上据点，那和端村就成了一条线，淀里的斗争形势就变了。会上决定成立一个地区队。我第一个举手报了名的。”

女人低着头说：

“你总是很积极的。”

水生说：

“我是村里的游击组长，是干部，自然要站在头里，他们几个也报了名。他们不敢回来，怕家里的人拖尾巴。公推我代表，回来和家里人们说一说。他们全觉得你还开明一些。”

女人没有说话。过了一会，她才说：

“你走，我不拦你，家里怎么办？”

水生指着父亲的小房叫她小声一些。说：

“家里，自然有别人照顾。可是咱的庄子小，这一次参军的就有七个。庄上青年人少了，也不能全靠别人，家里的事，你就多做些，爹老了，小华还不顶事。”

女人鼻子里有些酸，但她并没有哭。只说：

“你明白家里的难处就好了。”

水生想安慰她。因为要考虑准备的事情还太多,他只说了两句:

“千斤的担子你先担吧,打走了鬼子,我回来谢你。”

说罢,他就到别人家里去了,他说回来再和父亲谈。

鸡叫的时候,水生才回来。女人还是呆呆地坐在院子里等他,她说:

“你有什么话嘱咐我吧!”

“没有什么话了,我走了,你要不断进步,识字,生产。”

“嗯。”

“什么事也不要落在别人后面!”

“嗯,还有什么?”

“不要叫敌人汉奸捉活的。捉住了要和他拼命。”这才是那最重要的一句,女人流着眼泪答应了他。

第二天,女人给他打点好一个小小的包裹,里面包了一身新单衣,一条新毛巾,一双新鞋子。那几家也是这些东西,交水生带去。一家人送他出了门。父亲一手拉着小华,对他说:

“水生,你干的是光荣事情,我不拦你,你放心走吧。大人孩子我给你照顾,什么也不要惦记。”

全庄的男女老少也送他出来,水生对大家笑一笑,上船走了。

女人们到底有些藕断丝连。过了两天,四个青年妇女集在水生家里来,大家商量:

“听说他们还在这里没走。我不拖尾巴,可是忘下了一件衣裳。”

“我有句要紧的话得和他说说。”

水生的女人说:

“听他说鬼子要在同口安据点……”

“哪里就碰得那么巧,我们快去快回来。”

“我本来不想去,可是俺婆婆非叫我再去看看他,有什么看头啊!”

于是这几个女人偷偷坐在一只小船上,划到对面马庄去了。

到了马庄,她们不敢到街上去找,来到村头一个亲戚家里。亲戚说:“你们来得不巧,昨天晚上他们还在这里,半夜里走了,谁也不知开到哪里去。你们不用惦记他们，听说水生一来就当了副排长，大家都是欢天喜地的……”

几个女人羞红着脸告辞出来，摇开靠在岸边上的小船。现在已经快到晌午了，万里无云，可是因为在水上，还有些凉风。这风从南面吹过来，从稻秧上苇尖上吹过来。水面没有一只船，水像无边的跳荡的水银。

几个女人有点失望，也有些伤心，各人在心里骂着自己的狠心贼。可是青年人，永远朝着愉快的事情想，女人们尤其容易忘记那些不痛快。不久，她们就又说笑起来了。

“你看说走就走了。”

“可慌（高兴的意思）哩，比什么也慌，比过新年，娶新——也没见他这么慌过！”

“拴马桩也不顶事了。”

“不行了，脱了缰了！”

“一到军队里，他一准得忘了家里的人。”

“那是真的，我们家里住过一些年轻的队伍，一天到晚仰着脖子出来唱，进去唱，我们一辈子也没那么乐过。等他们闲下来没有事了，我就傻想：该低下头了吧。你猜人家干什么？用白粉子在我家影壁上画上许多圆圈圈，一个一个蹲在院子里，托着枪瞄那个，又唱起来了！”

她们轻轻划着船，船两边的水哗，哗，哗。顺手从水里捞上一颗菱角来，菱角还很嫩很小，乳白色。顺手又丢到水里去。那颗菱角就又安安稳稳浮在水面上生长去了。

“现在你知道他们到了哪里？”

“管他哩，也许跑到天边上去了！”

她们都抬起头往远处看了看。

“哎呀！那边过来一只船。”

“哎呀！日本鬼子，你看那衣裳！”

“快摇！”

小船拼命往前摇。她们心里也许有些后悔，不该这么冒冒失失走来；也许有些怨恨那些走远了的人。但是立刻就想，什么也别想了，快摇，大船紧紧追过来了。

大船追得很紧。

幸亏是这些青年妇女,白洋淀长大的,她们摇得小船飞快。小船活像离开了水皮的一条打跳的梭鱼。她们从小跟这小船打交道,驶起来,就像织布穿梭,缝衣透针一般快。

假如敌人追上了,就跳到水里去死吧!

后面大船来得飞快。那明明白白是鬼子!这几个青年妇女咬紧牙制止住心跳,摇橹的手并没有慌,水在两旁大声哗哗,哗哗,哗哗哗。

“往荷花淀里摇!那里水浅,大船过不去。”

她们奔着那不知道有几亩大小的荷花淀去,那一望无边际的密密层层的大荷叶,迎着阳光舒展开,就像铜墙铁壁一样。粉色荷花箭高高地挺出来,是监视白洋淀的哨兵吧!

她们向荷花淀里摇,最后,努力地一摇,小船窜进了荷花淀。几只野鸭扑棱棱飞起,尖声惊叫,掠着水面飞走了。就在她们的耳边响起一排枪!

整个荷花淀全震荡起来。她们想,陷在敌人的埋伏里了,一准要死了,一齐翻身跳到水里去。渐渐听清楚枪声只是向着外面,她们才又扒着船帮露出头来。她们看见不远的地方,那宽厚肥大的荷叶下面,有一个人的脸,下半截身子长在水里。荷花变成人了?那不是我们的水生吗?又往左右看去,不久各人就找到了各人丈夫的脸,啊,原来是他们!

但是那些隐蔽在大荷叶下面的战士们,正在聚精会神瞄着敌人射击,半眼也没有看她们。枪声清脆,三五排枪过后,他们投出了手榴弹,冲出了荷花淀。

手榴弹把敌人那只大船击沉,一切都沉下去了。水面上只剩下一团烟硝火药气味。战士们就在那里大声欢笑着,打捞战利品。他们又开始了沉到水底捞出大鱼来的拿手戏。他们争着捞出敌人的枪支,子弹带,然后是一袋子一袋子叫水浸透了的面粉和大米。水生拍打着水去追赶一个在水波上滚动的东西,是一包用精致纸盒装着的饼干。

妇女们带着浑身水,又坐到她们的小船上去了。

水生追回那个纸盒,一只手高高举起,一只手用力拍打着水,好使自己不沉下去。对着荷花淀吆喝:

“出来吧,你们!”

好像带着很大的气。

她们只好摇着船出来。忽然从她们的船底下冒出一个人来,只有水生的女人认得那是区小队的队长。这个人抹一把脸上的水问她们:

“你们干什么去来呀?”

水生的女人说:

“又给他们送了一些衣裳来!”

小队长回头对水生说:

“都是你村的?”

“不是她们是谁,一群落后分子!”说完把纸盒顺手丢在女人们船上,一泅,又沉到水底下去了,到很远的地方才钻出来。

小队长开了个玩笑,他说:

“你们也没有白来,不是你们,我们的伏击不会这么彻底。可是,任务已经完成,该回去晒晒衣裳了。情况还紧得很!”

战士们已经把打捞出来的战利品,全装在他们的小船上,准备转移。一人摘了一片大荷叶顶在头上,抵挡正午的太阳。几个青年妇女把掉在水里又捞出来的小包裹,丢给了他们,战士们的三只小船就奔着东南方向,箭一样飞去了。不久就消失在中午水面上的烟波里。

几个青年妇女划着她们的小船赶紧回家,一个个像落水鸡似的。一路走着,因过于刺激和兴奋,她们又说笑起来,坐在船头脸朝后的一个噘着嘴说:

“你看他们那个横样子,见了我们爱搭理不搭理的!”

“啊,好像我们给他们丢了什么人似的。”

她们自己也笑了,今天的事情不算光彩,可是:

“我们没枪,有枪就不往荷花淀里跑,在大淀里就和鬼子干起来!”

“我今天也算看见打仗了。打仗有什么出奇,只要你不着慌,谁还不会趴在那里放枪呀!”

“打沉了，我也会浮水捞东西，我管保比他们水式好，再深点我也不怕！”

“水生嫂，回去我们也成立队伍，不然以后还能出门吗！”

“刚当上兵就小看我们，过两年，更把我们看得一钱不值了，谁比谁落后多少呢！”

这一年秋季，她们学会了射击。冬天，打冰夹鱼的时候，她们一个个蹬在流星一样的冰船上，来回警戒。敌人围剿那百顷大苇塘的时候，她们配合子弟兵作战，出入在那芦苇的海里。

光　荣

饶阳县城北有一个村庄,这村庄紧靠滹沱河,是个有名的摆渡口。大家知道,滹沱河在山里受着约束,昼夜不停地号叫,到了平原,就今年向南一滚,明年往北一冲,自由自在地奔流。

河两岸的居民,年年受害,就南北打起堤来,两条堤中间全是河滩荒地,到了五六月间,河里没水,河滩上长起一层水柳、红荆和深深的芦草。常常发水,柴禾很缺,这一带的男女青年孩子们,一到这个时候,就在炎炎的热天,背上一个草筐,拿上一把镰刀,散在河滩上,在日光草影里,割那长长的芦草,一低一仰,像一群群放牧的牛羊。

七七事变那一年,河滩上的芦草长得很好,五月底,那芦草已经能遮住那些孩子们的各色各样的头巾。地里很旱,没有活做,这村里的孩子们,就整天缠在河滩里。

那时候,东西北三面都有了炮声,渐渐东南面和西南面也响起炮来,证明敌人已经打过去了,这里已经"亡了国"。国民党的军队和官员,整天整夜从这条渡口往南逃,还不断骚扰抢劫老百姓。

是从这时候激起了人们保家自卫的思想,北边,高阳肃宁已经有人民自卫军的组织。那时候,是一声雷响,风雨齐来,自卫的组织,比什么都传流得快,今天这村成立了大队部,明天那村也就安上了大锅。青年们把所有的枪支,把村中埋藏的、地主看家的、巡警局里抓赌的枪支,都弄了出来,背在肩上。

枪,成了最重要的、最必需的、人们最喜爱的物件。渐渐人们想起来:卡住这些逃跑的军队,留下他们的枪支。这意思很明白:养兵千日,用兵一时。大敌压境,你们不说打仗,反倒逃跑,好,留下枪支,交给我们,看我们的吧!

先是在村里设好圈套,卡一个班或是小队逃兵的枪;那常常是先摆下酒宴,送上洋钱,然后动手。

后来,有些勇敢的人,赤手空拳,站在大道边上就卡住了枪支;那办法就简单了。

这渡口上原有一只大船,现在河里没水,翻过船底,晒在河滩上。船主名叫尹廷玉,是个五十多的老头子,弄了一辈子船,落了个"车船店脚牙"的坏名儿,可也没置下产业。他有一个儿子刚刚十五岁,名叫原生,河里打水的时候,帮父亲弄弄船,现在船闲着,他也就整天跟着孩子们在河滩里看过逃兵,看过飞机,割芦苇草。

这一天,割满了草筐,天也晚了,刚刚要煞紧绳子往回里走,他听得背后有人叫了他一声。

"原生!"

他回头一看,是村西头的一个姑娘,叫秀梅的,穿着一件短袖破白褂,拖着一双破花鞋,提着小镰跑过来,跑到原生跟前,一扯原生的袖子,就用镰刀往东一指:东面是深深一片芦苇,正叫晚风吹得摇摆。

"什么?"原生问。

秀梅低声说:

"那道边有一个逃兵,拿着一支枪。"

原生问:

"就是一个人?"

"就是一个。"秀梅喘喘气咬咬嘴唇,"崭新的一支大枪。"

"人们全回去了没有?"原生周围一看,想集合一些同伴,可是太阳已经下山,天边只有一抹红云,看来河滩里是冷冷清清的没有一个人了。

"你一个人还不行吗?"秀梅仰着头问。

原生看见了这女孩子的两只大眼睛里放射着光芒,就紧握他那镰刀,拨动苇草往东边去了。秀梅看了看自己那一把弯弯的明亮的小镰,跟在身边,低声说:

"去吧,我帮着你。"

"你不用来。"原生说。

原生从那个逃兵身后过去,那逃兵已经疲累得很,正低着头包裹脚上的燎泡,枪支放在一边。原生一脚把他踢趴,拿起枪支,回头就跑,秀梅也就跟着跑起来,遮在头上的小小的白布手巾也飘落下来,丢在后面。

到了村边,两个人才站下来喘喘气,秀梅说:

“我们也有一支枪了,明天你就去当游击队!”

原生说:

“也有你的一份呢,咱两个伙着吧!”

秀梅一撇嘴说:

“你当是一个雀虫蛋哩,两个人伙着!你拿着去当兵吧,我要那个有什么用?”

原生说:

“对,我就去当兵。你听见人家唱了没:男的去当游击队,女的参加妇救会。咱们一块去吧!”

“我不和你一块去,叫你们小五和你一块去吧!”秀梅笑一笑,就舞动小镰回家去了。走了几步回头说:

“我把草筐和手巾丢了,吃了饭,你得和我拿去,要不爹要骂我哩!”

原生答应了。原生从此就成了人民解放军的战士,背着这支枪打仗,后来也许换成“三八”,现在也许换成“美国自动步”了。

小五是原生的媳妇。这是原生的爹那年在船上,夜里推牌九,一副天罡赢来的,比原生大好几岁,现在二十了。

那时候当兵,还没有拖尾巴这个丢人的名词,原生去当兵,谁也不觉得怎样,就是那登上自家的渡船,同伙伴们开走的时候,原生也不过望着那抱着小弟弟站在堤岸柳树下面的秀梅和一群男女孩子们,嘻嘻笑了一阵,就算完事。

这不像是离别,又不像是欢送。从这开始,这个十九岁的青年人,就在平原上夜晚行军,黎明作战;在阜平大黑山下砂石滩上艰苦练兵,在盂平听那滹沱河清冷的急促的号叫;在五台雪夜的山林放哨;在黄昏的塞外,迎着晚风歌唱了。

他那个卡枪的伙伴秀梅,也真的在村里当了干部。村里参军的青年很多,她差不多忘记了那个小小的原生。战争时期,时间过得多快,每个人要想的、要做的，又是多么丰富啊！

可是原生那个媳妇渐渐不安静起来。先是常常和婆婆吵架，后来就是长期住娘家，后来竟是秋麦也不来。

来了，就找气生。婆婆是个老好子人，先是觉得儿子不在家，害怕媳妇抱屈，处处将就，哄一阵，说一阵，解劝一阵；后来看着怎么也不行，就说：

"人家在外头的多着呢，就没见过你这么背晦的！"

"背晦，人家都有个家来，有个信来。"媳妇的眼皮和脸上的肉越发耷拉下来。这个媳妇并不胖，可是，就是在她高兴的时候，她的眼皮和脸上的肉也是松卷地耷拉着。

"他没有信来，是离家远的过。"婆婆说。

"叫人等着也得有个头呀！"媳妇一转脸就出去了。

婆婆生了气，大声喊：

"你说，你说，什么是头呀？"

从这以后，媳妇就更明目张胆起来，她来了，不大在家里待，好在街上去坐，半天半天的，人家纺线，她站在一边闲磕牙。有些勤谨的人说她："你坐的落意呀？"她就说："做着活有什么心花呀？谁能像你们呀！"等婆婆推好碾子，做熟了饭，她来到家里，掀锅就盛。还常说落后话，人家问她："村里抗日的多着呢，也不是你独一份呀，谁也不做活，看你那汉子在前方吃什么穿什么呀？"她就说："没吃没穿才好呢。"

公公要了半辈子落道，弄了一辈子船，是个有头有脸好面子的人，看看儿媳越来越不像话，就和老婆子闹，老婆子就气得骂自己的儿子。那几年，近处还有战争，她常常半夜半夜坐在房沿上，望着满天的星星，听那隆隆的炮响，这样一来，就好像看见儿子的面，和儿子说了话，心里也痛快一些了。并且狠狠地叨念：怎么你就不回来，带着那大炮，冲着这刁婆，狠狠地轰两下子呢？

小五的落后，在村里造成了很坏的影响，一些老太太们看见她这个样子，就不愿叫儿子去当兵，说："儿子走了不要紧，留下这样娘娘咱搪不开。"

秀梅在村里当干部，有一天，人们找了她来。正是夏天，一群妇女在一家梢门洞里做活。小五刚从娘家回来，穿一身鲜鲜亮亮的衣裳，站在一边摇着扇子,一见秀梅过来,她那眼皮和脸皮,像玩独角戏一样,瓜搭就落下来,扭过脸去。

那些青年妇女们见秀梅来了,都笑着说:

“秀梅姐快来凉快凉快吧!”说着就递过麦垫来。有的就说:“这里有个大顽固蛋,谁也剥不开,你快把她说服了吧!”

秀梅笑着坐下,小五就说:

“我是顽固,谁也别光说漂亮话!”

秀梅说:

“谁光说漂亮话来?咱村里,你挨门数数,有多少在前方抗日的,有几个像你的呀?”

“我怎么样?”小五转过脸来,那脸叫这身鲜亮衣裳一陪衬,显得多么难看,“我没有装坏,把人家的人挑着去当兵!”

“谁挑着你家的人去当兵?当兵是为了国家的事,是光荣的!”秀梅说。

“光荣几个钱一两?”小五追着问,“我看也不能当衣穿,也不能当饭吃!”

“是!”秀梅说,“光荣不能当饭吃、当衣穿;光荣也不能当男人,一块过日子!这得看是谁说,有的人窝窝囊囊吃上顿饱饭,穿上件衣裳就混得下去,有的人还要想到比吃饭穿衣更光荣的事!”

别的妇女也说:

“秀梅说的一点也不假,打仗是为了大伙,现在的青年人,谁还愿意当炕头上的汉子呀!”

小五冷笑着,用扇子拍着屁股说:

“说那么漂亮干什么,是“画眉张”的徒弟吗,要不叫你,俺家那个当不了兵!”

秀梅说:“哈!你是说,我和原生卡了一支枪,他才当了兵?我觉着这不算错,原生拿着那支枪,真的替国家出了力,我还觉着光荣呢!你也该觉着光荣。”

“俺不要光荣!”小五说,“你光荣吧,照你这么说,你还是国家的功臣呢,真是木头眼镜。”

“我不是什么功臣,你家的人才是功臣呢!”秀梅说。

“那不是俺家的人。”小五丝声漾气地说,“你不是干部吗?我要和他离婚!”

大伙都一愣,望着秀梅。秀梅说:

“你不能离婚,你的男人在前方作战!”

“有个头没有?”小五说。

“怎么没头,打败日本就是头。”

“我等不来,”小五说,“你们能等可就别寻婆家呀!”

秀梅的脸腾地红了,她正在说婆家,就要下书定准了。别人听了都不忿,说:“碍着人家了吗?你不叫人家寻婆家,你有汉子好等着,叫人家等着谁呀!”

秀梅站起来,望着小五说:

“我不是和你赌气,我就不寻婆家,我们等着吧。”

别的人都笑起来,秀梅气得要哭了。小五站不住走了。有的就说:“像这样的女人应该好好打击一下,一定有人挑拨着她来破坏我们的工作。”秀梅说:“我们也不随便给她扣帽子,还是教育她。”那人说:“秀梅姐!你还是佛眼佛心,把人全当成好人;小五要是没有牵线的,挖下我的眼来当泡踏!”

对于秀梅的事,大家都说:

“你真是,为什么不结婚?”

“我先不结婚。”秀梅说,“有很多人把前方的战士,当作打了外出的人,我给她们做个榜样。你们还记得那个原生不?现在想起来,十几岁的一个人,背起枪来,一出去就是七年八年,才真是个好样儿的哩!”

“原生倒是不错,”一个姑娘笑了,“可是你也不能等着人家呀!”

“我不是等着他,”秀梅庄重地说,“我是等着胜利!”

小五到村外一块瓜园里去。这瓜园是村里一个粮秣先生尹大恋开的。这人原是村里一家财主,现在村中弄了名小小的干部当着,掩藏身体,又开了个瓜园,为的是喝酒说落后话儿,好有个清净地方。

尹大恋正坐在高高的窠棚里摇着扇子喝酒,一看见小五来了就说:

“拣着大个儿的摘着吃罢,你那离婚的事儿谈得怎样了?”

小五拨着瓜秧说：

“人家叫等到打败日本，谁知道哪年哪月他们才能打败日本呀！”

“唉！长期抗战，这不是无期徒刑吗？喂，不是有说讲吗，五年没有音讯就可以。这是他们的法令呀，他们自己还不遵守吗？和他打官司呀，你这人还是不行！”

小五回来就又和公婆闹，闹得公婆没法，咬咬牙叫她离婚走了，老婆婆狠狠啼哭了一场。老头说：“哭她干什么！她是我一副牌赢来的，只当我一副牌又把她输了就算了！”

自从小五出门走了以后，秀梅就常常到原生家里，帮着做活，看看水瓮里没水，就去挑了来，看看院子该扫，就打扫干净。伏天，帮老婆婆拆洗衣裳，秋天帮着老头收割打场。

日本投了降，秀梅跑去告诉老人家，老人听了也欢喜，可是过了好久，有好些军人退伍回来了，还不见原生回来。

原生的娘说：“什么命呀，叫我们修下这样一个媳妇！”

秀梅说：“大娘，那就只当没有这么一个媳妇，有什么活我帮你做，你不是没有闺女吗，你就只当有我这么个闺女！”

“好孩子，可是你要出聘了呢？”原生的娘说，“唉，为什么原生八九年就连个信也没有？”

“大娘，军队开得远，东一天，西一天，工作很忙，他就忘记给家里写信了。总有一天，一下子回来了，你才高兴呢！”

“我每天晚上听着门，半夜里醒了，听听有人叫娘开门哩，不过是想念的罢了。这么些人全回来了，怎么原生就不回来呀？”

“原生一定早当了干部了，他怎么能撂下军队回来呢？”

“为国家打仗，那是本分该当的，我明白。只是这个媳妇，唉！”

今年五月天旱，头一回耕的晚田没出来，大庄稼也旱坏了，人们整天盼雨。晚上，雷声忽闪地闹了半夜，才淅沥淅沥下起雨来，越下越大，房里一下凉快了，蚊子也不咬人了。秀梅和娘睡在炕上，秀梅说：

“下透了吧，我明天还得帮着原生家耕地去。”

娘在睡梦里说：

“人家的媳妇全散了，你倒成了人家的人了。你好好地把家里的活做完了，再出去乱跑去，你别觉着你爹不说你哩！”

“我什么活没做完呀！我不过是多卖些力气罢了，又轮着你这么嘟哝人！”

娘没有答声。秀梅却一直睡不着，她想，山地里不知道下雨不，山地里下了大雨，河里的水就下来了。那明天下地，还要过摆渡呢！她又想，小的时候，和原生在船上玩，两个人偷偷把锚起出来，要过河去，原生使篙，她掌舵，船到河心，水很急，原生力气小，船打起转来，吓哭了，还是她说：

“不要紧，别怕，只要我把得住这舵，就跑不了它，你只管撑吧！”

又想到在芦苇地卡枪，那天黑间，两个人回到河滩里，寻找草筐和手巾，草筐找到了，寻了半天也寻不见那块手巾，直等月亮升上来，才找到了。

想来想去，雨停了，鸡也叫了，才合了合眼。

起身就到原生家里来，原生的爹正在院里收拾“种式”，一见秀梅来了，就说：

“你给我们拉砘子去吧，叫你大娘旁耧。我常说，什么活也能一个人慢慢去做，唯独锄草和耕地，一个人就是干不来。”

秀梅笑着说：

“大伯，你拉砘子吧，我拿耧，我好把式哩！我们那几亩地，都是我拿的“种式”哩！”

“可就是，我还没问你，”老头说，“你那地全耕上没有？”

秀梅说：“我前两天就耕上了，耕的‘干打雷’，叫它们先躺在地里去求雨，我的时气可好哩！”

老头说：“年轻人的财运总是好的，老了就倒霉，走吧！”

秀梅背上“种式”就走。她今天穿了一条短裤，光着脚，老婆子牵着小黄牛，老头子拉着砘子葫芦在后边跟着，一字长蛇阵，走出村来。

田野里，大道小道上全是忙着去种地的人，像是一盘子好看的走马灯。这一带沙滩，每到春天，经常刮那大黄风，刮起来，天昏地暗人发愁。现在大雨过后，天晴日出，平原上清新好看极了。

耕完地,天就快晌午了,三个人坐在地头上休息。秀梅热得红脸关公似的摘下手巾来擦汗,又当扇子扇,那两只大眼睛也好像叫雨水冲洗过,分外显得光辉。

她把道边上的草拔了一把,扔给那小黄牛,叫它吃着。

从南边过来一匹马。

那是一匹高大的枣红马,马低着头一步一颠地走,像是已经走了很远的路,又像是刚刚经过一阵狂跑。马上一个八路军,大草帽背在后边。有意无意挥动着手里的柳条儿。远远看来,这是一个年轻的人,一个安静的人,他心里正在思想什么问题。

马走近了,秀梅就转过脸来低下头,小声对老婆婆说:"一个八路军!"老头子正仄着身子抽烟,好像没听见,老婆子抬头一看,马一闪放在道旁上的石砘子,吃了一惊,跑过去了。秀梅吃惊似的站了起来,望着那过去的人说:"大娘,那好像是原生哩!"

老头老婆全抬起头来,说:

"你看差眼了吧!"

"不。"秀梅说。那骑马的人已经用力勒住马,回头问:"老乡,前边是尹家庄不是?"

秀梅一跳说:"你看,那不是原生吗,原生!"

"秀梅呀!"马上的人跳下来。

"原生,我那儿呀!"老婆子往前扑着站起来。

"娘,也在这里呀!"

儿子可真的回来了。

爹娘儿女相见,那一番话真是不知从哪说起,当娘的嘴一努一努想把媳妇的事说出来,话到嘴边,好几次又咽下去了。原生说:

"队伍往北开,攻打保定,我请假家来看看。"

"咳呀!"娘说,"你还得走吗?"

原生笑着说:

"等打完老蒋就不走了。"

秀梅说:"怎么样,大娘,看见儿子了吧!"

"好孩子,"大娘说,"你说什么,什么就来了!"

远处近处耕地的人们全围了上来,天也晌午了,又围随着原生回家,背着耧的,拉着砘子的。

刚到村边,新农会的主席手里扬着一张红纸,满头大汗跑出村来,一看见原生的爹就说:

"大伯,回家去吧,大喜事!"

"什么事呀?"

"大喜事,大喜事!"

人们全笑了,说:

"你报喜报得晚了!"

"什么呀?"主席说,"县里刚送了通知来,我接到手里就跑了来,怎么就晚了!"

人们说:"这不是原生已经到家了!"

"哈,原生家来了? 大伯,真是喜上加喜,双喜临门呀!"主席喊着笑着。

人们说:"你手里倒是拿的什么通知呀!"

"什么通知? 原生还没对你们大家说呀?"主席扬一扬那张红纸,"上面给我们下的通知:咱们原生在前方立了大功,活捉了蒋介石的旅长,队伍里选他当特等功臣,全区要开大会庆祝哩!"

"哈,这么大事,怎么,原生,你还不肯对我们说呀,你真行呀!"人们嚷着笑着到了村里。

第二天,在村中央的广场上开庆功大会。

天晴得很好,这又是个热天,全村的男女老少,都换了新衣裳,先围到台下来,台上高挂全区人民的贺匾:"特等功臣。"

各村新农会又有各色各样的贺匾祝辞,台上台下全是红绸绿缎,金字彩花。

全区的小学生,一色的白毛巾,花衣服,腰里系着一色的绸子,手里拿着一色的花棍,脸上擦着胭脂,老师们擦着脸上的汗,来回照顾。

区长讲完了原生立功的经过,他号召全区青壮年向原生学习,踊跃参军,为人民立功。接着就是原生讲话。他说话很慢,很安静,台下的人们说:老脾气没变呀,还是这么不紧不慢的,怎么就能活捉一个旅长呀!原生说自己立下一点功。台下就说:好家伙,活捉一个旅长他说是一点功。原生又说这不是自己的功劳,这是全体人民的功劳。台下又说:你看人家这个说话。

区长说:“老乡们,安静一点吧,回头还有自由讲话哩,现在先不要乱讲吧。”人们说:这是大喜事呀,怎么能安静呢!

到了自由讲话的时候,台下妇女群里喊了一声:“欢迎秀梅讲话。”全场的人都嚷赞成,全场的人拿眼找她。秀梅今天穿一件短袖的红白条小褂,头上也包一块新毛巾,她正愣着眼望着台上,听得一喊,才转过脸东瞧瞧,西看看,两只大眼睛,转来转去好像不够使,脸飞红了。

她到台上讲了这段话:

“原生立了大功,这是咱们全村的光荣。原生十五岁就出马打仗,那么一个小人,背着那么一支大枪。他今年二十五岁了,打了十年仗。还要去打,打到革命胜利。

“有人觉着这仗打的没头没边,这是因为他没把这打仗看成是自家的事。人们光愿意早些胜利,问别人:什么时候打败蒋介石?这问自己就行了。我们要快就快,要慢就慢,我们坚决,我们给前方的战士助劲,胜利就来得快;我们不助劲,光叫前方的战士们自己去打,那胜利就来得慢了。这只要看我们每个人尽的力量和出的心就行了。

“战士们从村里出去,除去他的爹娘,有些人把他们忘记了,以为他们是办自己的事去了,也不管他们哪天回来。不该这样,我们要时时刻刻想念着他们,帮助他们的家,他们是为我们每个人打仗。

“有的人,说光荣不能当饭吃。不明白,要是没有光荣,谁也不要光荣,也就没有了饭吃;有的人,却把光荣看得比性命还要紧,我们这才有了饭吃。

“我们求什么,就有什么。我们这等着原生,原生就回来了。战士们要的是胜利,原生说很快就能打败蒋介石,蒋介石很快就要没命了,再有一年半载就死了。

“我们全村的战士,都会在前方立大功的,他们也都像原生一样,会带着光荣的奖章回来的。那时候,我们要开一个更大更大的庆功会。

"我的话完了。"

台下面大声地鼓掌,大声地欢笑。

接着就是游行大庆祝。

最前边是四杆喜炮,那是全区有名的四个喜炮手;两面红绸大旗:一面写"为功臣贺功",一面写"向英雄致敬"。后面是大锣大鼓,中间是英雄匾,原生骑在枣红马上,马笼头马颈上挂满了花朵。原生的爹娘,全穿着新衣服坐在双套大骡车上,后面是小学生的队伍和群众的队伍。

大锣大鼓敲出村来,雨后的田野,蒸晒出腾腾的热气,好像是叫大锣大鼓的声音震动出来的。

到一村,锣鼓相接,男男女女挤得风雨不透,热汗齐流。

敲鼓手疯狂地抡着大棒,抬匾的柱脚似的挺直腰板,原生的爹娘安安稳稳坐在车上,街上的老头老婆们指指画画,一齐连声说:

"修下这样好儿子,多光荣呀!"

那些青年妇女们一个扯着一个的衣后襟,好像怕失了联络似的,紧跟着原生观看。

原生骑在马上,有些害羞,老想下来,摄影的记者赶紧把他捉住了。

秀梅满脸流汗跟在队伍里,扬着手喊口号。她眉开眼笑,好像是一个宣传员。她好像在大秋过后,叫人家看她那辛勤的收成;又好像是一个撒种子的人,把一种思想,一种要求,撒进每个人的心里去。她见到相熟的姐妹,就拉着手急急忙忙告诉说:

"这是我们村里的原生,十五岁就当兵去了,今年二十五岁,在战场上立了大功,胸前挂的那金牌子是毛主席奖的哩。"

说完就又跟着队伍跑走了。这个农民的孩子原生,一进村庄,就好把那放光的奖章,轻轻掩进上衣口袋里去。秀梅就一定要他拉出来。

大队也经过小五家的大门。一到这里,敲大鼓的故意敲了一套花点,原想叫小五也跑出来看看的,门却紧紧闭着,一直没开。

队伍在平原的田野和村庄通过,带着无比响亮的声音,无比鲜亮的色彩。太阳在天上,花在枝头,声音从有名的大鼓手那里敲打,这是一种震动人心的号召:光荣! 光荣!

晚上回来,原生对爹娘说:“明天我就回部队去了。我原是绕道家来看看,赶巧了乡亲们为我庆功,从今以后,我更应该好好打仗,才不负人民对我的一番热情。”

娘说:“要不就把你媳妇追回来吧!”

原生说:“叫她回来干什么呀! 她连自己的丈夫都不能等待,要这样的女人一块革命吗?”

爹说:“那么你什么时候才办喜事呢? 以我看,咱寻个媳妇,也并不为难。”

原生说:“等打败蒋介石。这不要很长的时间。有个一年半载就行了?”

娘又说:“那还得叫人家陪着你等着吗?”

“谁呀?”原生问。

“秀梅呀! 人家为你耽误了好几年了。”娘把过去小五怎样使歪造耗,秀梅怎样解劝说服,秀梅怎样赌气不寻婆家,小五走了,秀梅怎样体贴娘的心,处处帮忙尽力,原原本本说了一遍。

在原生的心里,秀梅的影子,突然站立在他的面前,是这样可爱和应该感谢。他忽然想起秀梅在河滩芦苇丛中命令他去卡枪的那个黄昏的景象。当原生背着那支枪转战南北,在那银河横空的夜晚站哨,或是赤日炎炎的风尘行军当中,他曾经把手扶在枪上,想起过这个景象。那时候,在战士的心里,这个影子就好比一个流星,一只飞鸟横过队伍,很快就消失了。现在这个影子突然在原生心里鲜明起来,扩张起来,顽强粘住,不能放下了。

在全村里,在瓜棚豆架下面,在柳荫房凉里,那些好事好谈笑的青年男女们议论着秀梅和原生这段姻缘,谁也觉得这两个人要结了婚,是那么美满,就好像雨既然从天上降下,就一定是要落在地上,那么合理应当。

嘱　咐

水生斜背着一件日本皮大衣，偷过了平汉路，天刚大亮。家乡的平原景色，八年不见，并不生疏。这正是腊月天气，从平地上望过去，一直望到放射红光的太阳那里，他深深地吸了一口气。把身子一挺，十几天行军的疲劳完全跑净，脚下轻飘飘的，眼有些晕，身子要飘起来。这八年，他走的多半是山路，他走过各式各样的山路：五台附近的高山，黄河两岸的陡山，延安和塞北的大土圪塔山。哪里有敌人就到哪里去，枪背在肩上，拿在手里八年了。

水生是一个好战士，现在已经是一个副教导员。可是不瞒人说，八年里他也常常想到家，特别是在休息时间，这种想念，很使一个战士苦恼。这样的时候，他就拿起书来或是到操场去，或是到菜园子里去，借游戏、劳动和学习，好把这些事情忘掉。

他也曾有过一种热望，能有一个机会再打到平原上去，到家看看就好了。

现在机会来了，他请了假，绕道家里看一下。因为地理熟，一过铁路他就不再把敌人放在心上。他悠闲地走着，四面八方观看着，为的是饱看一下八年不见的平原风景。铁路旁边并排的炮楼，有的已经拆毁，破墙上洒落了一片鸟粪。铁路两旁的柳树黄了叶子，随着铁轨伸展到远远的北方。一列火车正从那里慢慢地滚过来，惨叫，吐着白雾。

一时，强烈的战斗要求和八年的战斗景象涌到心里来。他笑了一笑想，现在应该把这些事情暂时地忘记，集中精神看一看家乡的风土人情吧。他信步走着，想享受享受一个人在特别兴奋时候的愉快心情。他看看麦地，又看看天，看看周围那像深蓝淡墨涂成的村庄图画。这里离他的家不过九十里路，一天的路程。今天晚上，就可以到家了。

不久，他觉得这种感情有些做作。心里面并不那么激动。幼小的时候，离开家半月十天，当黄昏的时候走近了自己的村庄，望见自己家里烟囱上冒起的袅袅的轻烟,心里就醉了。现在虽然对自己的家乡还是这样爱好,崇拜,但是那样的一种感情没有了。

经过的村庄街道都很熟悉。这些村庄经过八年战争,满身创伤,许多被敌人烧毁的房子,还没有重新盖起来。村边的炮楼全拆了,砖瓦还堆在那里,有的就近利用起来,垒了个厕所。在形式上,村庄没有发展,没有添新的庄院和房屋。许多高房,大的祠堂,全拆毁修了炮楼,幼时记忆里的几块大坟地,高大的杨树和柏树,也砍伐光了,坟墓曝露出来,显得特别荒凉。但是村庄的血液,人民的心却壮大发展了。一种平原上特有的勃勃生气,更是强烈扑人。

水生的家在白洋淀边上。太阳平西的时候,他走上了通到他家去的那条大堤,这里离他的村庄十五里路。

堤坡已经破坏,两岸成荫的柳树砍伐了,堤里面现在还满是水。水生从一条小道上穿过,地势一变化,使他不能正确地估计村庄的方向。

太阳落到西边远远的树林里去了,远处的村庄迅速地变化着颜色。水生望着树林的疏密,辨别自己的村庄。家近了,就要进家了!家对他不是吸引,却是一阵心烦意乱。他想起许多事,父亲的确实年岁忘记了,是不是还活着?父亲很早就是有痰喘的病。还有自己女人,正在青春,一别八年,分离时她肚子里正有一个小孩子。房子烧了吗?

不是什么悲喜交加的情绪,这是一种沉重的压迫,对战士的心是很大的消耗。他的心里驱逐这种思想感情,他走得很慢,他决定坐在这里,抽袋烟休息休息。

他坐下来打火抽烟,田野里没有一个人,风有些冷了,他打开大衣披在身上。他从积满泥水和腐草的水洼望过去,微微地可以看见白洋淀的边缘。

黄昏时候,他走到了自己的村边,他家就住在村边上。他看见房屋并没烧,街里很安静,这正是人们吃完晚饭,准备上门的时候了。

他在门口遇见了自己的女人。她正在那里悄悄地关闭那外面的梢门。水生亲热地叫了一声:

“你!”

女人一怔,睁开大眼睛,咧开嘴笑了笑,就转过身子去抽抽搭搭地哭了。水生看见她脚上那白布封鞋,就知道父亲准是不在了。两个人在那里站了一会。还是水生把门掩好说:“不要哭了,家去吧!”他在前面走,女人在后面跟,走到院里,女人紧走两步赶在前面,到屋里去点灯。水生在院里停了停。他听着女人忙乱地打火,灯光闪在窗户上了,女人喊:“进来吧!还做客吗?”

女人正在叫唤着一个孩子,他走进屋里,女人从炕上拖起一个孩子来,含着两眼泪水笑着说:

“来,这就是你爹,一天价看见人家有爹,自己没爹,这不现在回来了。”说着已经不成声音。水生说:

“来!我抱抱。”

老婆把孩子送到他怀里,他接过来,八九岁的女孩子竟有这么重。那孩子从睡梦里醒来,好奇地看着这个生人,这个“八路”。女人转身拾掇着炕上的纺车线子等等东西。

水生抱了孩子一会,说:

“还睡去吧。”

女人安排着孩子睡下,盖上被子。孩子却圆睁着两眼,再也睡不着。水生在屋里转着,在那扑满灰尘的迎门橱上的大镜子里照看自己。

女人要端着灯到外间屋里去烧水做饭,望着水生说:

“从哪里回来?”

“远了,你不知道的地方。”

“今天走了多少里?”

“九十。”

“不累吗?还在地下溜达?”

水生靠在炕头上。外面起了风,风吹着院里那棵小槐树,月光射到窗纸上来。水生觉得这屋里是很暖和的,在黑影里问那孩子:

“你叫什么?”

“小平。”

“几岁了?”

女人在外边拉着风箱说：

“别告诉他，他不记得吗？”

孩子回答说：

“八岁。”

“想我吗？”

“想你。想你，你不来。”孩子笑着说。

女人在外边也笑了。说：

“真的！你也想过家吗？”

水生说：

“想过。”

“在什么时候？”

“闲着的时候。”

“什么时候闲着？”

“打过仗以后，行军歇下来，开荒休息的时候。”

“你这几年不容易呀？”

“嗯，自然你们也不容易。”水生说。

“嗯？我容易，”她有些气愤地说着，把饭端上来，放在炕上，“爹是顶不容易的一个人，他不能看见你回来……”她坐在一边看着水生吃饭，看不见他吃饭的样子八年了。水生想起父亲，胡乱吃了一点，就放下了。

“怎么？”她笑着问，“不如你们那小米饭好吃？”

水生没答话。她拾掇了出去。

回来，插好了隔山门。院子里那挤在窝里的鸡们，有时转动扑腾。孩子睡着了，睡得是那么安静，那呼吸就像泉水在春天的阳光里冒起的小水泡，愉快地升起，又幸福地降落。女人爬到孩子身边去，她一直呆望着孩子的脸。她好像从来没有见过这个孩子，孩子好像是从别人家借来，好像不是她生出，不是她在那潮湿闷热的高粱地，在那残酷的“扫荡”里奔跑喘息，丢鞋甩袜抱养大的，她好像不曾在这孩子身上寄托了一切，并且在孩子的身上祝福了孩子的爹：“那走得远远的人，早一天胜利回来吧！一家团聚。”好像她并没有常常在深深的夜晚醒来，向着那不懂事的孩子，诉说着翻来覆去的题目：

“你爹哩，他到哪里去了？打鬼子去了……他拿着大枪骑着大马……就要回来了，把宝贝放在马上……多好啊！”

现在，丈夫像从天上掉下来一样。她好像是想起了过去的一切，还编排那准备了好几年的话，要向现在已经坐到她身边的丈夫诉说了。

水生看着她。离别了八年，她好像并没有老多少。她今年二十九岁了，头发虽然乱些，可还是那么黑。脸孔苍白了一些，可是那两只眼睛里的光，还是那么强烈。

他望着她身上那自纺自织的棉衣和屋里的陈设。不论是人的身上，人的心里，都表现出是叫一种深藏的志气支撑，闯过了无数艰难的关口。

“还不睡吗？”过了一会，水生问。

“你困你睡吧，我睡不着。”女人慢慢地说。

“我也不困。”水生把大衣盖在身上，“我是有点冷。”

女人看着他那日本皮大衣，笑着问：

“说真的，这八九年，你想过我吗？”

“不是说过了吗？想过。”

“怎么想法？”她逼着问。

“临过平汉路的那天夜里，我宿在一家小店，小店里有一个鱼贩子是咱们乡亲。我买了一包小鱼下饭，吃着那鱼，就想起了你。”

“胡说。还有吗？”

“没有了。你知道我是出门打仗去了，不是专门想你去了。”

“我们可常常想你，黑夜白日。”她支着身子坐起来，“你能猜一猜我们想你的那段苦情吗？”

“猜不出来。”水生笑了笑。

“我们想你，我们可没有想叫你回来。那时候，日本人就在咱村边。可是在黑夜，一觉醒了，我就想：你如果能像天上的星星，在我眼前晃一晃就好了。可是能够吗！”

从窗户上那块小小的玻璃上结起来的冰花，知道夜已经深了，大街的高房上有人高声广播：

“民兵自卫队注意！明天，鸡叫三遍集合。带好武器和一天的干粮！”

那声音转动着，向四面八方有力地传送。在这样降落霜雪严寒的夜里，一只粗大的喇叭在热情地呼喊。

“他们要到哪里去？”水生照战争习惯，机警地直起身子来问。

“准是到胜芳。这两天，那里很紧！”女人一边细心听着，一边小声地说。

“他们知道我们来了。”

“你们来了？你要上哪里去？”

“我们是调来保卫冀中平原，打退进攻的敌人的！”

“你能在家住几天？”

“就是这一晚上。我是请假绕道来看望你。”

“为什么不早些说？”

“还没顾着啊！”

女人呆了。她低下头去，又无力地仄在炕上。过了半天，她说：

“那么就赶快休息休息吧，明天我撑着冰床子去送你。”

鸡叫三遍，女人就先起来给水生做了饭吃。这是一个大雾天，地上堆满了霜雪。女人把孩子叫醒，穿得暖暖的，背上冰床，锁了梢门，送丈夫上路。出了村，她要丈夫到爹的坟上去看看。水生说等以后回来再说，女人不肯。她说：

“你去看看，爹一辈子为了我们。八年，你只在家里待了一个晚上。爹叫你出去打仗了，是他一个老年人照顾了咱们全家。这是什么太平日子呀？整天价东逃西窜。因为你不在家，爹对我们娘俩，照顾的唯恐不到。只怕一差二错，对不起在外抗日的儿子。每逢夜里一有风声，他老人家就先在院里把我叫醒，说：水生家起来吧，给孩子穿上衣裳。不管是风里雨里，多么冷，多么热，他老人家背着孩子逃跑，累得痰喘咳嗽。是这个苦日子，遭难的日子，担惊受怕的日子，把他老人家累死。还有那年大饥荒……”

在河边，他们上了冰床。水生坐上去，抱着孩子，用大衣给她包好脚。女人站在床子后尾，撑起了竿。女人是撑冰床的好手，她逗着孩子说：

“看你爹没出息，当了八年八路军，还得叫我撑冰床子送他！”她轻轻地跳上冰床子后尾，像一只雨后的蜻蜓爬上草叶。轻轻用竿子向后一点，冰床子前进了。大雾笼罩着水淀，只有眼前几丈远的冰道可以望见。河两岸残留的芦苇上的霜花飒飒飘落，人的衣服上立时变成银白色。她用一块长的黑布紧紧把头发包住，冰床像飞一样前进，好像离开了冰面行走。她的围巾的两头飘到后面去，风正从她的前面吹来。她连撑几竿，然后直起身子来向水生一笑。她的脸冻得通红，嘴里却冒着热气。小小的冰床像离开了强弩的箭，摧起的冰屑，在它前面打起团团的旋花。前面有一条窄窄的水沟，水在冰缝里汹汹地流，她只说了一声“小心”，两脚轻轻地一用劲，冰床就像受了惊的小蛇一样，抬起头来，蹿过去了。

水生警告她说：

“你慢一些，疯了？”

女人擦一擦脸上的冰雪和汗，笑着说：

“同志，我们送你到战场上去呀，你倒说慢一些！”

“擦破了鼻子就不闹了。”

“不会。这是从小玩熟了的东西，今天更不会。在这八年里面，你知道我用这床子，送过多少次八路军？”

冰床在霜雾里，在冰上飞行。

“你把我送到丁家坞，”水生说，“到那里，我就可以找到队伍了。”

女人没有言语。她呆望着丈夫。停了一会，才说：

“你给孩子再盖一盖，你看她的手露着。”她轻轻地喘了两口气。又说：“你知道，我现在心里很乱。八年才见到你，你只在家里待了不到多半夜的工夫。我为什么撑得这么快？为什么着急把你送到战场上去？我是想，你快快去，快快打走了进攻我们的敌人，你才能快快地回来，和我见面。

“你知道，我们，我们这些留在家里当媳妇的，最盼望胜利。我们在地洞里，在高粱地里等着这一天。这一天来了，我们那高兴，是不能和别人说的。

“进攻胜芳的敌人，是坐飞机来的。他们躺在后方，和妻子团聚了八九年。他们来了，可把我们的幸福打破了，他们打破了我们的心。他们造的罪孽是多么重！一定要把他们完全消灭！”

冰床跑进水淀中央，这里是没有边际的冰场。太阳从冰面上升起来，冲开了雾，形成了一条红色的胡同，扑到这里来，照在冰床上。女人说：

“爹活着的时候常说，水生出去是打开一条活路，打开了这条活路，我们就得活，不然我们就活不了。八年，他老人家焦愁死了。国民党反动派又要和日本一样，想来把我们活着的人完全逼死！

“你应该记着爹的话，向上长进，不要为别的事情分心，好好打仗。八年过去了，时间不算不长。只要你还在前方，我等你到死！”

在被大雾笼罩，杨柳树环绕的丁家坞村边，水生下了冰床。他望着呆呆站在冰上的女人说：

“你们也到村里去暖和暖和吧。”

女人忍住眼泪，笑着说：

“快去你的吧！我们不冷。记着，好好打仗，快回来，我们等着你的胜利消息。”

采蒲台

越过平原，越过一条大堤，就是白洋淀水乡了。

这里地势低下，云雾很低，风声很急，淀水清澈得发黑色。芦苇万顷，俯仰吐穗。

自从敌人在白洋淀修起炮楼，安上据点，抢光白洋淀的粮食和人民赖以活命的苇，破坏一切治渔的工具，杀吃了鹅鸭和鱼鹰；很快，白洋淀的人民就无以力生，鱼米之乡，变成了饿殍世界。

正二月间，正是环境残酷、白洋淀的人们没法生活的时候，县里派我到这一带组织渔民斗争，就住在采蒲台。

采蒲台是水淀中央的一个小村庄，平常敌人“扫荡”不到。这里，房屋街道挤得像蜂窠，一条条的小胡同，窄得两个人不能并肩行走，来往相遇，只能侧身让过。一家家的小院落，飘着各色各样的破布门帘。满街鸭子跑，到处苇花飞。

家家墙上张挂渔网，墙角安放锅灶，堆着渔篮、虾篓和打死的水鸭子；院里门前，还要留下一块地方，碾苇和编席。

支部书记把我领到紧靠水边的曹连英家去住下。曹连英四十来岁了，老婆比他小几岁，一个姑娘十七岁了，名叫小红。

连英不好说话，一心做活，手里总是不闲着。媳妇是个活泼敞快的人，好说好笑；女孩子跟娘一样。

支部书记把我安置下了，就要回去。连英的媳妇跟出去，小声说：

“叫同志吃什么呀？”

支部书记说：

“你们吃什么，他就跟着吃什么吧，他知道我们这里的困难。”

“我们，”连英的媳妇笑笑说，“我们光吃地梨。”

支部书记低头想了想说：

"先熬几天,等开了凌再说。"说完就出门走了。

每天,天不明,这一家人就全起来了。曹连英背上回子,沿着冰上的小路,到砸好的冰窟窿那里去掏鱼。他把那有两丈多长的杆子,慢慢推进冰底下,掏着捞着拉出来,把烂草和小鱼倒在冰上……

小红穿一件破花布棉袄,把苇放在院里,推动大石磙子来回碾轧。她整天在苇皮上践踏,鞋尖上飞破,小手冻得裂口。轧完苇,交娘破着,她提上篮子去挖地梨。直等到天晚了才同一群孩子沿着冰回来,嘴唇连饿带冻,发青发白;手指头叫冰凌扎得滴着血。娘抬头看见,眼里含着泪说:

"孩子饿了,先去吃块糠饼子吧!开了凌,我们拿上席到端村去卖,换些粮食。"

小姑娘嚼着冰硬的饼子说:

"粮食,粮食,什么时候我们才有粮食吃呀?"说完,她望着我。

娘笑着说:

"对,跟同志要吧!他是咱们的一个指望,他来了,我们就又快过好日子了!"

我看在眼里,也酸酸地难过,就说:"开了凌,我们去弄些吃喝来!"说着,连英也背着回子回来了,把鱼倒在筛子里。媳妇赶紧接过来,拿到门口水边去淘洗干净,又喊女孩子生火做饭,给爹烤干那湿透的裤子。

曹连英说:"淀里起风了,凌就要开!"

这一晚上,我听见小红和两个青年妇女(她们的丈夫全参军去了)在外间屋地下编席。她们编着歌儿唱,一边在竞赛着。我记得这样三首:

快快编,快快编,
我小红编个歌儿你看看。
编个什么歌儿呀,
眉子细,席子白,
八路同志走了你还要来。
这些日子,

你睡的谁家的炕,
他家的席子,
可有我们的白?

你们什么时候来?
你们什么时候来?
我思念你们,应该不应该?
你们远出在外,
敌人,就上咱的台阶!
你快快打回来,
你快快打回来!
这样艰难的日子,
我们实在难挨。

我的年纪虽然小,
我的年纪虽然小,
你临走的话儿,
记得牢,记得牢:
不能叫敌人捉到,
不能叫敌人捉到!
我留下清白的身子,
你争取英雄的称号!

风越刮越大,整整刮了一夜。第二天,我从窗口一看,淀里的凌一丝也不见,全荡开了,一片汪洋大水,打得岸边噼噼啪啪地响。

这天正是端村大集,各村赶集的小船很多。

小红和她母亲,也要带着编好的席、织好的网,到集上去换粮食,我也愿意跟着到集上看看。自家的小船就系在门口,迈过矮矮的篱笆。小红抱过席捆来，放在船上，娘儿俩摇船走了。到了端村，各处来的小船全泊在村当中那个小港里。小红卖网，娘去卖席，我到各处去转转，约好早些回来。

端村是水淀有名的热闹地方，三面叫水围着。顺水可以下天津，上水通着几条河路；北面一条大堤，通到旱地上的大村镇。

赶集的人很多，那些老乡们都是惊惊惶惶的。鬼子、汉奸、浪荡女人，在街上横行乱撞。过了木桥，便是网市，有两排妇女对坐着在那里结网卖网。她们把织好的丝网，张挂在墙上，叫太阳一照，耀眼光亮，把回子网兜放在怀里，抖露着叫过往的人看。小红坐在里面，她对那些过往的渔夫们说：

"你们谁买了这一合？我保管你们发大利市，净得大鱼！"

一个青年渔夫翻翻看看，就又放下了，苦笑着说：

"网是好网，借你的吉幸，也能捞大鱼。可是有什么用啊，鱼比屎还贱，粮食比金子还贵，白费那个力气去干什么！想些别的办法活命吧！"

另一个青年人说：

"这是打鱼的家伙，我倒想买件逮那些王八的家伙，叫他们把我们的水淀搅浑了！"

两个人狠狠地说着走了。

随后过来两个老年渔夫，小红又说：

"你们谁买了这一合网，保管你净得大鱼！"

一个老人看了看说：

"喂！真是一副好网。"

另一个老人说：

"天好，现在也不买那个。能安安生生打鱼吗？"

小红眯着眼问：

"明年哩？"

"明年就能安生？"老人笑了。

"你以为他们要在这里待一辈子吗？你这大伯，真是悲观失望！"小红说着笑了，"这里是我们的家，不是他们的家，这里不是他们的祖业。这里是，这里是……"小红低声说，"是他们王八狗日的坟茔地！不出今年！我看你还是买了这副网吧，好日子总归不远！”

两个老人全笑了说：“好，听你的，孩子。要多少钱呀？”

小红说：“你看着吧！我们是有些紧用项，要不还留着自己使用哩！”

老人说：“我知道，现在粮食困难，我给你半斗米的票！”

我看着小红卖了网，就到席市去。

走过一处洼地，上了堤头。堤上净是卖席篓子的，那些老大娘们守着一堆大大小小的篓子，见人过来，就拦住说：

“要篓子吧！你买了吧！”

“你买了吧，我去量点粮食！”

没有一个人答声。

再过去，是一片场院，这是席市。席一捆一捆地并排放着，卖席的妇女们，站在自己席子头起。她们都眼巴巴望着南边大梢门那里，不断地有人问：出来了没有？还有的挤到门口去张望。那是敌人收席的地方，她们等候着那收席的汉奸出来。

很久不见有人出来，巳牌时以后，人们等得极不耐烦了，那个收席的大官员，本街有名的地主豪绅冯殿甲家的大少，外号“大吉甲”，才前呼后拥地出来。他一手拿着一个丈量席子的活尺，一手提着黑色印桶。一见他露头，卖席的人们就活动起来，有的抱了自己的席，跑到前边去，原来站在前边的就和他争吵起来，说：“这是占坟地呀，你抢得这么紧？”那人又只好退回来。有人尽量把自己的席子往前挪一挪。

收席的，开始看梢门口边头一份席，那是小红娘的，不知道她怎么能占得那样靠前。她像很疲累了，弯着腰一张一张掀开席，叫收席的人过眼看成色，量尺丈。收席的像员大将，站在席边，把尺丈一抛，抓起印板就说：

“五百！”

小红的娘吃了一惊，抬起头来说：

“先生，这样的席五百一领呀？”

收席的说：

“这是头等价钱！”

“啊呀！这还是头等价钱！”小红的娘叹口气说，“先生，你说小米子多少钱一斗啊？”

“我买的是你的席，我管你小米子多少钱一斗？”收席的愣着眼说，“不卖？好，看第二份！”

他从她的席上踏过，就来看第二家的席。小红的娘呆呆地坐在自己的席上。

第二家卖席的是个年轻人，五百一领，他哭丧着脸答应了，收席的就啪啪地在席上打上印记，过去了。年轻人一边卷着自己的席，一边回头对小红的娘说：

“谁愿意卖呀！不卖你就得饿死，家里两集没有粮食下锅了，你不卖就是死路一条。除了他这里，你没有地方去买苇，他又不让别的客人来收席！大嫂，我看你停会还是卖了吧！”年轻人弯腰背起他那一捆席，到梢门口里去换票去了。

小红的娘低着头说：

“我不卖！”

一开了盘，那些围上来探听的人们，都垂头丧气地回到自己席子那里去了，一路唉声叹气，“五百，头份五百！”干脆就躺倒在自己的席上。

背进席去的人，手里捏着一搭票出来换苇或是换米去了。太阳已经过午。小红的娘抬头看见了我，她许是想起家里等着她弄粮食回去，就用力站起来，一步一步挪到收席的汉奸那里说：

“你收了我那一份席吧！”

“你是哪一份？”汉奸白着眼说。

“就是那头一份。”

“你不是说不卖吗？怎么样，过了晌午，肚子里说话了吧，生成的贱骨头！”

小红的娘卖了席，背进去换了一搭票出来。

我到梢门口那里一望，看见院里和河码头上，敌人收的苇席，垛得像一座座的山。我心里想：这一捆捆的、一张张的席都是这一带的男女老幼，不分昼夜，忍饥挨冻，一尺一寸织成了的。敌人收买席子的办法是多么霸道！

自己从小也赶过不少集，从没见过买卖是这样做的！这些卖席的人，竟像是求告乞讨，买席的一定要等到他们肚里饿得不能支持的时候，才肯成交。他妈的，这还不如明抢明夺！他们设下一层层的圈套拴得老百姓多么紧！

我正要骂出声来，听见收席的汉奸，正调笑一个年轻的妇女：

"你们看人家这个，多白多细！"

那妇女一张一张掀给他看，他又说：

"慢点哪，别扎破你那——小手指头呀！"

我恨不得过去，把那汉奸枪毙了！忍着气同小红娘俩上船回来。

晚上，就召集人们开会。

支部书记说：

"同志，你知道，我们这里村子不大，却是个出鱼米的富庶地方。自从敌人在端村、关城、同口一带安上据点炮楼，扒大堤破坏了稻田，人们就没有粮食吃。我们这里出产好苇，有名的大白皮、大头栽，远近驰名，就是织席编篓，也吃穿不尽。敌人和傍虎吃食的汉奸们又下令，苇席专收专卖，抢了席子去，压低席的价钱，就把人们逼到绝路上来了。端村大街，过去是多么繁华热闹？现在一天要饿死几口人！再有一年工夫，我们这水淀里就没有人了！"

我说：

"我们要组织武装，寻找活路。我们把村里的枪支修理一下，找几只打水鸭的小船，组织一个水上游击队，先弄敌人的粮食，有了粮食，什么也就好办了。这村里能打枪驶船的有多少人？"

连英说：

"驶船的，人人都会。打枪的，要在船上，除非是那些打水鸭的来得准当。"

我说："先不要人多，最好是同志们。"

"那也有二十几个。"支部书记说。

游击小队组织起来，一共有十只小船，二十个人。我们就在村南一带去年没有收割的大苇塘里驻扎，每天拂晓和黄昏演习。

就有一天，小红在淀里顺着标志收鱼篓，看见敌人一只对艚大船过来，她绕着弯飞快地来告诉我们。我们在大苇塘附近，第一次袭击了敌人，夺回一大船粮食，分散给采蒲台的人们吃。

直到现在，白洋淀还流行着这首描写了真实战斗情况的歌：

运粮船来到，
弟兄好喜欢；
王队长的盒子枪往上翻，
打得小猴水里钻；
队长下命令，
弟兄往前冲，
不怕流血，
不怕牺牲。
冲到了大船上，
白脖要还枪，
三小队的手榴弹扔在了大船舱，
打得他们见了阎王。
死的见阎王，
活的缴了枪，
盒子大枪敛了一大舱；
嘿！
一大船粮食送进大苇塘！

采蒲台的苇

我到了白洋淀，第一个印象，是水养活了苇草，人们依靠苇生活。这里到处是苇，人和苇结合得是那么紧。人好像寄生在苇里的鸟儿，整天不停地在苇里穿来穿去。

我渐渐知道，苇也因为性质的软硬、坚固和脆弱，各有各的用途。其中，大白皮和大头栽因为色白、高大，多用来织小花边的炕席；正草因为有骨性，则多用来铺房、填房碱；白毛子只有漂亮的外形，只能当柴烧；假皮织篮捉鱼用。

我来得早，淀里的凌还没有完全融化。苇子的根还埋在冰冷的泥里，看不见大苇形成的海。我走在淀边上，想象假如是五月，那会是苇的世界。

在村里是一垛垛打下来的苇，它们柔顺地在妇女们的手里翻动，远处的炮声还不断传来，人民的创伤并没有完全平复，关于苇塘，就不止是一种风景。它充满火药的气息，和无数英雄的血液的记忆，如果单纯是苇，如果单纯是好看，那就不成为冀中的名胜。

这里的英雄事迹很多，不能一一记述。每一片苇塘，都有英雄的传说，敌人的炮火，曾经摧残它们，它们无数次被火烧光，人民的血液保持了它们的清白。

最好的苇出在采蒲台。一次，在采蒲台，十几个干部和全村男女被敌人包围。那是冬天，人们被围在冰上，面对着等待收割的大苇塘。

敌人要搜。干部们有的带着枪，认为是最后战斗流血的时候到来了。妇女们却偷偷地把怀里的孩子递过去，告诉他们把枪支插在孩子的裤裆里。搜查的时候，干部又顺手把孩子递给女人……十二个女人不约而同地这样做了，仇恨是一个，爱是一个，智慧是一个。

枪掩护过去了，闯过了一关。这时，一个四十多岁的人，从苇塘打苇回来，被敌人捉住。敌人问他："你是八路?""不是!""你村里有干部?""没有!"敌人砍断他半边脖子，又问："你的八路!"他歪着头，血流在胸膛上，说:“不是!”“你村的八路大大的!”“没有!”

妇女们忍不住,她们一齐沙着嗓子喊:“没有! 没有!”

敌人杀死他,他倒在冰上。血冻结了,血是坚定的,死是刚强!

“没有! 没有!”

这声音将永远响在苇塘附近,永远响在白洋淀人民的耳朵旁边,甚至应该一代代传给我们的子孙。永远记住这两句简短有力的话吧!

芦 苇

敌人从只有十五里远的仓库往返运输着炸弹,低飞轰炸,不久,就炸到这树林里来,把梨树炸翻。我跑出来,可是不见了我的伙伴。我匍匐在小麦地里往西爬,又立起来飞跑过一块没有遮掩的闲地,往西跑了一二里路,才看见一块坟地,里面的芦草很高,我就跑了进去。

“呀!”

有人惊叫一声。我才看见里面原来还藏着两个妇女:一个三十多岁的妇人,一个十八九岁的姑娘。她们不是因为我跳进来吃惊,倒是为我还没来得及换的白布西式衬衣吓了一跳。我离开她们一些坐下去,半天,那妇女才镇静下来说:

“同志,你说这里藏得住吗?”

我说:“等等看。”

我蹲在草里,把枪压在膝盖上,那妇人又说:

“你和他们打吗?你一个人,他们不知道有多少。”

我说,不能叫他们平白捉去。我两手交叉起来垫着头,靠在一个坟头上休息。妇人歪过头去望着那个姑娘,姑娘的脸还是那样惨白,可是很平静,就像我身边这片芦草一样。四面八方是枪声,草叶子还是能安定自己。

我问:“你们是一家吗?”

“是,她是我的小姑。”妇人说着,然后又望一望她的小姑:“景,我们再去找一个别的地方吧,我看这里靠不住。”

“上哪里去呢?”姑娘有些气恼,“你去找地方吧!”

可是那妇人也没动,我想她是有些怕我连累了她们,就说:“你们嫌我在这里吗?我歇一歇就走。”

“不是!”那姑娘赶紧抬起头来望着我说,“你在这里,给我们仗仗胆有什么不好的?”

“咳!”妇人叹一口气,“你还要人家仗胆,你不是不怕死吗?”她就唠叨起来,我听出来她这个小姑很任性,逃难来还带着一把小刀子。

“真是孩子气,”她说,“一把小刀子顶什么事哩?”

姑娘没有说话,只是凄惨地笑了笑。我的心骤然跳了几下,很想看看她那把小刀子的模样。她坐在那里,用手拔着身边的草,什么表示也没有。

忽然,近处的麦子地里有人走动。那个妇人就向草深的地方爬,我把那姑娘推到坟的后面,自己卧倒在坟的前面。有几个敌人走到坟地边来了,哇啦了几句,就冲着草里放枪,我立刻向他们还击,直等到外面什么动静也没有了,才停下来。

不久天也快黑了,她们商量着回到村里去。姑娘问我怎么办,我说还要走远些,去打听打听白天在梨树园里遇到的那些伙伴的下落。她看看我的衣服:

“你这件衣服不好。”再低头看看她那件深蓝色的褂子,“我可以换给你。先给我你那件。”

我脱下我的来递给她,她走到草深的地方去。一会,她穿着我那件显得非常长大的白衬衫出来,把褂子扔给我:

“有大襟,可是比你这件强多了,有机会,你还可以换。”说完,就去追赶她的嫂子去了。

白洋淀边一次小斗争

有一天,我送一封信到同口镇去。把信揣在怀里,脱了鞋,卷起裤腿,在那漫天漫地的芦苇里穿过。芦苇正好一人多高,还没有秀穗,我用两手拨开一条小道,脚下的水也有半尺深。

走了半天,才到了淀边,拨开芦苇向水淀里一望,太阳照在水面上,白茫茫一片,一个船影儿也没有。我吹起暗号,吹过之后,西边芦苇里就"哗啦啦"响着,钻出一只游击小艇来,撑船的还是那个爱说爱笑的老头儿。他一见是我,忙把船靠拢了岸。我跳上去。

他说:"今天早啊。"

我说:"道远。"

他使竹篙用力一顶,小艇箭出弦一般,蹿到淀里。四外没有一只船,只有我们这只小艇,像大海上漂着一片竹叶,目标很小。就又拉起闲话来。

老头儿爱交朋友,干抗日的活儿很有瘾,充满胜利情绪,他好打比方,证明我们一定胜利,他常说:

"别看那些大事,就只是看这些小事,前几年是怎样,这两年又是怎么样啊!"

过去,他是放鱼鹰捉鱼的,他只养了两只鹰,和他那个干瘦得像柴禾棍一样的儿子,每天从早到晚在淀里捉鱼。刚一听这个职业,好像很有趣味,叫他一说却是很苦的事。那风吹雨洒不用说了,每天从早到晚在那船上号叫、敲打鱼鹰下船就是一种苦事。而且父子两个是全凭那两只鹰来养活的,那是心爱的东西,可是为了多打鱼多卖钱,就得用一种东西紧紧地卡住鱼鹰的嗓子,使它吞不下它费劲捉到的鱼去,这更是使人心酸可又没有办法的事。老头儿是最心痛那两只鹰的,他说,别人就是拿二十只也换不了去;他又说:

"那一对鹰才合作哩,只要一只在水里一露头,叫一声,在船上的一只,立刻就跳进水里,帮它一手,两个抬出一条大鱼来。"

老头儿说,这两只鹰,每年要给他抬上一千斤鱼。鬼子第一次进攻水淀,在淀里抢走了他那两只鱼鹰!带到端村,放在火堆上烧吃了。于是,儿子去参加了水上游击队,老头儿把小艇修理好,做交通员。

老头儿乐观,好说话,可是总好扯到他那两只鹰上,这在老年人,也难怪他。这一天,又扯到这上面,他说:

"要是这两年就好了,要在这个时候,我那两只水鹰一定钻到水里逃走了,不会叫他们捉活的去。"

可是这一回他一扯就又扯到鸡上去,他说:

"你知道前几年,鬼子进村,常常在半夜里,人也不知道起床,鸡也不知道撒窠,叫鬼子捉了去杀了吃了。这两年就不同了,人不在家里睡觉,鸡也不在窠里宿。有一天,在我们镇上,鬼子一清早就进村了,一个人也不见,一只鸡也不见,鬼子和伪军们在街上,东走走西走走,一点食也找不到。后来有一个鬼子在一株槐树上发现一只大红公鸡,他高兴极了,就举枪瞄准。公鸡见他一举枪,就"哇"的一声飞起来,跳墙过院,一直飞到那村外。那鬼子不死心,一直跟着追,一直追到苇垛场里,那只鸡就钻进了一个大苇垛里。"

没到过水淀的人,不知道那苇垛有多么大,有多么高。一到秋后霜降,几百顷的芦苇收割了,捆成捆,用船运到码头旁边的大场上,垛起来,就像有多少高大的楼房一样,白茫茫一片。这些芦苇在以前运到南方北方,全国的凉棚上的、炕上的、包裹货物的席子,都是这里出产的。

老头儿说:"那公鸡一跳进苇垛里,那鬼子也跟上去,攀登上去。他忽然跳下来,大声叫着、笑着,往村里跑。一时他的伙伴们从街上跑过来,问他什么事,他叫着、笑着,说他追鸡,追到一个苇垛里,上去一看,里面藏着一个女的,长得很美丽,衣服是红色的。这样鬼子们就高兴了,他们想这好欺侮,一下就到手了。五六个鬼子饿了半夜找不到个人,找不到东西吃,早就气坏了,他们正要撒撒气,现在又找到了这样一个好欺侮的对象。他们向前跃进,又嚷又笑,跑到那个苇垛跟前。追鸡的那个鬼子先爬了上去,刚爬到苇垛顶上,要直起身来喊叫,那姑娘一伸手就把他推下来。鬼子仰面朝天从三丈高的苇垛上摔下来,别的鬼子还以为他失了脚,上前去救护他。

这个时候,那姑娘从苇垛里钻出来,咬紧牙向下面投了一个头号手榴弹,火光起处,炸死了三个鬼子。人们看见那姑娘直直地立在苇垛上,她才十六七岁,穿一件褪色的红布褂,长头发上挂着很多芦花。”

我问:“那个追鸡的鬼子炸死了没有?”

老头儿说:“手榴弹就摔在他的头顶上,他还不死?剩下来没有死的两三个鬼子爬起来就往回跑,街上的鬼子全开来了,他们冲着苇垛架起了机关枪,扫射,扫射,苇垛着了火,一个连一个,漫天的浓烟,漫天的大火,烧起来了。火从早晨一直烧到天黑,照得远近十几里地方都像白天一般。”

从水面上远远望过去,同口镇的码头就在前面,广场上已经看不见一堆苇垛,风在那里吹起来,卷着柴灰,凄凉得很。我想,这样大火,那姑娘一定牺牲了。

老头儿又扯到那只鸡上,他说:“你看怪不怪,那样大火,那只大公鸡一看势头不好,它从苇子里钻出来,三飞两飞就飞到远处的苇地里去了。”

我追问:“那么那个姑娘呢,她死了吗?”

老人说:“她更没事。她们有三个女人躲在苇垛里,三个鬼子往回跑的时候,她们就从上面跳下来,穿过苇垛向淀里去了。到同口,你愿意认识认识她,我可以给你介绍,她会说得更仔细。我老了,舌头不灵了。”

最后老头说:

“同志,咱这里的人不能叫人欺侮,尤其是女人家,那是情愿死了也不让人的。可是以前没有经验,前几年有多少年轻女人忍着痛投井上吊?这两年就不同了啊!要不我说,假如是在这两年,我那两只鱼鹰也不会叫鬼崽子们捉了活的去!”

渔民的生活

土地改革给了农村的大生产运动决定性的影响,这从白洋淀的渔民生活上,异常明显地看出来。现在,凌还没完全解冻,春天的大规模的捕鱼场面,我还没看到;但是从同口、关城两镇到端村,大小村庄旁边叮咚地修补船只的声音,和迎着阳光张挂在墙壁上的各色丝网,就可以看到渔民不同往年的热烈情绪。

分得了土地,保证了衣食,消灭了渔巡渔税的剥削,又进一步结成了自己的治鱼的合作社;这样,渔民就有余裕和心情修补油饰自己的船只,细心织结他们的网。

饿着肚皮摇船,含着眼泪撒网,可以概括渔民过去的生活。高利放债,大秤收鱼,却包括不尽那些鱼庄鱼贩对渔民的剥削。

我们在每个生活的角落,扫除了对人民的压榨,对生产的束缚。在白洋淀,渔民的新的生产热情,使我对荡漾在烟波里的生活,有了新的见闻。

十二年的生活,包括美丽和悲壮的斗争。白洋淀的水绿得发黑色,渔民的船只,紧系他们的门前。每当黄昏,家里的人,站在明净的窗前眺望着从烟雾里摇船回来的打鱼的人;渔人下得船来,就进门上炕。

在天下,还有比我们这里更大更多的渔场。但是,我们认为白洋淀的渔场是最可爱的了,因为这里的渔民自己解救了自己。

这里,每一个渔夫都爱唱那个流传了几年的水上游击队的歌,那是自编自唱、描写了真实战斗情况的歌。每一只船上都存在着战争的伤痕或英雄的标志,代替渔网,这些船只在那几年都载运过战士,安放过枪支。

我无数次看见男人打鱼回来,坐在门前织席的女人,已经在呼唤女孩子生火给爹烘烤衣衫。黄昏一如清晨,他们的生活,美满愉快。

自然,在这个期间,也有很多少年人,因为爱玩枪,放下渔网去打野鸭!那是因为他们在练习,等候进犯的敌人。

看 护

——在天津中西女中讲的少年革命故事

我希望能有一部作品,完整地表现我们的看护同志,表现他们在战争中艰苦的献身的工作。

一九四三年冬季,日寇在晋察冀"扫荡"了三个月,在晋察冀的部队和人民来说,这是一段极端艰难的时间。那一两年里,我们接连遇到了灾荒。反"扫荡"的转移,是在"九一八"下午开始的,我们刚刚开完纪念会,就在会场上整理好队伍,并且发下了冬天的服装和鞋袜。我们背上这些东西,在沙滩上行军,不断地蹚水过河。情况一开始就很紧张,来不及穿鞋,就手里提着。接连过了几条小河,队伍渐渐也就拉散了,我因为动作迟缓,落在了后面。回头一看,只有一个女孩子,一只脚蹬在河边一块石头上,眼睛望着前边的队伍,匆忙地穿上鞋,就很快地跟上去了。

这女孩子有十六七岁,长得很瘦弱,背着和我一样多的东西,外加一个鼓鼓的药包,跑起路来,上身不断地摇摆,活像山头那棵风吹的小树。我猜她准是分配到我们队上来的女看护。

"快跑,小鬼!"我追在后面笑着喊。

"反正叫你落不下!"她回头笑了一下,这笑和她的年岁很不相称。她幼小的生活里一定受过什么压抑。我注意她的脚步,这孩子缠过脚,我明白了为什么过河以后,她总是要穿上鞋。

前面的队伍正蹚过一条大河,爬到对面高山上去。头上是宽广的蓝天。忽然听到飞机的叫声,立时就开始了扫射。我看见女孩子急忙脱了鞋,卷高裤腿,跑进水里去,河水搭到她的腰那里,褂子全湿了,却用两只手高高举起了药包。她顺着水流歪歪斜斜地前进,没走到河心,就叫水冲倒。我赶紧跑上去,拉起她来,扯过河去。

我们刚登上岸,我觉得脚上一热,就倒了下来,血冒在沙滩上。

敌人的飞机一直低飞着,扫射着河滩和岩石,扫伤了我的左脚。近处一个村庄起火了,跑出很多人,妇女们来不及脱去鞋袜,抱着孩子跳进河里去。她们居住在这样偏僻的地方,从没见过飞机,更没听过这样刺耳的声音,敌人竟找到这里破坏和威胁了她们的生活。她们嚷嚷着,招唤着家里的人,催我们快快上山。她们说,飞机在她们村庄"下蛋"的时候那样低,在一棵老槐树下面钻了过去,一个姑娘来不及闪躲,就叫飞机上的鬼子,从窗口打死了。女孩子告诉她们不要乱,让她们先走;又低着头,取出一个卫生包,替我裹伤。在我们身边跑过的男人们也嚷嚷骂着,说等他们爬到山顶,飞机再低着身子飞,他们就抱大石头砸下它来!

扎住伤口,女孩子说:"你把东西放下吧,我给你背!"

"哪里的话,你这么小的人,会把你压死了哩!"我勉强站立起来,女孩子搀扶了我,挨上山去。

我们在山顶走着,飞机走了,宽大清澈的河流在山下转来转去。山上两旁都是枣树,正是枣熟枣掉的时候,满路上都是渍出蜜汁来的熟透的红枣。我们都饿了,可是遵守着行军的纪律,不拾也不踏,咽着唾沫走过去。

队上的医生老康,靠在前面一棵枣树上等我们。我们两个是好开玩笑的,每一见面,就都忍不住笑。我叫他"雷佛那儿",这是因为那时医药条件困难,不管谁有什么外科破伤,他都是给开这一味药。他治病的特点是热情多于科学。他跑上来说:

"刚一出发你就负伤了!"

"可是并不光荣。"我说,"正在用腿用脚的时候,你看多倒霉!"

"每天宿营下来,我叫刘兰去给你换药!"他说着替女孩子搀扶着我,刘兰才有工夫坐下去倒出她鞋里的沙土和石块。

"这孩子很负责任,"老康接着小声说,"她是一个童养媳,婆家就在我们住过的那个村庄,从小挨打受气,忍饥挨冻。这次我们动员小看护,她的一个伙伴把她也叫了来,坚决参加。起初她婆婆不让,找了来。她说:'这里有吃的有穿的,又能学习上进,你们为什么不让我进步?'婆婆说:'……你吃上饱饭,可不能变心,你长大成人,还是俺家的媳妇!'她没有答话。"

从这天起,每天晚上到村庄找好房子,刘兰就背着药包笑嘻嘻地找了我来,叫我坐在炕上,她站在地下替我洗好伤口换好药,才回去洗脸休息。可是我的伤口并不见好,情况越来越紧,行军越来越急迫,腿脚越来越不顶事。我成为队伍的累赘,心里很烦恼。第二天,黎明站队,组织上决定要把我坚壁到远处一座高山上去,叫刘兰跟随。我心里有些焦急,望望刘兰她却没有怨言。在这样紧张的情况下面,人生地疏,叫一个女孩子带一个伤号,她该是更焦急的。

我们按着路线出发,刘兰不知从哪里给我摸来一根木棍,天明我们进入了繁峙县的北部。这是更加荒凉的地方,山高水急,道狭村稀,在阴暗潮湿的山沟里转半天,看不见一个村庄,遇不见一个行人,听不见一声鸡叫。只有从沙滩上和过河的踏石上留下的毛驴蹄印或是粪块,才断定是人行的大道。

一到下午,肚里就饿了。天已经快黑了,还看不见一个村庄。前面就是那座高山了,在山底下,我要求坐下来休息一下,想到在爬这样高的山以前,最好能有一块玉米面饼子垫垫肚,然而我们并没有。希望就在山顶上。刘兰催我开路。

振作精神,刘兰扶我上山去。我心里发慌,眼发黑,差不多忘记了脚痛。爬了半天,我饿得再也不能支持,迷糊过去,等到睁开眼,刘兰坐在我的身边,天已经暗下来了。在我们头上,有一棵茂密的酸枣树,累累的红艳的酸枣在晚风里摇摆。我一时闻到了枣儿的香味和甜味。刘兰也正眼巴巴望着酸枣,眉头蹙得很高。看见我醒来,她很高兴,说:

"同志,到了这个地步,摘一把酸枣儿吃,该不算犯纪律吧。"

我笑着摇摇头,她伸过手去就撸下一把,送到我嘴里,她也接连吞下几把。我发觉她一同吞下了枣核和叶子,枣刺划破了她的手掌。

吞吃了酸枣,有了精神和力量,在苍茫的夜色里看到了山顶的村庄,有一片起伏的成熟的莜麦,像流动的水银。还有一所场院,一个男人下身穿着棉裤,上身光着膀子,高举着连枷;在他身旁有一个年轻的妇女用簸箕迎风扬送着丈夫刚刚打下的粮食,她的上身只穿着一件红色的兜肚。

我同刘兰就住在这小小的山庄上。进村以后,刘兰叫我坐在街头休息,她去找上关系,打扫了房子,然后才把我安排到炕上。接着她又做饭烧炕,洗净吃饭的锅,煮刀剪,消毒药棉……弄到半夜,她才到对过妇救会主任老四屋里去睡觉。

这一晚,我听着五台山顶的风声,远处杉林里的狼叫,一时睡不着,却并没有感觉不安。我们是四海为家的,我们是以一切人民为兄弟姐妹的。从炕头的窗口望过去,刘兰和老四也没有睡,两个人的影子在窗纸上摇动。她们在拉着家常:

"你们从哪里来呀?"

"从很远的地方。"

"那病人是谁呀?"

"我们队上一个干部。"

"你是干什么的?"

"我是看护。"

"是大脉先生吗?给我看看病吧!"

"什么病呀,你先和我学说学说,过几天,我们的医生就过来了!"

"就是咱们妇道的病呀……"

下面的话,我就听不清了。可是接着我就听见,老四也是一个童养媳,十四岁上成的亲,今年二十四岁了,还没有一个小孩。

老四说:"我们这山顶顶上的人家,就是难得有个娃,要不就是养不下,要不就是活不大!"

刘兰说:"这是因为我们结婚太早,生活苦,又不知道卫生,以前我也是个童养媳……"

接着两个人就诉起苦来,你疼我、我疼你地闹了多半夜才睡觉。

因为刘兰还不会做莜面,老四就派了两位妇女来帮忙。她们都穿着白粗布棉裤、黑羊皮袄,她们好像从来没洗过脸,那两只手,也只有在给我们和面跟搓窝窝的过程里才弄洁白,那些脏东西,全和到我们的饭食里去了。这一顿饭,我和刘兰吃起来,全很恶心。

刘兰说："你身体好些的时候，多教我认几个字吧，我要给她们讲讲卫生课。"

不多几天，她这讲习班就成立起来。每天晚上，有十几个青年妇女集在老四屋里，对刘兰讲的问题发生很大的兴趣。刘兰告诉她们，她们生病的根源就在她们都是用一块脏布包上灰土当作月经带，用过了，就塞到净房里，下次再用，一用两三年。刘兰告诉她们要把布洗净，放在干净地方……

"你看刘兰多干净！"妇女们笑着说，"我们向你学习！"

从此，我看见这些妇女们，每天都洗洗手脸，有的并且学着我们的样子，在棉袄和皮衣里衬上一件单褂。我觉得刘兰把文化带给了这小小的山庄，它立刻就改变了很多人的生活，并给她们的后代造福。

有空，刘兰就帮她们到地里去收庄稼，她有时带回一些野韭菜、野葱、野蒜，包莜面饺子，改善我的伙食；有时带回一些玉黍秸，叫我当甜棒吃，好补充我身体里缺少的糖分。有一次，她不知道从哪里捉来几条小沙鱼。这样高的山上能有小鱼，已经新鲜；叫老四看见了，活像看见蛇一样，无论如何不叫我吃，她说那会把我毒死，更不叫在她家锅里来煮。

不久就下了大雪，我们都穿上了新棉衣，刘兰要在我的和她的袄领上缝上一个白衬领。她坐在炕上缝着，笑着说她还是头一次穿这样里表三新的棉袄裤，母亲一辈子也没享过这个福。叫她看来，八路军的生活好多了，这山庄上谁也没有我们这一套棉衣。

下了大雪，消息闭塞。我写了一封信，和大队上联系，叫刘兰交给村长，派一个人送到区上去。刘兰回来说，这样大雪，村长派不动人，要等踏开道了才能送去。

我的伤口正因为下雪发痛，一听就火了，我说："你再去把村长叫来，我教育教育他！"

刘兰说："下了这样大雪，连街上都不好走，山路上，雪能埋了人；这里人们穿着又少，人家是有困难！"

"有困难就得克服！"我大声说，"我们就没困难过？我们跑到这山顶顶上来，挨饿受冻为的谁呀？"

“你说为的谁呀?”刘兰冷笑着,“挨饿受冻?我们每天两顿饱饭,一天要烧六十斤毛柴,是谁供给的呀?”

“你怎么了!”我欠起身来,“是我领导你,还是你领导我?”

“咱们是工作关系,你是病人,我是看护,谁也不能压迫谁!”刘兰硬邦邦地说。

“小鬼!”我抓起在火盆里烤着的一个山药,装作要向她脸上打去,她一闪,气得脸发白,说:

“你是干部,你打人骂人!”

说罢就转身出去了。

我很懊悔,在炕上翻来覆去。外面风声很大,雪又打着窗纸,火盆里的火弱了,炕也凉了,伤口更痛得厉害。我在心里检讨着自己的过错。

老四推门进来,带着浑身的雪,她说:

“怎么了呀,同志?你们刘兰一个人跑到村口那里啼哭,这么大风大雪!”

“你快去把她叫来,”我央告着老四,“刚才我们吵了架。你对她说,完全是我的错误!”

老四才慌忙地去叫她。这一晚上,她没到我屋里来。第二天,风住天晴,到了换药的时候,刘兰来了,还是笑着。我向她赔了很多不是,她却一句话也没说,给我细心地换上药,就又拿起那封信,找村长去了。

接到大队来信,要我转移,当夜刘兰去动员担架。她拄着一根棍子,背着我们全部的东西,头上包着一块手巾,护住耳朵和脸,在冰雪擦滑的路上,穿着一双硬底山鞋,一步一个响声,迎着大风大雪跟在我的担架后面……

正　月

1

这个大娘，住在小官亭西头路北一处破院的小北屋里。这院里一共住着三家，都是贫农。

大娘生了三个女儿。她的小北屋一共是两间，在外间屋放着一架织布机，是从她母亲手里得来的。

机子从木匠手里出生到现在，整整一百年。在这一百年间，我们祖国的历史有过重大的变化，这机子却陪伴了三代的女人；陪伴她们痛苦，陪伴她们希望。它叫小锅台烟熏火燎，全身变成黑色的了。它眼望着大娘在生产以前，用一角破席堵住窗台的风口；在生产以后，拆毁了半个破鸡筐才煮熟一碗半饭汤。它看见大娘的两个女儿在出嫁的头一天晚上，才在机子上织成一条陪送的花裤。一百年来，它没有听见过歌声。

大娘小时是卖给这家的。卖给人家，并不是找到了什么富户。这一带有些外乡的单身汉，给地主家当长工，苦到四五十岁上，有些落项的就花钱娶个女人，名义上是制件衣裳，实际上就是女孩子的身价。丈夫四五十，女人十三四，那些汉子都苦得像浇干了的水畦一样，不上几年就死了，留下儿女，就又走母亲的路。

大姐是打十三岁上，卖给西张岗一个挑货郎担的河南人，丈夫成天住村野小店，她也就跟着溜墙根串房沿。二姐十四上卖给东张岗拉宝局的大黑三，过门以后学得好吃懒做、打火抽烟，自从丈夫死了，男女关系也很乱。

两个女儿虽说嫁了人，大娘并没有得到依靠，还得时常牵挂着。好在小官亭离东西张岗全不远，大娘想念她们了，不管刮风下雨，就背上柴禾筐，走在漫天野地里，一边捡着豆根谷茬，一边去看望女儿。

到了大女儿那里，女婿不在家，就帮她打整打整孩子们，拾掇拾掇零碎活；到了二姑娘那里，看见她缺吃的没烧的，责骂她几句，临走还得把拾的一筐谷茬，倒在她的灶火坑里。

2

大娘受苦，可是个结实人，快乐人，两只大脚板，走在路上，好像不着地，千斤的重担，并没有能把她压倒。快六十了，牙口很齐全，硬饼子、小葱，一咬就两断，在人面前还好吃个炒豆什么的。不管十冬腊月，只要有太阳，她就把纺车搬到院里纺线，和那些十几岁的女孩子们，很能说笑到一处。

她到底赶上了好年头，冀中区从打日本那天起，就举起了革命的红旗！

三姑娘——多儿的婚事，也不能和两个姐姐一样了！

打日本那年，多儿刚十岁。十岁上，她已经能够烧火做饭，拉磨推碾，下地拾柴禾，上树撸榆钱，织布纺线，帮娘生产。

八路军来了，共产党来了，把人民的特别是妇女的旧道路铲平，把新道路在她们的眼前铺好。

她开始同孩子们一块到学校里去。“认识字儿好！”大娘说，给多儿缝了个书包，买了块石板，在红饼子上抹了香油，叫她吃了上学去。

十二上她当儿童团，十五上她当自卫队，那年全区的妇女自卫队验操，她投的手榴弹最远。

经过抗战胜利，经过平分土地，她今年十八岁了。

3

多儿正在发育，几年间，不断有人来给她说婆家。

姐姐常常是妹妹的媒人，她们对多儿的婚事都很关心。腊月里，大姐分了房子地，就和丈夫商量：

“从我过门，逢年过节，也没给娘送过一个大钱的东西，我们过的穷日子,自己的吃穿还愁不来,她自然不会怪罪咱。今年总算是宽绰些了,我想到集上买点东西,上娘家去一趟,顺便看看小三的婆家说停当了没有。"

丈夫是个老实热情的人,答应得很高兴。到集上买了一串麻糖,十个柿子,回来自己又摊上几个炉糕儿,拿个红包袱裹了,大姐就到小官亭来。

到了娘家,正赶上二姐也来了,她说村里正在改造她的懒婆懒汉。

多儿从冬学里回来,怀里抱着一本书,她的身子发育得匀称结实,眉眼里透着秀气。娘儿几个围坐在炕上说话,一下就转到她的婚事上去。开头,这是个小型的诉苦会,大姐说可不能再像她那时候,二姐说可不能再像她那样子;多儿把书摊在膝盖上,低着头,一句话也不说。

娘说,有人给多儿说着个富裕中农,家底厚,一辈子有吃的有做的就行了。大姐不赞成,嫌那一家人顽固,不进步。她说有一家新升的中农,二姐又不赞成,她说谁谁在大地方做买卖,很发财,寻了人家,可以带到外边,吃好的穿好的,还可以开眼。没等她说完,娘就说:"我的孩子不上敌占区!"

娘儿几个说不到一块,吵了起来。

二姐说:"这也不投你们的心思,那也不合你们的意!你们倒是打算怎么着呀?看看快二十了,别挑花了眼,老在炕头上!"

"别吵了!别吵了!别替我着急了!"多儿眯缝着眼,轻轻磕着鞋底儿说。

"我们不替你着急,替谁着急呀!"大姐说,"你说,你有对象了吗?"

多儿点点头。两个眼角里,像两朵小小的红云,飘来飘去。

"是谁?"

多儿把书合起,爬下炕去跑了。

二姐追出去把她拉了回来:"你说出来!大家品评品评!"

"这是叫你审官司呀?就是大官亭的刘德发!"多儿说完,就伏在炕上不动了。

4

"德发呀!"娘和两个姐姐全赞成。德发是大官亭新农会的副主席。

二姐说:“你们想必是开会认识的。”

“区长给介绍的。”多儿低声说。

“人家定了日子没有?”

“就在今年正月里。”

“嗨！这么慌促了,你还装没事人,你这孩子！快合计合计吧！看该添什么东西,我去给你买去!”大姐嚷着说,“可不要像我那个时候,咱娘只给买了一个小梳头匣儿,就打发着走!”

二姐说:“你还有个梳头匣,我连那个也没有,娶过去,应名是新媳妇,一见人就害臊。人家地主富农的闺女们,穿的什么,戴的什么,不敢和人家一块去赴席,心里多难过！眼下,我们翻了身,也得势派势派！三妹子,你说吧,要什么缎的,要什么花的,我们贫农团就要分果实了,我去挑几件,给你填填箱!”

娘说:“这村也快分了,你该去挑对花瓶大镜子,再要个洋瓷洗脸盆,我就是稀罕那么个大花盆!”

多儿说:“你们说的那些东西,我都不要,现在我们翻身了,生产第一要紧。我们这里有张机子,是从高阳那里兴过来的,一天能卸两个布,号价七十万,我想卖了咱这张旧机子,买了那张新机子,钱还是不够,你们要愿意帮助我,就一个人给我添十万块钱吧!”

两个姐姐说:“回去就拿钱来。”

5

可是一提卖这张旧机子,娘不乐意。

她说:“这是我从你姥姥手里得来的家业过活,跟了我几十年,全凭它把你们养大成人,不能把它卖了,我舍不得它!”

“这就是娘的顽固落后,”多儿说,“旧的不去,新的不来呀!”

“新的,我就不待见那些新的,你会使吗?买来放着看样呀?还不如旧的办事哩!”娘说。

“不会使,学呀,”多儿笑着说,“我们什么学不会?从前,我们会打日本吗？会斗地主吗？不全是学会的？”

“你巧，你学得会，我老手老脚，又叫我像小孩子一样，去学新鲜，我不学！”

“娘就是这样保守。好像舍不得你这穷日子似的，什么也不愿意换，往后有了好房子住，你还舍不得离开我们这小破北屋哩！”多儿说着又笑了。

“我这小破北屋怎么了？”娘说，“没有这小破北屋，还养不活你哩！”

“怎么样？”多儿拍着手，“说着你就来了，不是？”

什么时候娘也说不过女儿，到底是依了她。第二天，多儿叫来几个一头儿的小姑娘们，把旧机子抬到集上卖了，又去买了那张新机子，抬回家里来。她把里屋外间，好好打扫了一番，才把这心爱的东西，请进屋里去，把四条腿垫平，围着它转了有十来个遭儿。

小屋里放上这张新机子，就好像过去有两个不幸福的姐姐，现在有了幸福的妹妹。它使这小屋的空气改变了，小屋活泼起来，浮着欢笑。

多儿对娘说：“什么也在这张机子上，头过门，我要织成二十一个白布。把布卖了，赚来的钱，就陪送我，娘什么也不用管。”

娘帮她浆线落线。她每天坐在机子上，连吃饭也不下来。她穿得干干净净，头发梳得光亮。在结婚以前，为什么一个女孩子的头发变得那样黑，脸为什么老是红着？她拉动机子，白布在她的胸前卷出来，像小山顶的瀑布。她的头微微歪着，身子上下颤动，嘴角上挂着猜不透的笑。挺拍挺拍，挺拍挺拍，机子的响动就是她那心的声音。

这真是幸福的劳动。她织到天黑，又挂上小小的油灯，油灯擦得很亮。在冀中平原，冬天实际上已经过去，现在，可以听到村边小河里的冰块融解破碎的声音。

她织成了二十一个布，随后，她剪裁了出嫁的衣服和鞋面。

她坐在小院里做活，只觉得太阳照得她浑身发热。她身后有一棵幼小时候在麦地锄回来的小桃树，和她一般高。冬天，她给它包上干草涂抹上泥，现在她把泥草解开，把小桃树扶了出来。

春天过早挑动了小桃树，小桃树的嫩皮已经发紫，有一层绿色的水浆，在枝脉里流动。

6

从腊月到正月,这一段日子过得特别快,明天就是正月十五,多儿的喜日了。

多儿把小院里打扫干净,就在屋里藏起来。

这天,赶上小区在这村里召开联席会,各村的代表全来了,问题讨论完了,区长问:"各村里,还有事没有?"

大官亭的代表是个老头,说:"小官亭的代表先别走,有个事和你商量一下。"

小官亭的代表是个女的,就说:"同志,你有什么问题,就提出来大家讨论吧!"

"不碍别村的事,"大官亭的代表说,"光我们两个人商量一下,就能办事!"

人们刚爬下炕来,各人找寻各人的鞋,准备回去,一听他说得有趣,就"哄"的一声笑起来。

大官亭的代表说:"你们别笑,我说的是正经事,你知道我们副主席刘德发吧?"

"知道啊!"小官亭的代表说,"他不是寻了我们妇女部长小多儿了吗?"

"对呀!"大官亭的老头说,"他们明天就过事,我们贫农团叫我代表,向你提出来,这件亲事,我们要热闹热闹!"

"你们怎么计划的呀?"小官亭的代表问。

"我们也没什么,我们是预备动员贫农团全体车辆,村剧团的鼓乐,高级班的秧歌。事先通知你们一声,别弄得你们措手不及!"

"哈!"小官亭的女代表说,"你别小看我们,我们村子小是情真,人可见过世面,你们来吧,我们落不了趟!"

"那就好。"大官亭的代表说,"你们预备几辆大车送亲?"

"别觉着你们大官亭车马多!"女代表的脸红了一下。

区长说:“过事么,是该热闹热闹,不过不能浪费。”

“一点也不浪费,”大官亭的代表说,“正月里没事,人马闲着是闲着,再说,我们倒是有花轿官轿,我们不用那个,改用骑马,我们嫌那个封建。”

7

第二天,就是好日子。天空上只有两朵白云,它们飘过来,前后追赶着,并排浮动着;阳光照着它们,它们叠在一起,变得浓厚,变得沉重,要滴落下来的样子。

大官亭的礼炮一响,小官亭的人们就忙起来,女代表同鼓乐队赶紧到村口去迎接。大官亭的人马真多,头车来到了,尾车还留在大官亭街里。两个村的鼓乐队到了一处,就对敲起来,你一套我一套,没有个完。两个村的小学生混到一块跳起来,小花鞋尖踢起土来,小红脸蛋上流着汗。

多儿的两个姐姐,今天全打扮得很整齐,像护驾的官员,把穿着一身大红的多儿扶到马上去。多儿拉住缰绳,就叫她们闪开了。

区长蹬在高凳上讲话,他庆贺着新郎新妇和两个村庄的翻身农民。

吹吹打打,把多儿娶走了。

在路上,多儿骑的小红马追到前头去,她拉也拉不住,小红马用头一顶德发那匹大青马,大青马吃了一惊,尥了一个蹶子就跑起来。两匹马追着跑,并排着跑,德发身上披的红绸搅在多儿的腰里,扯也扯不开。

小胜儿

1

冀中有了个骑兵团。这是华北八路军的第一支骑兵，是新鲜队伍，立时成了部队的招牌幌子，不管什么军事检阅、纪念大会，头一项人们最爱看的，就是骑兵表演。

马是那样肥壮，个子毛色又整齐，人又是那样年轻，连那个热情的杨主任，也不过二十一岁。

农民们亲近自己的军队，也爱好马匹。每当骑兵团在早晨或是黄昏的雾露里从村边开过，农民们就放下饭碗，担起水筲，帮助战士饮马，队伍不停下，他们就站在堤头上去观看：

“这马儿是怎么喂的，个个圆膘！庄稼牲口说什么也比不上。”

“骑黑马的是杨主任，在前面背三件家伙的是小金子！”

“这孩子！你看他像粘在马上一样。”

小金子十七岁上参加了军队，十九岁给杨主任当了警卫员，骑着一匹从日寇手里夺来的红洋马。

远近村庄都在观看这个骑兵团。这村正恋恋不舍地送走最后一匹，前村又在欢迎小金子的头马了。

今天，队伍不知开到哪里去，走得并不慌忙，很是严肃。从战士脸上的神情和马的脚步看来，也不像有什么情况。

“是出发打仗？还是平常行军？”一个青年农民问他身边一个青年妇女。

“我看是打仗去！”妇女说。

“你怎么看得出来，杨主任告诉你了？”

“我认识小金子。你看看，小金子噘着嘴，那就是平常行军，他常常舍不得离开房东大娘。脸上挂笑，可又不笑出来，那准是出发打仗。傻孩子！

你记住这个就行了。”

2

这个妇女是猜着了。过了两天，这个队伍就打起仗来，打的是那有名的英勇壮烈的一仗。敌人“五一大扫荡”突然开始，骑兵团分散作战，两个连突到路西去，一个连作后卫陷入了敌人的包围，整整打了一天。在五月麦黄的日子，冀中平原上，打得天昏地暗，打得树木脱枝落叶，道沟里鲜血滴滴。杨主任在这一仗里牺牲了，炮弹炸翻的泥土，埋葬了他的马匹。小金子受了伤，用手刨着土掩盖了主任的尸体，带着一支打完子弹的短枪，夜晚突围出来，跑了几步就大口吐了血。这是后话。

现在小金子跑在队伍的前面，轻快地行军。他今天脸上挂笑，是因为在出发的时候，收到了一件心爱的东西。一路上，他不断抽出手来摸摸兜囊，这小小的礼品就藏在那里面。

太阳刚刚升出地面。太阳一升出地面，平原就在同一个时刻，承受了它的光辉。太阳光像流水一样，从麦田、道沟、村庄和树木的身上流过。这一村的雄鸡接着那一村的雄鸡歌唱。这一村的青年自卫队在大场院里跑步，那一村也听到了清脆的口令。

一路上，大麻子刚开的紫色绒球一样的花，打着小金子的马肚皮，阵阵的露水扫湿了他的裤腿。他走得不慌不忙，信马由缰。主任催他：“小金子同志，放快些吧，天黑的时候，我们要到石佛镇宿营哩！”

“报告主任，”小金子转过身来笑着说，“就这样走法，也用不着天黑！”

“这样热天，你愿意晒着呀？”主任说，“口渴得很哩！”

小金子说：“过了树林，前面有个瓜园，我去买瓜！我和那个开瓜园的老头有交情，咱们要吃瓜，他不会要钱。可是，现在西瓜还不熟，只能将就着摘个小酥瓜儿吃！”

主任说：“怎么能白吃老百姓的瓜呢？把水壶给我吧！”

递过水壶去，小金子说：“到了石佛，我给主任去号一间房，管保凉快，清净，没有臭虫！”

他从兜囊里扯出了那件东西，一扬手在马屁股上抽了一下，马就奔跑起来。

主任的小黑马追上去，主任说："小金子！那是件什么东西？"

"小马鞭儿！"小金子又在空中一扬。那是一支短短的、用各色绸布结成的小马鞭，像是儿童的玩具。

"你总是顽皮，哪里弄来的？我们是骑兵，还用马鞭子？"主任笑着。

"骑兵不用马鞭，谁用马鞭？戏台上的大将，还拿着马鞭打仗哩！"小金子说。

"那是唱戏，我们要腾开手来打仗，用不着这个。进村了，快收起来，人家要笑话哩！"主任说。

小金子又看了几看，才把心爱的物件插到兜囊里去，心里有些不高兴。他想人家好心好意给做了，不能在进村的时候施展施展，多么对不住人家？人家不知道费了多大工夫哩！

主任又问了："买的，还是求人做的？"

"是家里捎来的。"

"怎么单捎了这个来？"

"他们准是觉得我当了骑兵缺少的就是马鞭子，心爱的也是这个。"

"怎么那样花花绿绿？"

"是个女孩子做的，她们喜欢这个颜色！"

"是你的什么人呀？"

"一家邻舍，从小儿一块长大的。"

主任没有往下问，在年岁上，他不过比小金子大两岁。在情感这个天地里，他们会是相同的。

过了一刻，他说："回家或是路过，谢谢人家吧！"

3

五月里打过仗，小金子受伤回到家里，他饭也吃不下，觉也睡不着。主任和那些马匹，马匹的东奔西散，同志们趴在道沟里战斗牺牲……老在他眼前转,使他坐立不安。黑间白日,他尖着耳朵听着,好像那里又有集合的号音、练兵的口令、主任的命令、马蹄的奔腾;过了一会又什么也听不见。他的病一天一天重了。

小金子的爹,今年五十九岁了,只有这一个儿子。给他挖了一个洞,洞口就在小屋里破旧的迎门橱后面。出口在前邻小胜儿家。小胜儿,就是给小金子捎马鞭子的那个姑娘。

小胜儿的爹在山西挑货郎担儿,十几年不回家了。那年小金子的娘死了,没人做活,小金子的爹,心里准备下了一堆好话,把布拿到前邻小胜儿的娘那里。小胜儿的娘一听就说:

"她大伯,你别说这个。咱们虽说不是一姓一家,住得这么近,就像一家似的,你有什么活,尽管拿过来。我过着穷日子,就知道没人的难处,说句浅话,求告你的时候在后头哩。把布放下吧,我给你裁铰裁铰做上。"

从这以后,两家人就过得很亲密。

小金子从战场回来,小胜儿的娘把他抱在怀里,摸着那扯破的军装说:"孩子,你们是怎么着,爬着滚着地打来呀?新布就撕成这个样子!小胜儿,快去给你哥哥找衣裳来换!"

小金子说:"不用换。"

"傻孩子,"小胜儿的娘说,"不换衣裳,也得养养病呀!看你的脸成了什么颜色!快脱下来,叫小胜儿给你缝缝。你看这血,这是你流的……"

"有我流的,也有同志们流的!"小金子说。

母女两个连夜帮着小金子的爹挖洞,劝说着小金子进去养病养伤。

4

敌人在田野拉网清巢,村里成了据点,正在清查户口。母女两个整天为小金子担心,焦愁得饭也吃不下去。她们不让小金子出来,每天早晨,小胜儿把饭食送进洞里去,又把便尿端出来。

那天,她用一块手巾把头发包好,两只手抱着饭罐,从洞口慢慢往里爬。爬到洞中间,洞里的小油灯忽地灭了,她小声说:"是我。"把饭罐轻轻放好，从身上掏出洋火，擦了好几根，才把灯点着。洞里一片烟雾，她看见小金子靠在潮湿的泥土上，脸色苍白得怕人，一言不发。

她问："你怎么了？"

"这样下去，我就死了。"小金子说。

"这有什么办法呀？"小胜儿坐在那像在水里泡过的褥子上，"鬼子像在这里住了老家，不打，他们自己会走吗？"她又说，"我问问你，杨主任牺牲了？"

"牺牲了，我老是想他。"小金子说，"跟了他两三年，年纪又差不多，老是觉着他还活着，一时想该给他打饭，一时想又该给他备马了。可是哪里去找他呀，想想罢了！"

"他的面目我记得很清楚，"小胜儿说，"那天，他跟着你到咱们家来，我觉着比什么都光荣。说话他就牺牲了，他是个南方人吧？"

"离我们有九千多里地，贵州地面哩。你看他学咱这里的话学得多像！"小金子说。

小胜儿说："不知道家里知道他的死讯不？知道了，一家人要多难过！自然当兵打仗，说不上那些。"

小金子说："先是他同我顶着打。叫同志们转移，后来我受了伤，敌人冲到我面前，他跳出了掩体和敌人拼了死命。打仗的时候，他自己勇敢得没对儿，总叫别人小心。平时体贴别人，自己很艰苦。那天行军，他渴了，我说给他摘个瓜吃，他也不允许。"

"为什么，吃个瓜也不允许？"小胜儿问。

"因为不止他一个人呀。我心里有什么事，他立时就能看出来。也是那天，我玩弄你捎给我的小马鞭儿，他批评了我。"

"那是闹着玩儿的，"小胜儿说，"他为什么批评你哩？"

"他说是花花绿绿，不像个战士样子，我就把马鞭子装起来了。可是，过了一会，他又叫我谢谢你。"

"有什么谢头，叫你受了批评还谢哩！"小胜儿笑了一下，"我们别忘了给他报仇就是了！你快着养壮实了吧！"

5

小胜儿从洞里出来,就和她娘说:“我们该给小金子买些鸡蛋,称点挂面。”

娘说:“叫鬼子闹的,今年麦季没收,秋田没种,高粱小米都吃不起,这年头摘摘借借也困难。”

小胜儿说:“娘,我们赶着织个布卖了去吧!”

娘说:“整天价逃难,提不上鞋,哪里还能织布?你安上机子,知道那兔羔子们什么时候闯进来呀!”

“要不我们就变卖点东西?人家的病要紧哩!”小胜儿说。

“你这孩子!”娘说,“什么人家的病,这不像亲兄弟一样吗?可是,咱一个穷人家,有什么可变卖的哩,有什么值钱的物件哩?”

小胜儿也仰着脖子想,她说:“要不,把我那件袄卖了吧!”

“哪件袄?你那件花丝葛袄吗?”娘问着,“哪有还没过事,就变卖陪送的哩?”

小胜儿说:“整天藏藏躲躲的,反正一时也穿不着,不是埋坏了,就是叫他们抢走了,我看还是拿出去卖了它吧!”

“依我的心思呀,”娘笑着说,“这么兵荒马乱,有个对事的人家,我还想早些打发你出去,省得担惊受怕哩!那件衣裳不能卖,那是我心上的一件衣裳!”

“可是,晚上,他就没得吃,叫他吃红饼子?”小胜儿说,“今儿个是集日,快拿出去卖了吧!”

到底是女儿说服了娘,包起那件衣服,拿到集上去。集市变了,看不见年轻人和正经买卖人,没有了线子市,也没有了花布市,小胜儿的娘抱着棉袄,在十字路口靠着墙站了半天,也没个买主。晌午错了,才过来个汉奸,领着一个浪荡女人,要给她买件衣裳。小胜儿的娘不敢争价,就把那件衣裳卖了。她心疼了一阵,好像卖了女儿身上的肉一样。称了一斤挂面,买了十个鸡蛋,拿回家来,交给小胜儿,就啼哭起来。天还不黑就盖上被子睡觉去了。

小胜儿没有说话，下炕给小金子做饭。现在天快黑了，她手里劈着干柳树枝，眼望着火，火在她脸上身上闪照，光亮发红。她好像看见杨主任的血，看见小金子苍白的脸，看见他的脸慢慢变得又胖又红润了。她小心地把饭做熟，早早地把大门上好，就爬到洞口去拉暗铃。一种微小的柔软的声音，在地下响了。不久，小金子就钻了出来。

这一顿饭，小金子吃得很多，两碗挂面四个鸡蛋全吃了，还有点不足心的样子。吃完了饭，一抹嘴说：

“有什么吃什么就行了，干什么又花钱?”

“哪里来的钱呀，孩子，是你妹子把陪送袄卖了，给你养病哩！卖了，是叫个好人穿呀！叫那么个烂货糟蹋去了，我真心疼！你可别忘了你妹子！”小胜儿的娘在被窝里说。

“我们这是优待八路军，用不着谢，也用不着报答！”小胜儿低着头笑了笑，收拾了碗筷。

小金子躺在炕上。小胜儿用棉被把窗子堵了个严又严，把屋门也上了。她点起一盏小油灯，放在墙壁上凿好的一个小洞里，面对着墙做起针线来，不住尖着耳朵听外面的风声。

在冀中平原，有多少妇女孩子在担惊，在田野里听着枪声过夜！她回过头来说：

“我们这还算享福哩，坐在自己家里的炕上——怎么你们睡着了?”

“大娘睡着了，我没睡着。”小金子说，“今天吃得多些，精神也好些，白天在洞里又睡了一会，现在怎么也睡不着了。你做什么哩?”

“做我的鞋，”小胜儿低着头说，“整天东逃西跑，鞋也要多费几双。今年军队上的活，做得倒少了。”

“像我整天钻洞，不穿鞋也可以！”小金子说。听着他的声音，小胜儿的鼻子也酸了，她说：

“你受了伤，又有病，这说不上。好好养些日子，等腿上有了力气，能走长路了，就过铁道找队伍去。做上了我的，就该给你铰底子做鞋了！”

小胜儿放下活计，转过身来，她的眼睛在黑影里放光。在这样的夜晚，敌人正在附近村庄放火，在田野、村庄、树林、草垛里搜捕杀害冀中的人民……

秋　千

张岗镇是小区的中心村，分四大头。工作组一共四个人，一人分占一头，李同志还兼着冬学的教员。他在西头工作，在西头吃派饭，除去地主富农家，差不多是挨门挨户一家三天。不上一个月，这一头的大人孩子就全和他熟了。

这几天，冬学里讨论划阶级定成分，人们到得很多。西头有一帮女孩子，尤其是学习的模范。她们小的十四五，大的十七八，都是贫农和中农的女儿。她们在新社会里长大，对旧社会的罪恶知道得很少。她们从小就结成一个集团，一块纺线，一块织布；每逢集日，一块抱着线子上市，在人群里，她们的线显得特别匀细。要买你就全买，要不就一份也不卖，结果弄得收线的客人总得给她们个高价儿。卖了线，买一色的红布做棉裤，买一个花样的布做袄，好像穿制服一样。

吃过晚饭，就凑齐了上学去，在街上横排着走。在黑影里，一听是她们过来了，人们就得往边上闪闪。只许你踏在泥里，她们是要走干道的，晚上也都穿着新鞋。

冬学设在小学校的大讲堂里，她们总是先到，等着别人。

这天，李同志拖着一双大草鞋，来到学校里，灯已经点着了。

女孩子们挤在前边一条长凳上，使得那条板凳不得安闲。一会儿翘起这头，一会儿翘起那头，她们却哧哧地笑。

李同志笑着问："今天谁点的灯啊？"

"是大绢——大绢是模范。"她们喊着。

"咱们的冬学越来越热闹！"李同志说。

"这是——因为你讲话讲得妙！"

那个叫大绢的女孩子回答，简直像是唱歌儿。

"我看是这个问题很重要！"李同志说。

"大家都想知道知道——自己是什么成分。"大绢笑了半截，强忍耐住了。

说着屋里已经挤满了人,女的也不少。男人把板凳让出来,有的就坐到窗台上去。

“人到得差不多了,开讲吧!”

李同志站到大碗油灯前面。他讲什么叫地主富农,什么叫剥削。他讲到那些要紧的关节,叫大家记住,叫大家举本村的例子,叫大家讨论和争辩,那时我们的政策,有些部分还不如后来那么十分明确,比如确定成分的年月是“事变前三年到六年”。

先讨论村里明显的户,谁家是地主,谁家是富农。最后李同志叫人们再想一想。

他严肃地说:“根据我们讲的,大家看看还有遗漏的没有?”

人们沉静了一会儿,有几声咳嗽,有几声孩子哭,有几个人出去走动了走动。

忽然有一个人报告:“我不怕得罪人,我说一户——西头大绢家,剥削就不轻,叫我看就是富农,大家可以争取争取(就是讨论讨论)!”

李同志静静地听着,说话的人站在人群的后面,看不见他的脸,李同志听出是东头扎花炮的刘二壮,他的嗓门很高。人们都望着大绢。李同志觉得在他的面前,好像有两盏灯刹地熄灭了,好像在天空流走了两颗星星,他注意了一下,坐在他前面长凳上的大绢低下了头,连头发根都涨红了。

同大绢坐在一条凳子上的女孩子们,也都低下了头。停了一会,那个叫喜格儿的扭动一下身子,回过头去红着脸说:

“你报告报告她家的情况!”

“当然我得有根据,”刘二壮说,“咱们谁也别袒护!”

“什么袒护呵?你说这话就不正确,李同志不是说叫讨论吗?咱们这是学习哩!”女孩子们全体转过身去对抗着。

“你看你们那方式方法!”刘二壮说,“好,我就报告报告她家的情况:她爷爷叫老灿,当过顺兴隆缸瓦店的大掌柜;家里种到过五十亩地,喂过两个大骡子,盖了一所好宅子,这谁不知道?”

“有没有剥削?”李同志问。

“怎么没有?他当着掌柜,家里又没有别人,问问他那五十亩地谁给他种的?那剥削准有百分之二十五!”

“什么时间?”李同志又问。

“不多几年儿!反正出不了三年六年那一段。”刘二壮说。

“同志!我说一说行不行?”大绢站起来,转脸望着后面,忍着眼泪。李同志点一点头。

她说:“乡亲们!谁也知道日本人把俺家烧了个一干二净。从我记事起,我们过的是多么寒苦的日子!我从小就两只手没有闲着过,十三上织布,十岁就纺卖线;地里的活,我敢说不让一个男孩子。你们横竖都见来着,现在刘二壮说我们剥削过人,我哪见过大骡子大车呀?”

人们都望着她。她才十五岁,起初人们心里想,这么大的一个孩子,能当着这么些个人说这么几句,像干爆豆似的,可真算不错了。

刘二壮也很平和地说:“反正我说的句句是实,要不叫她那一头的人们说说!”

可是,西头的几个老年人不说话,那几个女孩子也真闹不清这老辈里的事,有钢也使不到刃上。大绢坐在板凳上哭了,她站起来,往外就走,一边走一边哭着说:“我去叫我爷爷去,看他剥削过人没有?”

“他能来吗?你叫他干什么!”人们拦不住,她走了,到院里就放声哭了。

“这孩子从小可没享受过,”一个壮年妇女对李同志说,“从小爹娘全死了,他爷爷报了估又得了半身不遂,事变那年日本人烧得她家只剩了几间房筒子,家里地里,就仗她一个人!”

“你们上了岁数的人说说,她爷爷到底是怎样一个人?”李同志又问西头那几个老头儿。

“我说说吧!”麻子老点抽完了一锅烟,把烟袋杆里的烟和油子用大劲吹了出来,说,“她爷爷是这样一个人:从小是个穷底,可是个光棍儿,不好生过日子,整天在街上混混儿。后来碰上了一个硬碴儿,栽了一个跟头,就回心转意了。浪子回头,千金不换,他在张岗街上开了一个小杂货店,起先就卖些针头线脑、火绒洋取灯、烧纸寒衣纸、碱面香油醋……每天打个早起，在大道上去跑一趟，拾回满满一筐粪。不上几年，小买卖越来越红火，人们看着他有本事，就有的拿出股本，叫他领东，开了一座缸瓦瓷器店，这就是顺兴隆。用了几个伙计，很是赚钱，三年一账，三年一账，他要了几十亩地……”

“这时就雇了长工？”李同志问。

麻子老点说：“他没有雇长工。柜上有一辆大车，也用着把式，秋麦两季，铺子里的伙计们帮他收割打场。”

“双层剥削！”刘二壮在后面放低声音说，可是人们还全能听得见。

“他又盖了一所住宅，”麻子老点接着说，“这算到了顶儿。就在那一年，和天津的洋人做买卖，一下受了骗，铺子关门，家里报了估。日本人来了，又给他点上一把火，烧了个片瓦无归……”

“在哪一年报的估？”李同志问。

“不多几年儿！”麻子老点说，“反正也在三年六年那一段里！”

那天晚上，大绢并没有把她爷爷叫来。时间晚了，冬学就散了。

以后，大绢没有上学来，虽说并没人限制她。和她一伙的女孩子们这几天到得也不齐，有几个早来，有几个迟到。坐在板凳上也不那样哄笑打闹了。

李同志到西头吃派饭，这天轮到喜格儿家里，喜格儿又给他炒了鸡蛋。李同志一边吃一边进行教育，说是一家人，不该给他做好的吃。喜格儿只是笑着听着，也不反对。喜格儿的娘说：“你说得有理，我们做得也不歪，好东西不叫一家人吃，难道叫外人吃？”说笑中间，有人在外间叫了一声，喜格儿放下碗筷就出去了，随手拉进一个女孩子来，是大绢。

一眼看来，大绢好像比平时矮了一头，浑身满脸要哭的样子。

喜格儿说：“你和老李说说么！光哭顶事？”

说话一掀门帘又进来了一群，都是她们那一帮，有的靠着隔扇门，有的立在炕沿边，有的背着迎门橱，散布开了，好像助阵似的。

大绢说：“李同志，你再到我们家里去看看，我们是地主富农吗？我能和人家那孩子们比吗？”

喜格儿说:“我们从小在一块拾柴挑菜。从前是地主富农的闺女瞧不起我们,不跟我们在一块,眼下是我们不跟她们在一块。为什么平白无故把大绢打进仇人的伙里?”

“你们想不通!”李同志说。

“想不通,她一点也不像。”喜格儿说。

“李同志,你再考察考察!”

“老李,你再到她家去看看,看看像个富农不?”

她们是在苦苦求情了。

李同志说:“这是学习,你们不同意,就在学校里提意见呀!”

“提意见,我们是得提意见。我们觉得不能追那么远,不是不许追三代了吗?”一个女孩子说。

李同志说:“人家没有追三代。她家有剥削,时间又在三年六年那一段里,这是个成分问题。家里没什么了,自然也就不再斗争你的东西。”

“我没剥削过人,怎么能担这个名儿呀?”大绢又哭了。

李同志放下饭碗说:“我们是要消灭人剥削人的制度。这个制度存在几千年了,你们想想有多少人,在这个制度下面含冤死去,有多少人叫这个制度碾个粉碎?你们都听过老年人诉苦了,该明白剥削是多大的罪恶!多少年来,人们怀抱一个理想,就是要消灭这个制度,好叫人们像春苗一样,不受旱涝,不受践踏,自由地生活生长生存。有很多人为这个理想牺牲一切,献出了自己的生命。你们村里就有过两位坐狱被杀的共产党员。这不是随随便便的事,也不是求情的事。自然,我们也要慎重,不能把自己的人变成敌人!”

女孩子们说:“李同志,你说得对,她要真是地主富农,就是亲生姐妹,我们绝不袒护她!我们觉着她不是,她是我们一群里的!”

正月里,工作组学习了一九三三年两个文件,读了任弼时同志的报告,李同志又拿到冬学里去讲解,重新讨论了几家的成分。这一帮女孩子就提出来:大绢家有过剥削,是老年间的事了,也没有连续三年,按新精神定成分,她还是农民。

大绢也来上学了。她瘦了些,可是比以前更积极更高兴了,就是:火色更纯净,钢性也更坚韧了。她说,她爷爷剥削过人是他的罪过,经过这回事情,她要记着:一辈子也不要剥削别人一点点。

正月里,只有剥削过人的家庭,不得欢乐。喜格儿她们在村西头搭了一个很高的秋千架。每天黄昏,她们放下纺车就跑到这里来,争先跳上去,弓着腰用力一蹴,几下就能和大横梁取个平齐。在天空的红云彩下面,两条红裤子翻上飞下,秋千吱呀作响,她们嬉笑着送走晚饭前这一段时光。

秋千在大道的边沿,来往的车辆很多,拉白菜的,送公粮的。戴着毡帽、穿着大羊皮袄的把式们,怀里抱着大鞭,一出街口,眼睛就盯在秋千上面。其中有一辆,在拐角的地方,碰在碌碡上翻了,白菜滚到沟里去,引得女孩子们大笑起来。

赶车的人说:"别笑了,快过来帮忙搬搬吧,咳!光顾看你们打秋千了。你们打那么高,眼看就从大梁上翻过来了!"

天黑下来,她们才回家去吃饭,吃过饭又找到一块上冬学去了。

山地回忆

从阜平乡下来了一位农民代表,参观天津的工业展览会。我们是老交情,已经快有十年不见面了。我陪他去参观展览,他对于中纺的织纺、对于那些改良的新农具特别感兴趣。临走的时候,我一定要送点东西给他,我想买几尺布。

为什么我偏偏想起买布来?因为他身上穿的还是那样一种浅蓝的土靛染的粗布裤褂。这种蓝的颜色,不知道该叫什么蓝,可是它使我想起很多事情,想起在阜平穷山恶水之间度过的三年战斗的岁月,使我记起很多人。这种颜色,我就叫它"阜平蓝"或是"山地蓝"吧。

他这身衣服的颜色,在天津很是显得突出,也觉得土气。但是在阜平,这样一身衣服,织染既是不容易,穿上也就觉得鲜亮好看了。阜平土地很少,山上都是黑石头,雨水很多很暴,有些泥土就冲到冀中平原上来了——冀中是我的家乡。阜平的农民没有见过大的地块,他们所有的,只是像炕台那样大,或是像锅台那样大的一块土地。在这小小的、不规整的,有时是尖形的、有时是半圆形的、有时是梯形的小块土地上,他们费尽心思,全力经营。他们用石块垒起,用泥土包住,在边沿栽上枣树,在中间种上玉黍。

阜平的天气冷,山地不容易见到太阳。那里不种棉花,我们到那里的时候,老大娘们手里搓着线锤。很多活计用麻代线,连袜底也是用麻纳的。

就是因为袜子,我和这家人认识了,并且成了老交情。那是个冬天,该是一九四一年的冬天,我打游击打到了这个小村庄,情况缓和了,部队决定休息两天。

我每天到河边去洗脸,河里结了冰,我蹬在冰冻的石头上,把冰砸破,浸湿毛巾,等我擦完脸,毛巾也就冻挺了。有一天早晨,刮着冷风,只有一抹阳光,黄黄地落在河对面的山坡上。我又蹬在那块石头上去,砸开那个冰口,正要洗脸,听见在下水流有人喊:

"你看不见我在这里洗菜吗?洗脸到下边洗去!"

这声音是那么严厉，我听了很不高兴。这样冷天，我来砸冰洗脸，反倒妨碍了人。心里一时挂火，就也大声说：

“离着这么远，会弄脏你的菜！”

我站在上风头，狂风吹送着我的愤怒，我听见洗菜的人也恼了，那人说：“菜是下口的东西呀！你在上流洗脸洗屁股，为什么不脏？”

“你怎么骂人？”我站立起来转过身去，才看见洗菜的是个女孩子，也不过十六七岁。风吹红了她的脸，像带霜的柿叶，水冻肿了她的手，像上冻的红萝苋。她穿的衣服很单薄，就是那种蓝色的破袄裤。

在十月严冬的河滩上，敌人往返烧毁过几次的村庄的边沿，寒风里，她抱着一篮子水沤的杨树叶，这该是早饭的食粮。

不知道为什么，我一时心平气和下来。

我说：“我错了，我不洗了，你在这块石头上来洗吧！”

她冷冷地望着我，过了一会才说：“你刚在那石头上洗了脸，又叫我站上去洗菜！”

我笑着说：“你看你这人，我在上水洗，你说下水脏，这么一条大河，哪里就能把我脸上的泥土冲到你的菜上去？现在叫你到上水来，我到下水去，你还说不行，那怎么办哩？”

“怎么办？我还得往上走！”

她说着，扭着身子逆着河流往上去了。蹬在一块尖石上，把菜篮浸进水里，把两手插在袄襟底下取暖，望着我笑了。

我哭不得，也笑不得，只好说：“你真讲卫生呀！”

“我们是真卫生，你们是装卫生！你们尽笑话我们，说我们山沟里的人不讲卫生，住在我们家里，吃了我们的饭，还刷嘴刷牙，我们的菜饭再不干净，难道还会弄脏了你们的嘴？为什么不连肠子肚子都刷刷干净！”说着就笑得弯下腰去。

我觉得好笑。可也看见，在她笑着的时候，她的整齐的牙齿洁白得放光。

“对，你卫生，我们不卫生。”我说。

“那是假话吗？你们一个饭缸子，也盛饭，也盛菜，也洗脸，也洗脚，也喝水,也尿泡,那是讲卫生吗?”她笑着用两手在冷水里刨抓。

“这是物质条件不好,不是我们愿意不卫生。等我们打败了日本,占了北平,我们就可以吃饭有吃饭的家伙,喝水有喝水的家伙了,我们就可以一切齐备了。”

“什么时候,才能打败鬼子?”女孩子望着我,“我们的房,叫他们烧过两三回了!”

“也许三年,也许五年,也许十年八年。可是不管三年五年,十年八年,我们总是要打下去,我们不会悲观的。”我这样对她讲,当时觉得这样讲了以后,心里很高兴了。

“光着脚打下去吗?”女孩子转脸望了我脚上一下,就又低下头去洗菜了。

我一时没弄清是怎么回事,就问:“你说什么?”

“说什么?”女孩子也装没有听见,“我问你为什么不穿袜子,脚不冷吗?也是卫生吗?”

“咳!”我也笑了,“这是没有法子么,什么卫生!从九月里就反‘扫荡’,可是我们八路军,是非到十月底不发袜子的。这时候,正在打仗,哪里去找袜子穿呀?”

“不会买一双?”女孩子低声说。

“哪里去买呀?尽住小村,不过镇店。”我说。

“不会求人做一双?”

“哪里有布呀?就是有布,求谁做去呀?”

“我给你做。”女孩子洗好菜站起来,“我家就住在那个坡子上,”她用手一指,“你要没有布,我家里有点,还够做一双袜子。”

她端着菜走了,我在河边上洗了脸。我看了看我那只穿着一双“踢倒山”的鞋子、冻得发黑的脚,一时觉得我对于面前这山,这水,这沙滩,永远不能分离了。

我洗过脸,回到队上吃了饭,就到女孩子家去,她正在烧火,见了我就说:“你这人倒实在,叫你来你就来了。”

我既然摸准了她的脾气，只是笑了笑，就走进屋里。屋里蒸汽腾腾，等了一会，我才看见炕上有一个大娘和一个四十多岁的大伯，围着一盆火坐着。在大娘背后还有一位雪白头发的老大娘。一家人全笑着让我炕上坐。

女孩子说："明儿别到河里洗脸去了，到我们这里洗吧，多添一瓢水就够了！"

大伯说："我们妞儿刚才还笑话你哩！"

白发老大娘瘪着嘴笑着说："她不会说话，同志，不要和她一样呀！"

"她很会说话！"我说，"要紧的是她心眼儿好，她看见我光着脚，就心疼我们八路军！"

大娘从炕角里扯出一块白粗布，说："这是我们妞儿纺了半年线赚的，给我做了一条棉裤，剩下的说给她爹做袜子，现在先给你做了穿上吧。"

我连忙说："叫大伯穿吧！要不，我就给钱！"

"你又装假了，"女孩子烧着火抬起头来，"你有钱吗？"

大娘说："我们这家人，说了就不能改移。过后再叫她纺，给她爹赚袜子穿。早先，我们这里也不会纺线，是今年春天，家里住了一个女同志，教会了她，还说再过来了，还教她织布哩！你家里的人，会纺线吗？"

"会纺！"我说，"我们那里是穿洋布哩，是机器织纺的。大娘，等我们打败日本……"

"占了北平，我们就有洋布穿，就一切齐备！"女孩子接下去，笑了。

可巧，这几天情况没有变动，我们也不转移，每天早晨，我就到女孩子家里去洗脸。第二天去，袜子已经剪裁好，第三天去她已经纳底子了，用的是细细的麻线。

她说："你们那里是用麻用线？"

"用线。"我摸了摸袜底，"在我们那里，鞋底也没有这么厚！"

"这样坚实。"女孩子说，"保你穿三年，能打败日本不？"

"能够。"我说。

第五天，我穿上了新袜子。

和这一家人熟了，就又成了我新的家。这一家人身体都健壮，又好说笑。女孩子的母亲,看起来比女孩子的父亲还要健壮,女孩子的姥姥九十岁了,还那么结实,耳朵也不聋,我们说话的时候,她不插言,只是微微笑着。她说,她很喜欢听人们说闲话。

女孩子的父亲是个生产的好手,现在地里没活了,他正计划贩红枣到曲阳去卖,问我能不能帮他的忙。部队重视民运工作,上级允许我帮老乡去做运输,每天打早起,我同大伯背上一百多斤红枣,顺着河滩,爬山越岭,送到曲阳去。女孩子早起晚睡给我们做饭,饭食很好。

一天,大伯说:“同志,你知道我是沾你的光吗?”

“怎么沾了我的光?”

“往年,我一个人背枣,我们妞儿是不会给我吃这么好的!”

我笑了,女孩子说:“沾他什么光,他穿了我们的袜子,就该给我们做活了!”又说,“你们跑了快半月,赚了多少钱?”

“你看,她来查账了,”大伯说,“真是,我们也该计算计算了!”他打开放在被垒底下的一个小包袱,“我们这叫包袱账,赚了赔了,反正都在这里面。”

我们一同数了票子,一共赚了五千多块钱。

女孩子说:“够了。”

“够干什么了?”大伯问。

“够给我买张织布机子了!这一趟,你们在曲阳给我买架织布机子回来吧!”

无论姥姥、母亲、父亲和我,都没人反对女孩子这个正当的要求,我们到了曲阳,把枣卖了,就去买了一架机子,大伯不怕多花钱,一定要买一架好的,把全部盈余都用光了。我们分着背了回来,累得浑身流汗。

这一天,这一家人最高兴,也该是女孩子最满意的一天。这像要了几亩地,买回一头牛;这像制好了结婚前的陪送。

以后,女孩子就学习纺织的全套手艺了:纺,拐,浆,落,经,镶,织。

当她卸下第一匹布的那天,我出发了。从此以后,我走遍山南塞北,那双袜子,整整穿了三年也没有破绽。一九四五年,我们战胜了日本强盗,我从延安回来，在碛口地方，跳到黄河里去洗了一个澡，一时大意，奔腾的黄水，冲走了我的全部衣物，也冲走了那双袜子，黄河的波浪激荡着我关于敌后几年生活的回忆，激荡着我对于那女孩子的纪念。

开国典礼那天，我同大伯一同到百货公司去买布，送他和大娘一人一身蓝士林布，另外，送给女孩子一身红色的。大伯没见过这样鲜艳的红布，对我说："多买上几尺，再买点黄色的？"

"干什么用？"我问。

"这里家家门口挂着新旗，咱那山沟里准还没有哩！你给了我一张国旗的样子，一块带回去，叫妞儿给做一个，开会过年的时候，挂起来！"

他说妞儿已经有两个孩子了，还像小时那样，就是喜欢新鲜东西，说什么也要学会。

吴召儿

得胜回头

这两年生活好些,却常常想起那几年的艰苦。那几年,我们在山地里,常常接到母亲求人写来的信。她听见我们吃树叶、黑豆,穿不上棉衣,很是担心焦急。其实她哪里知道,我们冬天打一捆白草铺在炕上,把腿舒在袄袖里,同志们挤在一块,是睡得多么暖和!她也不知道,我们在那山沟里沙地上,采摘杨柳的嫩叶,是多么热闹和快活。这一切,老年人想象不来,总以为我们像度荒年一样,整天愁眉苦脸哩!

那几年吃得坏,穿得薄,工作得很起劲。先说抽烟吧:要老乡点兰花烟和上些芝麻叶,大家分头卷好,再请一位有把握的同志去擦洋火。大伙围起来,遮住风,为的是这唯一的火种不要被风吹灭。然后先有一个人小心翼翼地抽着,大家就欢乐起来。要说是写文章:能找到一张白报纸,能找到一个墨水瓶,那就很满意了,可以坐在草堆上写,也可以坐在河边石头上写。那年月,有的同志曾经为一个不漏水的墨水瓶红过脸吗?有过。这不算什么,要是像今天,好墨水,车载斗量,就不再会为一个空瓶子争吵了。关于行军:就不用说从阜平到王快镇那一段讨厌的砂石路,叫人进一步退半步;不用说雁北那蹚不完的冷水小河,蹬不住的冰滑踏石,转不尽的阴山背后;就是两界峰的柿子,插箭岭的风雪,洪子店的豆腐,雁门关外的辣椒杂面,也使人留恋想念。还有会餐:半月以前就做精神准备,事到临头,还得拼着一场疟子,情愿吃得上吐下泻,也得弄它个碗净锅干;哪怕吃过饭再去爬山呢!是谁摘过老乡的辣椒下饭,是谁用手榴弹爆炸河潭的小鱼?哪个小组集资买了一头蒜,哪个小组煮了狗肉大设宴席?

留在记忆里的生活,今天就是财宝。下面写的是在阜平三将台小村庄我的一段亲身经历,其中都是真人真事。

民校

我们的机关搬到三将台，是个秋天，枣儿正红，芦苇正吐花。这是阜平东南一个小村庄，距离有名的大镇康家峪不过二里路。我们来了一群人，不管牛棚马圈全住上，当天就劈柴做饭，上山唱歌，一下就和老乡生活在一块了。

那时我们很注意民运工作。由我去组织民校识字班，有男子组，有妇女组。且说妇女组，组织得很顺利，第一天开学就全到齐，规规矩矩，直到散学才走。可是第二天就都抱了孩子来，第三天就在课堂上纳起鞋底，捻起线来。

识字班的课程第一是唱歌，歌唱会了，剩下的时间就碰球。山沟的青年妇女们，碰起球来，真是热烈，整个村子被欢笑声浮了起来。

我想得正规一下，不到九月，我就给她们上大课了。讲军民关系，讲抗日故事，写了点名册，发了篇子。可是因为座位不定，上了好几次课，我也没记清谁叫什么。有一天，我翻着点名册，随便叫了一个名字：吴召儿！

我听见“哧”的一声笑了。抬头一看，在人群末尾，靠着一根白杨木柱子，站起一个女孩。她正在背后掩藏一件什么东西，好像是个假手榴弹，坐在一处的女孩子们望着她笑。

她红着脸转过身来，笑着问我：“念书吗？”

“对！你念念头一段，声音大点。大家注意！”

她端正地立起来，两手捧着书，低下头去。我正要催她，她就念开了，书念得非常熟快动听。就是她这认真的念书态度和声音，不知怎样一下就印进了我的记忆。下课回来，走过那条小河，我听到了只有在阜平才能听见的那紧张激动的水流的声响，听到在这山草衰白、柿叶霜红的山地，还没有飞走的一只黄鹂的叫唤。

向导

十一月,老乡们披上羊皮衣,我们反“扫荡”了。我当了一个小组长,村长给我们分配了向导,指示了打游击的地势。别的组都集合起来出发了,我们的向导老不来。我在沙滩上转来转去,看看太阳就要下山,很是着急。

听说敌人已经到了平阳,到这个时候,就是大声呼喊也不容许。我跑到村长家里去,找不见,回头又跑出来,才在山坡上一家门口遇见他。村长散披着黑羊皮袄,也是跑得呼哧呼哧,看见我就笑着说:

“男的分配完了,给你找了一个女的!”

“怎么搞的呀?村长!”我急了,“女的能办事吗?”

“能办事!”村长笑着,“一样能完成任务,是一个女自卫队的队员!”

“女的就女的吧,在哪里呀?”我说。

“就来,就来!”村长又跑进那大门里去。

一个女孩子跟着他跑出来。穿着一件红棉袄,一个新鲜的白色挂包,斜在她的腰里,装着三颗手榴弹。

“真是,”村长也在抱怨,“这是反‘扫荡’呀,又不是到区里验操,也要换换衣裳!红的目标大呀!”

“尽是夜间活动,红不红怕什么呀,我没有别的衣服,就是这一件。”女孩子笑着,“走吧,同志!”说着就跑下坡去。

“路线记住了没有?”村长站在山坡上问。

“记下了,记下了!”女孩子嚷着。

“别这么大声怪叫嘛!”村长说。

我赶紧下去带队伍。

女孩子站在小河路口上还在整理她的挂包,望望我来了,她一跳两跳就过了河。

在路上,她走得很快,我跑上前去问她:

“我们先到哪里?”

“先到神仙山!”她回过头来一笑,这时我才认出她就是那个吴召儿。

神仙山

神仙山也叫大黑山，是阜平最高最险的山峰。前几天，我到山下打过白草；吴召儿领导的，却不是那条路，她领我们走的是东山坡一条小路。靠这一带山波，沟里满是枣树，枣叶黄了，飘落着，树尖上还留着不少的枣儿，经过风霜，红得越发鲜艳。

吴召儿问我："你带的什么干粮？"

"小米炒面！"

"我尝尝你的炒面。"

我一边走着，一边解开小米袋的头；她伸过手来接了一把，放到嘴里，另一只手从口袋里掏出一把红枣送给我。

"你吃枣儿！"她说，"你们跟着我，有个好处。"

"有什么好处？"我笑着问。

"保险不会叫你们挨饿。"

"你能够保这个险？"我也笑着问，"你口袋里能装多少红枣，二百斤吗？"

"我们走到哪里，吃到哪里。"她说。

"就怕找不到吃喝哩！"我说。

"到处是吃喝！"她说，"你看前头树上那颗枣儿多么大！"

我抬头一望，她飞起一块石头，那颗枣儿就落在前面地下了。

"到了神仙山，我有亲戚。"她捡起那颗枣儿，放到嘴里去，"我姑住在山上，她家的倭瓜又大又甜。今儿晚上，我们到了，我叫她给你们熬着吃个饱吧！"

在这个时候，一顿倭瓜，也是一种鼓励。这鼓励还包括：到了那里，我们就有个住处，有个地方躺一躺，有个老乡亲切地和我们说说话。

天黑的时候，我们才到了神仙山的脚下。一望这座山，我们的腿都软了，我们不知道它有多么高；它黑得怕人，高得怕人，危险得怕人，像一间房子那样大的石头，横一个竖一个，乱七八糟地躺着。一个顶一个，一个压一个,我们担心,一步登错,一个石头滚下来,整个山就会天崩地裂,房倒屋塌。她带领我们往上爬,我们攀着石头的棱角,身上出了汗,一个跟不上一个,拉了很远。她爬得很快,走一截就坐在石头上望着我们笑,像是在这乱石山中,突然开出一朵红花,浮起一片彩云来。

我努力跟上去,肚里有些饿。等我爬到山半腰,实在走不动,找见一块平放的石头,就倒了下来,喘息了好一会,才能睁开眼:天大黑了,天上已经出了星星。她坐在我的身边,把红枣送到我嘴里说:

"吃点东西就有劲了。谁知道你们这样不行!"

"我们就在这里过一夜吧!"我说,"我的同志们恐怕都不行了。"

"不能。"她说,"就快到顶上了,只有顶上才保险。你看那上面点起灯来的,就是我姑家。"

我望到顶上去。那和天交界的地方,有一点红红的摇动的灯光;那灯光不是她指出,几乎不能同星星分别开。望见这个灯光,我们都有了勇气,有了力量,它强烈地吸引着我们前进,到它那里去。

姑家

北斗星转下山去,我们才到了她的姑家。夜深了,这样高的山上,冷风吹着汗湿透的衣服,我们都打着牙噤。钻过了扁豆架、倭瓜棚,她尖声娇气叫醒了姑。老婆子费了好大工夫才穿好衣裳开开门。一开门,就有一股暖气,扑到我们身上来,没等到人家让,我们就挤到屋里去。那小小的屋里,简直站不开我们这一组人。人家刚一让我们上炕,有好几个已经爬上去躺下来了。

"这都是我们的同志。"吴召儿大声对她姑说,"快给他们点火做饭吧!"

老婆子拿了一根麻秸,在灯上取着火,就往锅里添水。

一边仰着头问:"下边又'扫荡'了吗?"

"又'扫荡'了,"吴召儿笑着回答,她很高兴她姑能说新名词,"姑!我们给他们熬倭瓜吃吧!"她从炕头抱下一个大的来。

姑笑着说:“好孩子,今年摘下来的顶属这个大,我说过几天叫你姑父给你送去哩!”

“不用送去,我来吃它了!”吴召儿抓过刀来把瓜剖开,“留着这瓜子炒着吃。”

吃过了香的、甜的、热的倭瓜,我们都有了精神,热炕一直热到我们的心里。吴召儿和她姑睡在锅台上,姑侄俩说不完的话:

“你爹给你买的新袄?”姑问。

“他哪里有钱,是我给军队上纳鞋底挣了钱换的。”

“念书了没有?”

“念了,炕上就是我的老师。”

截击

第二天,我们在这高山顶上休息了一天。我们从小屋里走出来,看了看吴召儿姑家的庄园。这个庄园,在高山的背后,只在太阳刚升上来,这里才能见到光亮,很快就又阴暗下来。东北角上一洼小小的泉水,冒着水花,没有声响!一条小小的溪流绕着山根流,也没有声响,水大部分渗透到沙土里去了。这里种着像炕那样大的一块玉蜀黍,像锅台那样大的一块土豆,周围是扁豆,十几棵倭瓜蔓就奔着高山爬上去了!在这样高的黑石山上,找块能种庄稼的泥土是这样难,种地的人就小心整齐地用石块把地包镶起来,恐怕雨水把泥土冲下去。奇怪!在这样少见阳光、阴湿寒冷的地方,庄稼长得那样青翠,那样坚实。玉蜀黍很高,扁豆角又厚又大,绿得发黑,像说梅花调用的铁响板。

吴召儿出去了,不久,她抱回一捆湿木棍:

“我送你们每个人一把拐杖,黑夜里,它就是我们的眼睛。”

她用一把锋利明亮的小刀,给我们修着棍子。这是一种山桃木,包皮是紫红色,好像上了油漆;这木头硬得像铁一样,打在石头上,发出铜的声音。

这半天,我们过得很有趣,差不多忘记了反“扫荡”。

当我们正要做下午饭，一个披着破旧黑山羊长毛皮袄，手里提着一根粗铁棍的老汉进来了；吴召儿赶着他叫声姑父，老汉说：

"昨天，我就看见你们上山来了。"

"你在哪看见我们上来呀？"吴召儿笑着问。

"在羊圈里，我喊你来呀，你没听见！"老汉望着内侄女笑，"我来给你们报信，山下有了鬼子，听说要搜山哩！"

吴召儿说："这么高山，鬼子敢上来吗？我们还有手榴弹哩！"

老汉说："这几年，这个地方目标大了，鬼子真要上来了，我们就不好走动。"

这样，每天黎明，吴召儿就把我唤醒，一同到那大黑山的顶上去放哨。山顶不好爬，又危险，她先爬到上面，再把我拉上去。

山顶上有一丈见方的一块平石，长年承受天上的雨水，给冲洗得光亮又滑润。我们坐在那平石上，月亮和星星都落到下面去，我们觉得飘忽不定，像活在天空里。从山顶可以看见山西的大川，河北的平原，十几里，几十里的大小村镇全可以看清楚。这一夜下起大雨来，雨下得那样暴，在这样高的山上，我们觉得不是在下雨，倒像是沉落在波浪滔天的海洋里，风狂吹着，那块大平石也像要被风吹走。

吴召儿紧拉着我爬到大石的下面，不知道是人还是野兽在那里铺好了一层软软的白草。我们紧挤着躺在下面，听到四下里山洪暴发的声音，雨水像瀑布一样，从平石上流下，我们像钻进了水帘洞。

吴召儿说："这是暴雨，一会就晴的，你害怕吗？"

"要是我一个人我就怕了，"我说，"你害怕吧？"

"我一点也不害怕，我常在山上遇见这样的暴雨，今天更不会害怕。"吴召儿说。

"为什么？"

"领来你们这一群人，身上负着很大的责任呀，我也顾不得怕了。"

她的话，像她那天在识字班里念书一样认真，她的话同雷雨闪电一同响着，响在天空，落在地下，永远记在我的心里。

一清早我们就看见从邓家店起，一路的村庄，都在着火冒烟。我们看

见敌人像一条虫,在山脊梁上往这里爬行。一路不断响枪,是各村伏在山沟里的游击组。吴召儿说:

“今年,敌人不敢走山沟了,怕游击队。可是走山梁,你就算保险了?兔崽子们!”

敌人的目标,显然是在这个山上。他们从吴召儿姑父的羊圈那里翻下,转到大黑山来。我们看见老汉仓皇地用大鞭把一群山羊打得四散奔跑,一个人登着乱石往山坡上逃。吴召儿把身上的手榴弹全拉开弦,跳起来说:

“你去集合人,叫姑父带你们转移,我去截兔崽子们一下。”她在那乱石堆中,跳上跳下奔着敌人的进路跑去。

我喊:“红棉袄不行啊!”

“我要伪装起来!”吴召儿笑着,一转眼的工夫,她已经把棉袄翻过来。棉袄是白里子,这样一来,她就活像一只逃散的黑头的小白山羊了。一只聪明的、热情的、勇敢的小白山羊啊!

她蹬在乱石尖上跳跃着前进。那翻在里面的红棉袄,还不断被风吹卷,像从她的身上撒出的一朵朵的火花,落在她的身后。

当我们集合起来,从后山上跑下,来不及脱鞋袜,就跳入山下那条激荡的大河的时候,听到了吴召儿在山前连续投击的手榴弹爆炸的声音。

联想

不知她现在怎样了。我能断定,她的生活和历史会在我们这一代生活里放光的。关于晋察冀,我们在那里生活了快要十年。那些在我们吃不下饭的时候,送来一碗烂酸菜;在我们病重行走不动的时候,替我背上了行囊;在战斗的深冬的夜晚,给我打开门,把热炕让给我们的大伯大娘们,我们都是忘记不了的。

村　歌

上篇　互助组

1

老邴区长和县妇救会王同志到张岗组织农民生产，住在妇女生产部长香菊家里。王同志整天去开会，老邴实际上只处理着村里的事务问题，整天忙得下不来炕。村里陈年烂芝麻的老账，都找他来解决，他觉得这也是自己分内的工作。另外，他自己是个工农干部，最害怕在群众面前讲话。他讲话准备了半天，三言两语就完了，又好发脾气，所以什么召集大会、组织识字班的事，他就乐得叫王同志去。

村生产委员会的妇女生产小组，已经组织了八组。今天又开会，王同志同香菊吃过早饭就走了，香菊临走告诉老邴给她看门。

老邴留在家里，一个人在台阶上坐着看文件。

香菊家院里什么东西也没有，只有一棵枣树。旱枣涝梨，今年枣儿挂得很密，树尖上的已经全红，有的裂纹了。窗台下疏疏拉拉种着几棵扁豆，没有多少花。

香菊是贫农，老邴觉得这和自己的家里，仿佛完全一样，他想起了在冀南老家一个人过日子的母亲。他想香菊的爹娘早早死去，一个小姑娘，还养活着一个妹妹，过这样的日子，多么艰难。

他听见“吃吃”的笑声。转过脸来，看见一个姑娘抱着一个小孩，正用青秫秸打枣，逗着小孩笑。这姑娘细长身子，梳理得明亮乌黑的头发，披在肩上；红线白线紫花线合织的方格子上身，下身穿一条短裤，光脚穿着薄薄的新做的红鞋。

她仰着头望着树尖，像是寻找哪一个枣儿红得透，吃着可口，好动手去梆。

那姑娘准备好一个姿势，才回过脸来。她好像早就测量好了方位距离，一眼就望到区长的脸上，笑了笑，扔下青秫秸，和孩子哼哈说笑着转身走了。

老邴看准了她的脸，她的脸在太阳地里是那么白，眼睛是那么流动。老邴想：为什么不认识这个姑娘？她为什么不去开会？

那姑娘走出院，往东去了，拐进一个白梢门，又回头望了望。

老邴觉着奇怪，跟到那里看看。一进白梢门，是三间土甓北房，新糊的洒油的窗纸，镶着小玻璃镜。那姑娘在屋里脸贴着镜子，望着老邴。

老邴站在院当中，问："你们在这里住呀？"

"嗯。"那姑娘笑了一下说。

"你家里尽有什么人呀？"

"他们全不在家。你有事吗，区长？"

"没有事。"老邴一时觉得不好意思，要转身出来。那姑娘却爬下炕走出来，站在门台上，回身取过一个小板凳，放在老邴面前，笑着说：

"区长，坐一坐吧，你轻易不到我们家里来。我有个问题，和你讨论讨论。"

"什么问题？"老邴坐下来。

姑娘没有说话。老邴看见这姑娘的脸上擦着粉，两道眉毛虽然那么弯弯的，左边的一道却只有一半，在眼睛上面，秃秃地断了。

老邴说："你家里的人，都到地里去了吗？"

"没有。"

"去开会了？"

姑娘的脸一红，她说："没有，我正要和你讨论这个问题。"

"你说吧！"老邴有些不耐烦，"你叫什么名字？"

"我叫双眉。"姑娘说。

"你们也姓李，和香菊是一家子？"

"不是，我们姓郭。"

"你们常在一处做活吧？"

"不在一处，"双眉说，"我正要和你讨论这个。我问区长，凭什么，她们不叫我参加?”

“参加什么?”老邴问。

“参加生产组。”双眉的嘴唇有点发白,“不是讲生产吗? 我们可以比一比呀! 她们一天卸一个半布,我一天卸三个,她们不叫我参加,你看看!”她一扯自己的花褂子,“她们能织这样的布? 一道街上,都到我这里来讨换布样子;可她们不叫我参加。”

“谁不叫你参加?”老邴问。

“她们!”双眉的眼里噙着泪。

“她们说什么?”

“说我参加过剧团,有男女问题。”双眉的声音放低了。

“有错误,纠正了就完了!”老邴站起来想走。

双眉又高声说:“我没有问题。我问区长:什么叫流氓?”

老邴笑了笑:“这里说得明白!”双眉跑到屋里,拿出一张报纸,交给老邴。在问事处栏里,有关于流氓的解释。

“我得叫她们看看报,她们为什么给我扣帽子!”没等老邴看完,双眉就把报纸扯了回去。

“我问区长:登台演戏算不算流氓?”

“那是宣传么,怎么能叫流氓?”老邴说。

“夜晚演戏算流氓吗?”

“那也不是。”

“出村演戏算流氓吗? 出村体操算流氓?”

“不是那么个问题。”老邴说。

“什么问题?”双眉说,“她们就根据这个叫我流氓! 我问区长:好说好笑,算不算流氓? 赶集上庙算不算流氓? 穿干净点算不算流氓?”

“报上说得明白,”老邴很郑重地说,“流氓主要是不生产。”

“却又来!”双眉扬眉一笑,“我一天能卸三个布,好说好笑是我的脾气,赶集上庙是我要买线卖布,穿的花布是我自己织纺的。我问问她们还能说出我什么来!”

“你家是什么成分?”老邴问。

双眉一转身就进屋里去了,走到外间,她回过头来叫:

“区长,你进来看看俺们的家。”

老邴跟了进去。外间屋一只木板床,上面放一垒大花碗,一块大案板,一条大擀杖,油瓶醋瓶盐罐,墙上挂一个大笊篱,双眉撩起西间的门帘,一条头打外的大炕,一领新炕席,屋里是任什么也没有。双眉又把他领到东间,迎门就是一架顿机,机上还安着没织完的花格布,别的陈设也不多,可是拾掇打扫擦洗得明亮干净。

“你们家里有几口人?”老邴问。

“四口。”

“种多少地?”

“五亩半。”

“牲口?”

“和别人插着一个小驴,”双眉笑一笑,“区长,你说我们叫什么农?”

“按地亩和人口说,你们该是贫农。可是你们生活不错吧,你家案板那样大,敢是常吃白面?”

“俺家开的是起火小店。”双眉笑了,“你没看见那头那大炕?吃的就从这里边赚出来,穿的就凭我这两只手,织织纺纺。”

“我回去和王同志谈谈。”老邴说着走出来,双眉把他送到大门外边,站了好久才进去。

2

老邴回到香菊家,王同志和香菊全开会回来了,正等着他吃饭。

小二菊在当屋放下白木桌,听姐姐支使,用水把桌面洗了一下,又捡那两个大的完整的黑碗,给王同志和老邴盛上饭。

王同志文化高,上过抗战学院,下乡来,饭量很小,可是好吃乡下的“鲜儿”。香菊特别给她预备的有:大青豆角,新刨的没长好的山药,嫩棒子——王同志叫它老玉米,小二菊一听就笑。有些东西是香菊自己地里种的,有的就是小二菊随手从别人家地里摘来。

王同志、老邴和小二菊在桌上吃，香菊端着碗坐在屋门限上吃。

老邴说：“香菊，我今日个到一家开小店的家去了，那是谁家？”

“哪头呀？我们村里三家开小店的哩！”香菊仰着头问。

“东头路南那个白梢门里。”

“那是郭忠家。”香菊说。

“你不要到那里去吧，同志！”王同志剥着毛豆，“她家是破鞋哩！”

“我问问香菊，”老邴说，“他家那个姑娘，叫双眉的，到底怎么样？”

“很坏嘛，同志！”王同志啃着老玉米，“是个流氓！”

“香菊，把她的历史谈谈。”老邴说。

“说起来，那话就远了。”香菊安稳地说。

“你从近处说。”老邴一看见香菊谈问题的时候那么老老实实，就笑了。

“双眉的姥姥家是拉大宝局的，双眉的娘从小就在那场儿里长大，听说小的时候就跟双眉一样，长得很好，有多少人想算着。她爹是街面一个光棍，却看准了开小店的郭忠，就把她嫁给郭忠了，郭忠是个有名的老实头，村里那些烂七八糟的人，就短不了往小店里跑，双眉的娘又是那么个不在乎的脾气，人们就说她的坏话，可是人家开的是店，那也不能比平常住家。”

“双眉哩？”老邴问。

“也有人说她的闲话，我看不准。”香菊说。

“毫无问题！”王同志说，“什么娘什么女，什么桌子什么腿！”

“过去，她当过女自卫队的队长，那时我们都怕她。可是那一次我们也是考第一。她好胜。她也参加过剧团，剧团里黑间排戏，回来得晚，她又好说笑，好打闹，好打扮，闲话就来了。今年整组，把她撤了，那时王同志在这村里。”香菊又补充了一段。

“那是一点也不冤枉的，双眉横着哩！”王同志吃饱，站起来到里间屋歇晌去了。

“当时是谁提出来撤双眉的职？”老邴问。

“那是小组会上提的，听说是西头大器提的劲大。”香菊说。

“大器不是真破鞋么？”

“那倒是！”香菊笑了，“近来才听说她是叫郭环指使。郭环是大地主老太的侄子,他把家业糟了,年上没斗他。过去,他常往双眉家跑,在整组以前,听说双眉把他骂了出来!”

“啊,是这样一个人说双眉是流氓!为什么你们就听信?”老邴问。

“双眉也有她的缺点。她强迫命令,她瞧不起不如她的人,她说话刻薄,这样得罪的人就多了。有一个人一吹气,就刮起风来。”香菊笑了笑,站起来去拾掇桌子。

“你们为什么不叫她参加生产组?”老邴问。

“就为这个呗!她是撤过职的,人们不愿意和她成组,我们也怕影响不好,就没叫她参加,你的意见?叫她参加?”

“我的意见,叫她参加,也批评教育她。我们不能把真正坏蛋的话,当成金口玉言,把自己的人推在外边。”老邴也站起来,“你们再讨论讨论!”

“王同志!”香菊叫了一声,王同志在屋里睡着了,没有答声。“恐怕王同志不叫她参加哩,双眉当场和她顶过嘴!”

“那不是重要问题,”老邴说,“明天,你把我的饭派到双眉家去,我了解她家一下。”

“嗯。”香菊笑着答应了。

3

第二天,双眉很早就来叫老邴吃饭去。桌子放在炕上,双眉的娘和双眉的小弟弟和老邴一块吃,双眉盛饭。双眉的爹不好说话,和区长笑着打个招呼,就端着碗街上吃去了。

在她家一连吃了三天饭,老邴知道了这家人家的风俗和历史。

原来这个张岗镇是河间府通保定府的大道,事变前,村里的地主们在街上开了五六家绸缎店和两家大钱庄,造成村里无数的穷人,吸引来很多流氓。村里添了十几处赌局烟馆,在人民的生活上,也造成一种浮华和轻视正当劳动生产的风气。

那时张岗街上像唱着一台戏,街上热热闹闹,哄哄吵吵;种地的苦一年十二个月,除了直着送到地主家门的,还有拐个弯送到地主手里的,那就是经过各种摊派，经过当铺、钱庄、失盗、赌局……地主撒出粗的细的、弯的直的吸血管，扎进农民的生活，肥壮他自己。

事变以后，一场暴雨，把张岗街面上的乌烟瘴气打下去了。消灭剥削，就斩断了烟犯、赌徒、暗娼、偷盗的根基。绸缎庄不开了，钱庄关门，街上出现了广大的土布摊。游手好闲的人少了，大家知道劳动生产是光荣。

郭家这个小店，从郭忠的爷爷开起来。小店的历史这样长，祖父孙三代又保持着分量大、作料足的卖面方针，老主顾就特别多。店门口也不挂笊篱，也不写“招待客商草料俱全”，可是每逢张岗三八大集，那些推车的小贩，担挑的匠人，就像奔回自己家里一样，来住他家的店。

郭忠是个老实人，客人也多是熟主顾。客人进了门，他有时也不打什么招呼。客人放好车子、担子，就帮着内掌柜去挑水，做饭。

4

为了叫双眉参加生产组，老邴和王同志争吵了好几次。王同志一口咬定这影响不好，批评老邴不了解情况，认识人不深刻；老邴批评她单凭印象，不从阶级关系上分析问题，最后王同志允许双眉她们单独成立一组，这一组里，包括双眉，双眉的娘，东头说媒的大顺义，西头好摸牌的小黄梨。把她编到这么一个组里，双眉又找了老邴来，老邴对她说：

“做工作么，不能挑拣同伴。她们落后，我们帮助她们，要紧的是做出成绩来。

“是，我要叫她们看看！”

“也不能赌气做工作。”老邴笑着说。

“区长，不要光和我讲大道理。”双眉也笑了，“这几个人管保连个会也召集不成。”

“你怎么能管保？回去你就把她们叫到一块，我也参加。”

“啊！”双眉松了一口气，“区长要参加，她们不敢不来！”

“唔！”老邴说，“要好好和她们商量，你有一个缺点，就是强迫命令，不要再犯这个毛病。”

双眉回去了,晚上老邴去参加她们的会。

王同志说笑话:“邴区长不是不好领导开会?怎么对这个模范组发生了兴趣?”

老邴说:“唉!这是你们妇女的事,你还开玩笑!你说她们落后,难道我们的任务光是领导那些骨干积极分子?”他望望香菊,“世界上要都是香菊,我们就吃不上一斤四两小米了。”

“区长又夸奖我!”香菊正点着灯纺线。

小组的会在大顺义家开,区长一到,那几个妇女早坐在炕上围成一圈等着了。双眉坐在炕沿上,看起来很是高兴。

老邴一进屋就笑着说:“看,你们坐的,中间就缺一幢牌。”

“区长尽揭我们的老底!”大顺义笑着说。

老邴坐在迎门橱旁一个小木凳上,望着双眉说:“你看,到得多齐,做工作不能主观。”

双眉笑了笑,大顺义说:“人家把我们几个落后顽固编成一组,我们越得争气,不能叫俺们姑娘现眼,栽得她们手里!”

“栽得谁手里?”老邴说,“我们都是一家人,工作做好了,大家好,做坏了大家都有责任!不能把自己当外人看待!”

“区长说得对!”双眉的娘说,“我们欢迎区长给我们讲讲话!”

大家就“啪啪”地鼓起掌来。老邴的脸顿时红了,他站起来说:

“我不会讲话,我讲一点。张岗街上的事,我也明白了一点。过去,在旧社会,张岗街上坏人很多。人家说:张岗街上从这头数过去,隔一个门一个破鞋;再从那头数回来,又是隔一个门一个!这都是胡说八道!坏人是地主封建阶级造成的,他们剥削穷人,他们逼着穷人做下贱,他们又有钱,又有得玩。这群王八蛋!现在是新社会,为什么没有那些坏地方,坏人了?劳动是光荣的,赌钱是可耻的,我看谁再敢赌钱,我把他抓起来!这些坏蛋,天这么旱,他不到地里浇园,他赌钱……”

老邴喊叫着。头上流着汗,拉下头上包着的手巾来回擦,吓得几个妇女坐在炕上纹丝不敢动。讲着讲着,他想起来,又发脾气了,就坐下来,笑着说:

“我一讲就着急，你们自己谈一谈吧，双眉你领导开会吧！”

说完，他站起来，出去了。

大顺义说：“区长好大脾气呀！”

“不，”双眉说，“他和人闲说话，慢言坷语，顺情顺理，可好脾气哩，他是一讲话就——”

“你看，”小黄梨说，“这才没有的事哩，叫他把我们骂了一顿！”

“各人的秉性，”大顺义说，“人家说的不都是实话吗！说咱们的吧，双眉，你说吧，叫你娘们怎么着？”

“怎么着？”双眉立起身转过脸来，“就是组织起来呗！”

“咱这不是组织起来了吗？”大顺义直直地坐着笑着说，“咱这不是到了一块吗？组织起来就是叫我们这几个老婆围在炕上坐着吗——我想该还有下文。”她把嘴一撇。

“敢情要光叫这么坐着才好哩！”小黄梨也笑笑拍拍大腿说。小黄梨连牙都是黄的。

“组织起来就是叫咱们一块做活，大伙帮着，我给你做，她给我做呗！”双眉说。

“那就是插伙着做活呗，咱们这里叫攒忙。”双眉的娘说。

“要是攒忙，还用着这么大折腾，是长年的吧？”小黄梨说。

“长年的，”双眉说，“咱们谁也不能散劲！”

“不能散劲！”大顺义说，“咱们要和他们挑战哩！”她在炕上欠起身子来。

“对！”双眉低声轻轻地说，“大娘们，咱们可得要做出个样叫他们看看，争这口气！”

5

这个组算成立起来了，第二天互助组长联席会，香菊也通知双眉参加了。

王同志带着讽刺的口吻，称呼这个小组叫“模范组”。其实在村里，在当时王同志的出心用意上，这就是一个“流氓组”。

在村中小学里,有所谓“调皮组”,那是把调皮的孩子们编到一起,叫他们自相攻打,叫别的同学歧视他们,叫他们小小的心里感到孤单,有时还会自暴自弃。

在村中还有落后组,那是把地主富农被斗户们组织在一起的。

双眉觉到了这一点,在会场上她那弯弯的眉毛一直簌簌地挑动。她在会上和全村认为顶棒的李三互助组挑了战,使全场的人都吃了一惊。

李三是大顺义的男人,这人是个木匠,可是除了木作活样样做得好,他还能盖房、烧窑、打磨、全梢、锯盆、锯碗、糊裱房子。他是全村最有用的人,并且脾气好,做活实落。

他这组的人包括:李大印,是长年打柚甓的小伙子;李小亮,有名的身大力不亏,做一天活回来,还要和人在场里比赛搬倒碌碡;只有一个小兴,是个高级班学生,参军以后,几天就跑了回来,光会唱歌演戏吹口琴,地里的活不通把,是生产委员会看着李三这个组太壮了,才给了他这个“饶头”。

双眉和李三挑了战,李三组里的兵马,感到有些侮辱了自己的威名。和你们挑战,就是赢了你们,还能增加多少光彩?可是李三老老实实答应了。别人说:

“双眉那组里有大顺义,李三,你可得小心点……”

李三在地下磕磕烟袋,笑了笑说:“这是开会哩,别闹。”

他们挑战的条件是:订好计划,坚持全年,带动副业,争取模范。

李三的副业是:春天打甓盖房,冬天开木货厂。双眉她们是纺线,织花布。

6

两组的生产计划都叫小兴写。歇晌的时候,给自己组写好,兴儿就走到村西水坑旁边的大柳树下面,躺在那块大石板上。

这块大石板,在下雨的时候,村里流过水来,从这里泻到大坑里去。今年天旱短雨,坑里的水很浅很浑,有几只鸭子在里面搅。

这个小青年有点心事。原先他和双眉很好,两个人一块上高级班,一块参加剧团演戏，老是配角，两个人合演过《兄妹开荒》，也演过《夫妻俩》，两个人一上台，真是越唱嗓子越亮越高，演得越来越讨彩。兴儿参军那天，那时双眉正受了打击，还是跟在人群后面，一直把他送到村外。第二天，兴儿从城里回来看家，正赶的双眉在集上卖了一个布，就偷偷塞给他两万。

现在，兴儿想，一切都完了。自己跑回来，成了黑人，她也不愿意理他。又挑的什么战，订的什么生产计划呀！

头吃晚饭，兴儿把头上的新白毛巾箍了箍，把腰里的新皮带紧了紧，他估计在这个时候，双眉是常常站在门口的。他往东走，很远就望见双眉在那里往这边看，随着就转过身子去。

兴儿慢慢走到她跟前说："双眉，你们不是订计划吗？"

"订吧！"双眉连头也没转过来。

"在哪里订？你们有纸没有？"

"什么也齐全。"双眉往东走。

"到哪去呀！"

"到大顺义那里去。"

兴儿跟在后面，心里有点火，大顺义家在村子外边，走出村去，双眉脚步就慢了，她说："好好地你跑回来干什么！"兴儿没有答声。

"嘿嘿！"双眉在前边笑。

兴儿想转身回去，双眉并没回头，可是她说："走啊！"

兴儿又跟上去，双眉说："你为什么跑回来？你不怕丢人，你怕死！"

转过一个大苇坑，她又说："我要是你，我就扎在这水坑里死了！"

"你别激我！"兴儿喊。

"我激你什么？"双眉小声说，"你激得起来？你有脸箍着新手巾去，你还有脸箍着新手巾来？抽皮带，上前方打仗那才有用，那才好看；在家门口抽上那个给谁看，给谁看着生气呀！"

兴儿忍不住，他转身就往回走，他想找个地方去痛哭一场。双眉却跑过来把他抓住："你上哪去？和我去订计划。"

兴儿只好又跟她走，天大黑了，天上长了云彩，大顺义在喊叫她男人吃饭。

7

大顺义和李三吃着饭，双眉把她那一组人叫齐。吃过饭，李三擦擦他那连鬓胡子的嘴，往后一退，靠在被垒上抽烟。大顺义赶紧把吃饭桌子擦了擦，把灯往兴儿面前一推说：“给我们写着吧，先生。”

“纸！”兴儿丧丧地说，从怀里掏出钢笔。钢笔不强，却装在一个非常华丽精致的钢笔套里，用一条红丝线系在身上。兴儿很快把笔套掖到怀里，偷偷看了双眉一眼。双眉背着脸坐在炕沿上，也正在怀里掏什么；她掏出一张叠好的糊窗户纸，往桌子上一扔。

“怎么订法呀？”她转脸笑着问。

“我们是这么订的，”李三说，“那就像个章程一样。先把你们几个人的名字写上。”

兴儿已经开始在那里写，他一笔一画地先写上郭双眉，抬起头来问小黄梨：“你怎么写？”

“我怎么写，她们怎么写我就怎么写！”小黄梨说。

“你姓什么？”

“这里姓李，俺娘家姓黄。”

兴儿就写上了，笑了一笑。

“你给我写的什么？”小黄梨爬过去问。

“写的你的姓名呀！”

“你写的我叫什么？你娘的！你没有好事！”小黄梨退回去。

“下边写上你们各人家里的地亩、牲口、农具。”李三说。

兴儿又挨个问着写好。

“你们要带动副业，”李三又说，“还得把机子、纺车、落车、落子、柱、缯，全写上。”

“纺车家家都有，”双眉说，“机子就俺们家有一张。”

“今年冬天，我再给你们组里打一张。”李三说。

“你家不是有棚缯？”双眉问小黄梨，“你怎么不报？”

“那是从俺娘家借来的,能入在这个伙里?”小黄梨说。

“什么你娘家借来的,不是你那年在集上买的?”双眉说。

“写上吧!”小黄梨说,“反正我也不还她们了,要不显着我多么自私似的!”

“还写什么?”双眉问。

李三说:“你们到地里做哪些活,到家里又做哪些活!”

“到地里,无非是锄个小苗儿,卡个棉花叉儿,薅个菜苗儿,摘个豆角儿。”小黄梨说。

“耕地拉耠子,我们也去!”双眉说。

“家里有男人的,重活还是叫男人们去做;没有男人的,就你们帮助做,或是和男组换工。”李三说。

这些全写上。李三又说:“按上级说的,最好是计工清工,或是按季说,或是按这一畔活说,这样又清楚,又没有话说。可是俺们那组,都说大家既是合事,才组织到一块,不愿意分斤拨两的,显着薄气,又嫌麻烦。我看,你们还是讨论讨论计工清工的办法,日子长了,一家子还有话说哩!”

“俺们也不那么小气,俺们也不弄那个!”小黄梨说。

“那你们就再写上几句话儿在后边,这计划就行了。”

“写什么话儿?”双眉说,“俺们就写上咱两组挑战的条件!”

她们决定明天先给大顺义家去打棉花叉。

8

夜里下了一场雨,虽说不大,农民们很高兴。第二天,人们起得很早,都到地里去了。互助组们更起劲,都说这场雨是给他们助威。他们排队走着,背着大锄,光着肩膀。雨过天晴,庄稼精神起来了。大道小道,充满男男女女的说笑声音。

双眉天不亮就起来,把人叫齐,到大顺义地里去。她换上一件新褂子,地里露水很大,她卷着裤腿。走在路上,小黄梨赶上来说:“双眉,俺家那山药该翻蔓,要不先给俺们干一天吧!”

大顺义说："可别，吃喝我都给你们预备下了。"

"下了这么场雨，山药不翻可不行！"小黄梨说。

"棉花不打叉，不也会疯？"大顺义出气都粗了。

"你要那么说，"小黄梨说，"不给俺解决困难？"

"谁说不给你解决困难？"大顺义说，"开会怎么讨论的？你那时还假张支，推推让让哩！下了一场雨，就不认账了？日子长着哩，像这样说了不算，算了不说还行！"

"你别教训我！"小黄梨气得脸上像又糊上一层金纸，"你要这么说就各干各的吧，我去翻俺的山药蔓！"说完，转身就走。

"你就去！"大顺义也喊起来，"没你俺也不能不种地！"

双眉急了，她喊住小黄梨：

"别走，你回来，这是干什么呀？给我脸上不搁呀！"

双眉的娘也劝说，才把小黄梨拽到大顺义地里去。

几个人在地里拿棉花叉，小黄梨很快就到地头了，在小柳树下去坐。大顺义满脸不高兴，一个劲拿眼斜愣小黄梨。

到了地头，大顺义说："给人家做活，心也得出个公平，得像给自己做活一样，不能糊弄人！"

"我怎么糊弄人了？"小黄梨顶上来。

"你给俺拿净了吗？"大顺义拍着巴掌问。她两步就跑到小黄梨把着的那几个垅里去，劈着棉花看，她说："你们来看看，这是给俺做的活，这么些叉都没拿，成心叫俺再拿一回？这组成不上来了，散了吧！"

"谁离了谁过不了呀，不成组不也是过了半辈子吗？"小黄梨拍拍身上的土，走了，双眉再也叫不回来。

在近处地里做活的人们，都望这里笑。双眉的脸红到脖颈子上，她喊："这不是要猴给人家看！"她直直地望着小黄梨那后影。

小黄梨走得很快，到自己地里去翻山药蔓。双眉跑过去，她娘在后面喊她：

"双眉，你可不许和人家闹！"

双眉在漫地里跑了两步站住了。她一下记起区长那句话："你有个缺点！就是强迫命令，不要再犯。”

双眉心里很是难过，她想：“难道说，头一天就散了吗！”

她又叫了两声，小黄梨只装听不见，蹲在地里翻她的山药蔓。

“那就先不要叫她了，”双眉对组里人们说，“我们先把棉花打完！”

双眉做活又仔细又快。可是，半天她也没讲一句话，她在心里想事：

“做工作是一定要碰钉子的，”她想，“你得想想为什么碰了钉子么！”

“想什么，还不都是自私自利！”“可是，”她又想，“我们的任务就是要把自私自利的人组织起来，叫他慢慢变得不再自私，你得想法！”“上哪去想法呀？”她抬抬头。“看报纸？我们的报纸就告诉我们做工作的办法。”“有时候，那些办法在我们这个坏村子里用不上。”她皱皱眉。“还得领着去做！比如说，我们这个组，今天为什么闹意见？还不是为的下了这场雨，都愿意先把自己地里的活做完，多打粮食！那我就说服大家加油干活要做得地道，又要出快，谁的地也耽误不了。”她在心里决定下来，和人们说笑着，她说：“这点棉花，用不了一天工夫！”

几个妇女，看见双眉卖力，她们也就笑着加油！双眉说：“咱们落后多着哩，人家外国都用机器摘棉花哩！人家那棉花，什么颜色的也有！”

“那就不用染布，”大顺义说，“这会颜色这么贵！”

“不是说：推碾子拉磨都是机器吗？”双眉的娘说，“到了那时，我就不用老围着磨转了，开着这么个小面铺，成天价得磨面。”

“什么时候才到人家那样呀？”大顺义说，“听说解板有机器哩！俺当家拉一天大锯，黑间就喊腰痛！”

“到那时候，才好哩，听说村里都有电影看！”双眉说，“我就是没见过电影！”

“咱这辈子，不知道赶得上不？”双眉的娘说。

“为什么赶不上？”双眉说，“那很快哩！我再考考你们：你们说毛主席号召组织起来怎么讲？”

“组织起来，就是成组呗！”双眉的娘说，“组织起来，就是叫我们慢慢入大伙。”她高声笑了。

“对么！”双眉说，“娘说对了，学习毛主席的话，你不能光看字眼，你得往大处想,往远处看,那才是毛主席的意思。他一步一步领着我们往前走,我们的步得迈大点!我们加油!”

几个妇女快活地努力工作着,受着感动。她们渐渐忘记是在谁地里工作,她们觉得是为那毛主席指示的,大伙的幸福生活工作着。

不到晌午,她们就把这一块棉花打完了,双眉说:“我们去帮小黄梨翻山药蔓吧!”

“她不帮人,帮她干什么!”大顺义说。

“她一个人翻不完那么一块山药蔓,我们去帮她。”

9

双眉的互助组没有垮台,晚上,她们开了一个检讨会.过了几天,组里又添了两家抗属,工作更热闹了。双眉工作得很起劲。她每天看报学习各地方互助组的经验,又给大家讲。

老邴把双眉互助组当作一个经验,叫王同志给县里写个汇报。王同志说:“介绍个好的组吧,她们这个组没有什么介绍头!”

“什么组算好组?”老邴问。

“你不了解情况,”王同志说,“昨天晚上,村里贴了一张黑帖。”

“什么黑帖?”

“黑帖上画着一个女的,打扮得很好看,站在梢门口。远处有一个青年小伙八路军,从队伍里跑回来。人们都说跑回来的就是兴儿,站在门口的是双眉,因为门口上面还挂着一个笊篱。”

“这都是无聊,叫他贴吧!我们不要光注意这个,他挡不住我们的革命!”

“可是,”王同志说,“还有谣言哩,说双眉和你有问题哩!”

“有他娘的问题!”老邴骂着。他想了想又说:“我们不管这些,晚上开会,还是介绍双眉她们的经验。同志,你记着,我们是来给穷人办事,那些人自然要反对破坏我们哩!”

这天晚上,张岗全村开生产大会,还请了邻村的剧团来演戏。

区长在大会上介绍了双眉的互助组。他要说的是互助结组，要出于自愿，要有骨干领导，要有教育批评；要计工清工；要发挥力量，提高农业技术，几个问题。可是第一个问题还没说完，他就对村里一些坏蛋，贴黑帖子，造谣破坏，发起脾气来。还是李三上去才把那几个问题讲完。

双眉站在台下。区长介绍她们这个组，她仰头听着，不断压下嘴角的笑纹。听到贴黑帖子的事，她紧紧皱着眉毛，低下头去。

晚上闷热，台上演着一出冬天的戏，一个演员穿得很厚，戴着大皮帽子，唱得又卖力气，唱着唱着满脸流汗，退到后台去了，剧团团长跑到前台来，俯着身子向观众喊：

“老乡们，我们的演员穿得太厚了，太热了，他到后台凉快凉快，请大家唱个歌好不好?”他就鼓起掌来，台下也鼓掌。

双眉走了出来，今天晚上有月亮，她顺着村外那条小道回家去。当她走到那个大水坑的时候，她听见有个人叫她。

转回头一看，是兴儿。

兴儿紧跟上几步说：“双眉，我明天就回部队上去!”

“你有这个志气?”双眉站住脚。

“我下了决心。”

“你知道人家给我们造的什么谣?”双眉望着兴儿的脸。

“我知道。”兴儿说。

“那你就走吧!”

“我问问你，”兴儿说，“我们还好不好?”

“你还往家里跑不?”双眉问。

“我不了，到了部队上，我要好好学习，工作。”

“那我们还是好，你走吧。”

兴儿笑了笑就跑了，跑了两步又站住说：

“他们演的这是什么戏呀，不嫌丢人！我走了，你还是把咱们的剧团成立起来吧，我知道你就看不上他们这个戏。”

10

自从那天夜里下了一场雨，天就又旱起来。天暴晴，夜里连滴露水也没有。高粱叶子，下边几个已经黄了，上边几个一见太阳，就耷拉下来。谷，有的秀出半截穗子就卡住了，像难产的孩子，只从母亲身上，舒出一只手来。

人们的眼，盼雨盼得发蓝。李三每天半夜里，就叫起他那一组的人来，背上水斗子到井上去。

井在小亮家地里，是眼老土井。天不下雨，井里的水也不愿意长，浇不到吃早饭，水就浅了，只好停下来，等着。就像那眼前的庄稼，等着，盼着，能有些雨水，浇在它们头上，流到它们脚下。庄稼不会说话，它们盼水盼得是多么焦急！

他们每天起来，就先看天，天上还是一丝云彩也没有。有时，他们浇着园，一抬头看见天角上长起一块黑云彩，他们就盼望着那块云彩，快快飞到头上来。他们等待那一声雷响，等待那雨淋到他们的头上。

只有他们的汗流不完，那块黑云慢慢地消散了。浇园的人从辘辘上拉下那汗湿的手巾，擦擦涨红的脸，无力地坐在井台上。

11

王同志还是每天晚上召集人们开会。人们浇了一天园，又累又没心花。

在一个大场院里，王同志守着一盏大油灯讲着，人们却四散在墙角睡着了。王同志讲起话来，至少是三点钟。等到她讲完了，走了，人们才相互叫醒，看看天上的三星，说："不早了，又该到地里去了！"

王同志回到家里和老郇发牢骚，有时还和香菊发脾气，说张岗的群众落后，疲沓，老郇说：

"我看眼前还是少开些会吧，人家都忙着浇地。"

“那我们就完不成任务。”王同志说。

“什么任务?”老邴问。

“我们组织起来的还不到百分之五十。”王同志说,“就是已经组织起来的这些组,不好好教育,我看也不巩固。”

“这几天,我们要多给他们想点浇地的办法。”老邴说。

老邴看出来,这些天,就是香菊也常常愁眉不展,她吃得很少,可还是照样给王同志和区长蒸些好干粮,炒点熟菜,她和小二菊却一口也不肯吃,这天吃饭的时候,老邴说:

“香菊,天旱了,年景不保,我们都省细着点,把这棒子干粮和熟菜都免了吧!”

香菊笑笑说:“不在乎你们吃,你两个可能吃多少?就是这个坏老天爷和我们穷人作对,它就是不下雨,我这两天浇着也没劲了!”

老邴没有说话,吃完饭他找李三去了。王同志刚要回到屋里歇晌,大顺义赶来说:“王同志,我和你讨论个事,人们想着求求雨,叫我问问你许可不?”

“求雨?”王同志说,“经过八九年的教育,你们这里还这么落后?我们那里连庙都早拆了!”

“我们这里也拆了!”大顺义说,“可是,老不下雨,人们实在急了!”

“急了也不能求!”王同志坚决地说,“我在这村里工作,你们求雨,嚷出去,那不是笑话吗?”

“附近的村子有求的哩!”

“他们求,求他们的,我们不求。”

“那我就去告诉他们一声。”大顺义又慌慌张张地出去了。

香菊也同小二菊浇地去了,王同志躺在炕上,刚一合眼,她听见街上“哇——哇”“哇——哇”地叫着,像一群小青蛤蟆在街上路过。随着,她听见有一个人吆喝:“小兔崽子们,你们还叫!王同志就住在香菊家里!”

“哇哇”的声音就一个个低下来,过去了。

王同志从炕上跳下来,走到街上。一群小孩子,头上围着柳枝圈,手里举着一根芦苇,拥挤着走过去了,前边的几个已经又“哇哇哇”地叫唤起来。

一群壮年老年的妇女跟在后面，小黄梨走在她们前边，托着香盘。一看见王同志出来，跟在后边的几个妇女，就从大道上闪开，退到墙根去。小黄梨也站住了。

王同志问："你们这是干什么！"

"我们求求雨，天这么旱！"小黄梨说。后边几个上年纪的老大娘说："同志，不让求，我们就回去吧！"

王同志问："谁组织的？谁的头？"

小黄梨说："王同志，谁也没组织，这是群众的意见。"

"群众的意见？群众的意见也得先通过我！"王同志说。

"你看看哪，这里边尽是抗属！"忽然有一个男子的声音，王同志转脸一看，是地主郭老太的侄子郭环，穿着一件白背心，叉着腰站在高坡上，他向那些退到墙根的老大娘们说："你们这些人！求雨有什么罪过，也值得害怕？要是不下雨，丢了年景，还不是老百姓饿肚子！"说完，就愤愤地转身走了。

"你们不要受坏蛋分子的挑拨！"王同志喊，把小黄梨手里的香盘夺过来，扔在地下，"赶快散了回家去！我看谁敢求雨，我把他送到区里！"

"你就送我们到区里去吧！"一个白了头发的老大娘，从墙根那里颤动着腿走过来，"我的儿子在前方十年了，你把他娘送到区里去，你送送吧！"

"你抗属有什么脸！"王同志也急了。

"你说抗属没脸？这是你说的！"老大娘们全围上来，指着王同志，"我们没你的脸大，你白吃了八路军的公粮了！"

王同志觉到自己说错了话，脸涨得通红，她转身往香菊家里走，那大娘们在她身后指点着，数说着："你看你穿得干干净净的，你说的话正确吗？"

"不管她！"小黄梨拾起香盘，"我们还是求雨！看她能把我们怎么了！"

"求雨！求雨！"老大娘们拥着小黄梨往前走，那群小孩子们站在远处看热闹，看见奶奶们胜利了，就又排成队转过身去，"哇哇"地学起蛤蟆，往大水坑那里去了。

郭环牵着大黑驴从梢门里出来，紧紧跟在后面，对老大娘们说：

“求，求定了，三天下了透雨，我们唱大戏！区里县里，一天一斤四两米，敢情他们不着急！”

“你这是干什么去呀？”一个老大娘问他。

“我去套水车。”郭环拉着牲口，“噔噔”从她们身旁过去了。

12

大顺义气昂昂回到家里，看见李三正在外间屋里锛一块木头，就问：“你也不睡会觉？这又是做什么？”

李三抬起头来，脸上的汗在一条条深深的皱纹里横流，用手抹一把，笑着说：

“我们组里只有一把小辘辘，一个人浇，一个人就得闲着，我们几个人又都闲不住，家里有这么点材料，我做一个对浇的花辘辘！”

“你给我放着！”大顺义跑过去就把那块槐木拉过来，“我还留着打纺车哩，你又做辘辘！”

李三说：“你看你这人，天干火燎，是做纺车要紧，还是做辘辘要紧？”

“那你们还不叫求雨哩！”大顺义把木头丢在地下，一屁股坐在上面，我看这个王同志主观劲就不小！”

“谁叫你们去求雨呀？”

“不叫求雨，你们就别叫地里旱，你们领导，你们可就领导得下雨呀！叫我说，光凭王同志这个领导，老天爷就不会下雨！老天爷看见在这村里领导，有块下雨的云彩，也得隔着张岗村刮过去！”

大顺义说：“得自己想办法，不能干等着下雨！”

李三过来拉那块木头。

“你就是不能做！”大顺义用劲坐了坐，推了李三一把，“你想往他们身上填多少东西呀？就是你这么着急，东西叫你一个人出，活叫你一个做，敢情他们便宜！”

“你填的什么东西呀！”李三问。

“什么东西？我气糊涂了，记不清了，你叫我想想，对！添了一把锄杠，是不?”

“锄杠安在你自己的锄上呀!”

“早晚不得入到伙里?”大顺义仰着头问,“那天修理辘辘架,叫你出工还不算,还使了咱五个大蘑菇头钉子,他们给过钱吗?修理水斗子,也是用的咱的材料,还有麻绳!”

“修理好了,你就不使?你家那地就不浇?”

“可是,”大顺义冷冷地说,“总是先浇别人家的,我们是做活抢在前头,沾光躲在后头!”

“我是干部呀!”李三喊起来。

“你模范!”大顺义也喊叫,“模范能当饭吃?我看今年冬天就够你过!”

“什么年月我也过来了。”李三坐在板凳上去抽烟。

“我不是不叫你做,”大顺义一下变得很和气,“我问你:天旱水浅,小辘辘还不够浇,你忙着做大辘辘干什么用?”

“那井该掏了,掏一掏,水不就旺了!”

“你该死了?我不叫你掏井!你一天价喊腰痛,激病了谁侍候你?”

“你侍候他呗!”后边有人说话。大顺义回头一看,区长来了,就笑着说:

“我呀,我不侍候他。男女平权了,我也侍候他好几十年了,该换换班了!区长,吃过饭了?”说着斜了李三一眼,就到里间歇晌去了。

李三笑着让区长坐在板凳上,走过去,拉过那块木头,闭上一只眼睛照了照,放在脚底,举起了锛,说:“区长,当个干部真不容易呀!里外夹攻,又得受群众的气,又得受家里的气!”

老邴笑了笑。

李三说:

“老百姓看得近,光愿意六月里摘瓜,不愿意二月里种籽,什么事也不愿意下本钱。这几天,大伙浇着园,越来越劲小了,都说是白费力。我说换大辘辘,他们说没水;我说掏井,他们说胶泥底白掏;我说安管子,他们说安不起。我说托人到端村去买竹子,我自己学做,自己学安,可以省下很多钱。就是这样,组里人们还是不大乐意。”停了一会,他又笑着说,“一步一步来呗,着急不行! 可是天这样旱,不着急行吗!”

“等着你做好辘辘,掏好井,安好管子,地里的庄稼也就旱光了!”大顺义还没睡着,在里间插一句。

“就为的这一年? 哪年不旱,哪年不红着眼盼雨? 就算今年不见功,还有来年哩!”李三说。

“等到来年?”大顺义说,“一年得不到实惠,来年看谁还和你成组!”

李三没有说话,他低下头,手扶着锛,站在木头上。他想:内当家这句话说得对,得不到实惠,这互助组,就很难巩固。

“你不要灰心呀,老李!”老邴说。

“我不灰心,”李三抬头,又举起锛来,“我是怕别人灰心。”

“就按照你的计划一步一步做,我帮助你。”老邴说,“要紧的是我们不能泄气,越困难,我们越要猛干。什么时候掏井,你告诉我一声。”

13

起了晌,李三和他那一组去掏井。双眉听说了,也把她那一组调过来帮着浇水浇泥,她对李三说:

“三哥,我们帮你们掏,你也得给我们掏掏。你做好了大辘辘,把小辘辘给我们。”

男女八个人到了井上,李三要头一个下井。

他说:“这井我知道,年久了,我下去看看,要有危险,你们就不用下去。”

大顺义仰头望着他说:“你上点岁数了,又好腰痛,就叫他们年轻的下去吧。”

“怕什么?”李三笑一笑,坐在斗子上把着绳下去了。

双眉和大顺义浇泥浇得满脸流汗,大顺义恨不得一下把井里的泥掏完。

她对双眉说:“好侄女! 我们卖点力气,快着浇,你叔好腰痛呢!”

“他不是刚和你吵过架,你还这么心疼他?”双眉笑着说。

“打了骂了,也是心疼他呀!”大顺义笑着,她不断地探着身子向着井里问:“有闪失没有?”

“没有,快浇!”李三在井里喊。

人们在井台上说着笑着,换班浇着。不到天黑,把井掏完,水长得很好。李三提议:就着把小亮的地也浇了。大家全高兴叫着“三哥”。

大顺义先回到家里,给李三煮了热汤面,叫他吃了早些睡觉。她躺在他的身边,用一把破蒲扇给他扇着蚊子。她说:“你累了吧!”

李三闭着眼没说话,她又说:“这样一掏,我看水长得很好,明天,你们再换上花辘辘对浇,我看咱那块小晚谷准长好了!”

“还要下上管子。”李三似睡不睡地说。

“还叫我们帮着下吧,我们也不少做活哩!”

“得叫你们,下管子很费力气!”

“我刚才听见说,别的组,看见我们掏了井,出水出得好,他们也张罗要掏哩!他们说也要安管子,也求你帮着做哩,你有那么些工夫吗?”

“怎么没有!少歇会就有了。全村的生产弄好了,叫人们闯过这个灾年,比什么也好。”李三笑一笑说。

“过了这阵子,”大顺义说,“你得给我打个纺车!”

“给你打,谁说不给你打呀!“

“过了大秋,你还得给我们组里打张机子。双眉她们,都说叫我抽空求求你哩!”她笑着把头扎在李三的胳肢窝里。

李三在睡梦里喃喃地说:“快睡觉吧,明天还要早起。”

“你睡吧,我不麻烦你了!”大顺义拉过被单盖在李三的身上,自己也睡着了。

她睡着,大声打着呼噜,她做了一个梦,梦见李三从井里掏出很多东西,里面有李三使用的洋锯洋刨,有她使用的洋机子和洋纺车,她坐在井台上试一试,那纺车转得是那样快,出的线是那样匀,那样细,双眉她们围着她跳着笑着,夸奖着。纺车转着,变成了大水车,水像瀑泉一样涌出来,流到她家那块小晚谷地里去;小晚谷一喝水,立时抬起头来,在风里摇摆着,小晚谷变成一群小孩子,穿着花红柳绿的衣裳,打着花棍扭秧歌。孩子们也围着她跳,也围着李三跳;她抱起一个男的,李三抱起一个女的。她凑近李三说:我们都是四十开外的人了,还没有一个孩子,我们就要了这两个小孩吧!

她睡着,把一只胖胖的胳膀放在李三的胸膛上。

下篇　复查以后

1

土地改革的复查工作传达到张岗。经过诉苦,农民们行动起来,是阴历七月十五。高粱全晒红米了,漫地一片红。农民的队伍从村里出来,打着锣鼓,绕过大水坑,先到郭老太的四十亩水车园子来。

这一套红漆牛皮大鼓,一直在家庙的西厢房里叫尘土漫封,农民不能随便动用。抗战以来十多年,还保留了这个习惯,村剧团只能敲那套小的。这一天,大会开过,一个农民提议:把家庙的门开开,把鼓拿出来,我们敲敲。十几个人跑去了,怀锣抱鼓,把全套家伙拖出来,在太阳地晒晒,大鼓的声音是震天的焦响!

人们喊:“欢迎双眉来指挥!”

双眉从斗争大会上下来,通红的脸上流着汗,手里提着一根粗粗的青秫秸。她跑过来,就用青秫秸指挥。她说:“一,二,将军令!”

大鼓敲起来,这是胜利鼓!

大鼓走在前面,双眉的花褂子,汗湿透了。两旁的艳红的高粱穗,一低一扬,拂着人们的脸。大鼓的声音,震得那珊瑚珠一样的高粱粒实,簌簌下落;落到地下,落到人们的头上、脖子上。

男人们把褂子脱下来,卷一卷,斜背在肩上。

复查从山地里一开始,消息很快就传来。那时天还很早,地主们把水车停下来,叫庄稼旱着。七月半,下了透雨,草也不除。现在,郭老太这块四十亩水浇支谷,野草齐到谷子的脖里。可是,谷子还是很好,沉甸甸地弯下来,在太阳里闪着金光。

一个农民在地头上插上一块牌子,上面写:贫农组没收谷地四十亩。他喊了一句:"这地是我们的了!"人们一齐喊!大鼓更响了,好像是土地自己发出来的声音。

队伍奔东去,在每块应没收的土地上,插上牌子。天晚了,太阳在大块红云里滚动着。

大平原的田野,叫庄稼涨满,只有在大平原上才能见到的圆大鲜红的太阳,照着红的高粱、黄的谷、正在开放的棉花。一切都要成熟。红光从大地平铺过来,一直到远远的东方去。

双眉倒转着身子,指挥着大鼓,从村东的大道回村。在村口,大鼓的声音更激烈,农民们奔着地主的家门跑去,地主们仓皇从家里走出来。农民告诉他们:你们什么也不许动!

农民们激动、紧张地度过七八两个月。李三当选了全村贫农总代表,双眉成了张岗妇女的领导人。从地主富农斗争出五顷地,全要收割,村里成立了秋收大队,双眉是妇女大队长。

2

每天,双眉摸黑集合妇女们下地,天很晚才收工。人们回到家里胡乱吃点东西,双眉又在月亮下尖声吹着哨子,集合人们开会了。

"选了这么一个大队长,连叫孩子吃口奶的工夫都没有了!"一个妇女扔下孩子,结着怀里的纽扣走出来,"她一个姑娘家!敢情干净利落,也不替别人想想!"

前边一个妇女答了腔:

"连撒尿的空都没有。到家里,脑袋放不到炕沿上,就睡着了。有两个月没和俺当家的说句话了。"

地主们开始破坏庄稼。他们削毁那还没有灌好粒实的高粱和谷子,他们掘出还没长好的山药,拔走花生,踏倒棉花。

武委会的人们,夜晚背上枪,到地里看青。

双眉有一支小橛枪。这天晚上,她到没收的郭老太的地里去。她远远就放轻脚步,拨开两旁的庄稼,不叫它“哗啦哗啦”响。她看见有一个黑影,从谷地里站起,手里有一弯放光的东西,在空中一闪。她听到削倒谷子的声音,她跑了过去,喊:

“谁呀!”

那黑影立时蹲了下去。当双眉跑到地头的时候,那黑影站了起来,是郭老太那老头子。老头子四处张望一下,说:“双眉吗?就你一个人?”

“就我一个又怎么样?”双眉说。

“我说就你一个,我就不害怕。”老头子阴森森地笑了。

“你为什么削我们的谷子?”双眉说。

“削你们的谷子?你们的谷子?”老头子狠狠地说,“这是我的谷子!我全把它削了!”

“我看你削削试试,你再削一棵!我把你送到代表会去!”

“不要吓唬我,双眉,不管怎样,我们还是一姓一家,我还是你的一个爷爷!”

“你是谁的爷爷?”双眉尖声问,“你是地主,我是贫农,我们不是一家子,你不要和我拉近乎。”

老头子无力地坐在地下,他说:

“就算我们不是一家子。我也不敢高攀,我求求你们,叫我收了这一季谷子,不行吗?”

“你凭什么收割?这地是你剥削来的!”双眉说,“我长了十八岁,没见你捅过镰把锄柄,今儿个是头一摸!只在破坏我们的庄稼的时候,你才抓起镰来!”

“你们不要赶尽杀绝!”老头子忽地站起来,镰刀在他手里抖颤,像受伤的鱼鳞,“我和你们拼了!”他转过身去,向谷子乱砍一阵!

“停下来!”双眉把背在后面的枪冲着老头子一扬,“你再砍,我放枪了!”

随着就往上一举:“砰!”

听见枪声,一大群农民跑了来,把老头子带到武委会去。

回来的路上，双眉和李三走在一块。月亮升上来，田里流着一股热气，通身燥热。

双眉说：

“这一天过得真热闹，这么晚了，还有一出戏。”

李三说：“我们没有到战场上打过仗，今天算看见阵势了！你看人们从村里敲着鼓出来，那股劲！就有一座山挡在前面，也冲倒了！”

“要成年过这样的日子才快活！三哥，我今儿个心里像着了火一样。”

“到了这个时候，谁也沉不住气了！”李三也笑着说。

“三哥，我和你要求一件事！”双眉低声说。

“什么事？你说吧！”

“我要求入党，我要好好干一场，你介绍我吧！”双眉扬着手，好像摘下什么东西来。

她唱着歌：

十月里来呀高粱红，
高粱红又红，
姐妹们呀
集合齐了，
开大会呀
来斗争！

姐妹们
诉苦呀
泪双流。
拾庄稼
不敢走
你家的地边头；
穷人们
携儿抱女

风吹日头晒。
你家的
大小姐
不用下炕头!
七月里来棉花开了花,
你家穿罗又穿纱;
拾你一朵棉花,
挨死棍打。
那时候
你不认咱是当家……

3

好容易把庄稼弄到场上,就开始分果实。刚分了一部分红货和衣裳,县里就来了指示,停下来。老邴和王同志也回县去了。代表会把粮食、红货、衣裳,点清入库封存,成立了保管股,李三是负责人。

保管股设在大三班的宅院里,这是一所大庄院,紧靠村南。这里原先是并排三处宅子,都是五进卧板灌灰砖房。东边的两座日本鬼拆去修了炮楼,旁边的大场院、碾磨棚、长工屋,也倒塌了不少。

现在,只留下了这一座。前两进的正房和偏房,全盛满了果实,过厅里是账房和伙房。第三进是木料和农具。

在保管股睡觉的,有原先给地主管过账的侯先生,衣服布匹保管李双进,牲口车辆保管郭老改是扛了一辈子长工的老光棍,还有做饭的小黑,过去也侍候过地主家。

第一次分果实,双眉分了一个小红漆方凳,一件紫色丝绒旗袍。她对这两件果实,非常满意。她说:东西不多,是个提念。她把小凳擦得透亮,这件旗袍,只要她知道谁家的姑娘要娶,就自动去说:

"我借给你件衣裳,是胜利果实呀,颜色好,穿上也吉兴。"

她又要成立剧团。按照本村复查斗争的真人实事,她编了一个剧本,把自己编进去,当主角。每天晚上找了过去剧团里那大客厅里练习。

过厅里可以容二三百人开会,李三说,到了冬天,就在这里开识字班。现在每天晚上,双眉拿一个大黑碗,叫小黑从大油缸里舀上半碗花生油,点着,和人们排戏。村里的人,吃了晚饭,也都凑到这里来。

小黑点上灯,顺便就对人们说:“双眉就是行,能文能武。斗争地主,是好样的;你说文化娱乐吧,又能编能唱!”

双进也跟着说:“就是男人,有多少比得上?你看戏词,你听唱腔,从小又没坐过科,真是天分!”

唱到夜深,碗里的油干了,灯花干爆,人们还不愿意散。

有的说:“小黑!去添油,大伙里的东西,斗争出来的,咱们不点小灯!”

李三从院里慢慢走进来,说:“乡亲们,天不早了,散了吧!”

“可不是天不早了,该回去睡觉了,明天还有明天的工作哩!”人们说着走散了。

李三过去坐在方桌旁边,在油灯上抽着烟,看见双眉卷起剧本要走,就说:“双眉,坐一会,我们谈谈!”

双眉远远站着,满脸不高兴,哑着嗓子说:“我知道你对我有意见。”

“有意见。”李三笑一笑。

双眉走过来,把灯拨了拨,去添上点油,说:“我就不明白,演演戏,唱唱歌,算什么毛病!”

李三说:“我是说不该在这个时候,整宿隔夜地在这个地方演戏。双眉,你知道这是个什么地方。屋子里,我们放着三百个包袱,足有三千件衣裳,这是全村农民斗争出来的东西。你知道,斗争并不容易。你听过人们诉苦,这些包袱里,不是地主们的衣裳,里面有我们的汗,也有我们的血。老一辈的苦处在里头,下一辈的好光景也在里头。你说地主富农甘心吗?每天夜里,我总捏着一把汗,在这宅子周围,不知道要转多少趟。这责任过重,人家扔进一根洋火来,就毁了我们。万一出了事,我们对不起全村的农民,更对不起上级。”

双眉望着灯花,她说:“三哥,你看着我不行,那就算了。我觉得在斗争地主的时候,我还不赖!”

“你敢说敢做，这一点比我强十分。”李三说，“这是你的大长处。可是在后一个阶段，你又犯了过去的毛病！”

“什么毛病？斗争地富是毛病？走在前头，站在前面是毛病？”双眉盯着李三。

“就是妇女们对你有点意见。”

“群众对我这人总有意见！这我早想通了，那不怨我，那怨他们落后！”

“双眉，我们说个笑话。就说那些日子你手里捉的青秫秸吧，捉着那个有什么用？”

“有什么用？你说有什么用？在斗争大会上，我拿它训教那些地主富农；在地里训教那些落后顽固队！”

“可是，我看见你带领妇女大队，手里也是捉着那个家伙。”

“我没有打过农民！”

“我见过你把青秫秸指到小黄梨的鼻子上。”李三说，“一举一动都要分个里外码才行！”

“那是我一时性急。”双眉低头笑了。

李三说：“经过斗争，群众的认识提高了，多数的，并不比我们落后。我们再欺压他们，他们会找机会训教我们。”

“就是为这个，我和你提的事，不能解决吧？”双眉问。

“不全是为这个，这些日子事情多，支部还没讨论。”李三严肃地回答。

“说句实话，三哥，我觉得我在工作上，比起你们里面一些人，并不弱！”双眉扬扬眉毛。

“不能那么比。”李三说，“里面有些人，工作能力小，可也是在里面受了八九年的教育，经了考验。我们要常想到别人的长处。你就是净看着别人不如自己。”

“就凭这次复查，我自己觉着就够入党条件。”双眉说。

“不能抱着功劳来入党。党会注意到你这些功劳。最近我们要讨论下你的问题。刚才我们谈的不要在这里演戏的事，怎么办？”

“不演就不演吧，我听三哥的，”双眉站起来，“可是我有时间自己练习练习，你可不要管我。”

“别引逗很多人来就行了。”李三说，“还有，把你们的互助组拾掇起来。”

“什么互助组？”双眉说。

“我们的互助组。我们不是挑过战，要坚持全年吗？”李三说。

“哎呀！”双眉笑着，“我们不是有了秋收大队，还要那个小互助组干什么使？”

“秋收大队是临时的。”李三说。

“拖拖拉拉干什么呀，赶紧入了大伙算了！”双眉说，“秋收大队多醒脾，一声哨子吹，人们就到齐，又好领导，又没意见。想起那个小互助组，就叫人头痛，满共不到四五个人，鸡一嘴，鸭一嘴，事情还是满多！”

李三说：“秋收大队，为的是不叫庄稼烂在地里，秋耕种上麦子；那些日子，我们正在斗争，力量组织得越整齐越大越好。以后，地要分，粮食也要分，明年春天，还得是互助组。”

双眉不耐烦地说：“不分就不行？我就不明白，为什么走一步又退一步！已经走出村去了，又退回炕头上去，有这样的理？以后反正是要集体吧，现在已经集起来了，东西在一块，人也在一块，大锣大鼓也敲过了，又要哼哼吱吱吹细乐了！油干了，三哥，我们明天再谈！”

4

她刚下台阶，就和一个提着雪亮的马灯的人撞了个满怀。

“谁呀？这么冒失鬼，撞撒油了！”提马灯的是牲口车辆保管郭老改。

“你这是干什么，慌里慌张？”双眉笑着说。

“双眉呀！我当是谁哩？咱们有了大喜事。”老改笑得合不上嘴，“咱那小紫牛要添小牲口了，咳！就是身子弱，不准好添。小黑！”他冲着过厅高声喊叫：“快起来！”

“我去帮着你！”双眉双脚跳着，“我们又多一个小牛了，我就待见小牲口。走！别叫他了！”

她拉着老改跑了出去，屋里的人们也听见了，跟着起来，明灯火仗跑到牲口棚里去。

直闹到天快亮,小牛才添下来。

第二天,支委会上,李三提出双眉入党的问题。七个支委有三个不同意,一个不表示意见。不同意的说:

“咱村的党也成立九年了,她很早就参加了工作,人们也想把她吸收,就为她这个作风,实在没个方寸。群众对她有意见。”

李三说:

“打春天受了批评,参加了互助组,也总算好多了。一个女孩子,咱们说的:从小呼吸着新民主主义空气长大的,也不能叫她像我们这些上点岁数的人一样。群众对她有意见,有时也是群众们的老理。我们看个人,要从他的立场上看,工作上看。按工作说,成立了互助组,双眉的工作不错。在立场上说,这次复查,她不顾情面,斗争积极,带动大伙。那些日子,我们都觉着少不得这样一个人,就好比出兵打仗,这是一员闯将。我觉着可以讨论她的问题。”

副支书说:“不好办。这个人好反油。春天批评了一下,好些了;这些日子,当秋收大队长,又闹起来了。”

李三说:“一个人总有一好,好唱歌唱戏也不是什么毛病。脱离群众的缺点,我给她指出来了,好好帮助,她可以改好。”

“有些地方实在不成话!一个十八九岁没出门的大闺女,黑更半夜,跑到牲口棚里,帮助老改去接小牛!这个作风,我怎么着也看不惯!”另一个支委气愤愤地说。

别的支委全笑了,李三说:“这不是原则问题。”

最后算拧拧支支地通过了:交小组讨论双眉的组织问题。

5

支委会散会出来,李三来到街上,看见大庙跟前围了一大群人,小黄梨在里面指手画脚大声喊着。

和她对吵的是牲口车辆保管老改。泥洼里翻倒一辆大车,一条牛卧倒在乱泥里。走近一看,是昨天晚上刚下了小牛的那条紫牛。

老改气得浑身乱动,追着小黄梨:

“走!走!咱们到区上去说。”

小黄梨一边躲闪,一边喊:

“你这个穷光棍,你拉扯我干什么!有话,你站远点说!”

老改喊叫:

“乡亲们!这不是乡亲们都在这里!你们看看这辆车,这是五班那辆头号大车,空车也要四套才拉得动,她把这小牛套上!这牛,这两个月,人们光使不喂,弱得不行,到了月,小牛都养不下来。我们忙了一宿才保住了大牛小牛的命。你单把它套出来!你成心吃牛肉是不?”老改狠狠地指着小黄梨,“你添了孩子,也得在炕上坐个十天半月;牛,不会说话,它,就不是性命?”

“你放屁!你满嘴喷粪,你这个穷光棍!你一辈子娶不上媳妇,把牛当成至亲!”小黄梨拍手骂着。

“我是穷!”老改说,“眼下穷人并不下三烂,你是地主!”

“你是地主!”小黄梨喊,“你不要出口伤人!”

“还有这车!”老改指着掉下来的一个车脚说,“人们光使不拾掇,有两月没抹过油,干磨,风吹雨洒,现在网也裂了,瓦也脱了,我看你们使个蛋!”

“你不叫人们使,你放着它下小的呀!”小黄梨在做防御性的进攻。

人们说:“别吵了,这不是三哥来了!”

李三赶紧和人们把车辕抬起来,把牛卸下;叫人们把车脚安上,赶到院里去。他说:“再吵一会,就把牛压死了!乡亲们,这牛和车不是咱们的东西吗?”

老改拉了半天,才把紫牛拉起来,牛站了好几站才立定。老改二话不讲,怒气冲冲牵着牛走了。

他把牛拉到了保管股的牲口棚里,长长的槽口全空着,牲口都借出去了。只有那小牛躺在街角晒日头,不知谁给它脖里缠着一条长有四尺的红绫,有一头在地上曲卷着。

老改正在奇怪,他看见双眉在槽那头走过来,手里端着一个漂亮的小铜锅,没有看见老改。

“来!喝了这点米粥!谁知道老改把你娘弄到哪去了哇?”她对小牛说着,抱着小牛的脖子,叫它喝粥。

老改站着不动。双眉又说:

“你还不喝?你这饭碗不错吧?这是二举人熬燕窝的家伙哩,咱没见过燕窝,咱拿它来叫你喝粥!”

老改偷偷笑着。老牛看见了小牛,叫着跑过去,老改牵不住,才暴露了目标。

双眉看见了老改。老改擦洗老牛身上沾着的污泥,指着小牛说:“谁给它脖子里缠上那个?”

“我呀!”双眉笑着说,“不好看?”

“哪里找的绸子?”

“保管股要的。”

“好看是好看,就是可惜了儿的。”老改说。

“别那么小家子摆式了,”双眉说,“牛是我们的胜利果实,小牛添在保管股,又是一件大喜事哩!”

6

晚上,人们又来看排戏。一进保管股,看见过厅里黑洞洞,没有双眉,人们就回去了。大顺义和小黄梨也来了,出了保管股的大门。大顺义说:

“戏是看不成了,咱们去看老改吧!听说他那老牛添了一个小牛,老改像侍候坐月子的,把大人孩子全打扮得像新媳妇一样!”

小黄梨说:“你去吧,我不去,白天我才和他吵了架,那么没昂气?”

“唉,”大顺义拉着她,“咱们多会不和他争争吵吵,记恨这些还有完吗?听说老改这些日子,分了点东西,手里很富裕,想寻个人儿,咱们去探探他的口气。这个年头,人们手里全有些尺头,说成了,比纺一集线子不赖!”

小黄梨就跟她去了。

一到老改住的小南屋,只点着一根熏蚊子的蒿绳,没有老改,大顺义给他把灯点着，两个人在屋里坐了一会，又端着灯出来，看见那老牛闭着眼卧着，小牛爬在怀里睡着了。小黄梨拉拉那小牛脖里的红绫子说：

“真糟年景！你看拿回去，过年给小孩子们做个帽子，多好看。”

正说着，老改提着一个马灯“嗵嗵”地回来了，后面还跟着一个人，不认识。老改问：

“谁们?”一看见是小黄梨，他喊，“啊！你干什么？你又来刨治它们！你想偷我的红绫子！”

大顺义站起来说：“你这个兔子！狗咬吕洞宾，不识好歹人！我们给你解决困难来了！

老改说：“我有什么困难，叫你来解决?”

“我们来给你说媳妇来了，官还不打送礼的，你倒撵起媒人来了！”

“顾不上！牛病得快死了，”老改愤愤地说，“你死了到阎王爷里去告一状，叫她来个眼前报！快走！快走！”他推着小黄梨，“再不走，我就叫武委会了！”

小黄梨和大顺义赶紧跑出去。

老牛回来就不吃草。老改到大官亭去请来一位兽医，这位兽医在这一带是很行通的。老改给三班扛活的时候，常套了轿车或是备了走马去请的。这天，老改去了，正赶上兽医有事，又见老改走着去请，就说没空不能来。

老改说：“我喂不起牲口，当真是我的牲口，死了就死了！这是贫农组的牲口，又有一个小牛，无论如何请你走一趟！”

兽医一听是贫农组的牲口，就说：“那没说的！我有多么要紧的事，也得放下先去瞧牲口！”

老改又说：“论说我们张岗贫农组的牲口可不少，车辆也多，全借给农民去秋耕地了，只好屈你走一趟！”

兽医说：“天下农民是一家，现在不能像过去。过去是给地主财东做事，现在是给咱们穷哥们服务，再不能拿架子摆谱！”

来到槽上，兽医翻开紫牛的眼皮看了看，又摸了肚子，掏出舌头看了。问了问情由，就摇了摇头。

老改心里凉下来,就问:“先生,你看还有治没治?”

兽医说:“开个方试试吧,不准见功。”

老改领他到了账房,开了药方,也顾不得送先生,就到药铺去抓药。这里管账的侯先生原和兽医认识,叫小黑烧火沏茶。

又问:“大官亭那边的牲口怎样?”

“情形差不多!”兽医说,“因为牲口还没分,没确定所有权,人们只知道瞎使,不结记喂饮。其实牲口这玩意娇气着哩!它的生理和人一样,哪里照顾不到,也容易出毛病。再说医治牲口,比起人来还难。人会说话,饥思食,渴思饮,你不给他,他自己会说,会要会找。牲口不会说话,要全凭人去照顾,这就难了。可是人们不想这个!”喝了两口茶,又说:“这还得教育,人们的自私自利劲还是不小。——这茶叶不错,这几年敌人封锁,很不容易喝到好叶子,这也是果实吧?”

又说了几句闲话,兽医才告辞走了。

老改到药铺抓好药,回来叫小黑熬好,帮着灌下去;他又守了一夜。

7

第二天早晨,紫牛才慢慢捣嚼了。老改还是气不忿,找了李三去,叫他开个会,批评小黄梨。

李三召集代表们商量一下,都主张晚上开个会。各个代表回去,分头分街通知了小组长,小组长又通知了各个户,说晚上在保管股过厅里开会。

吃过晚饭,李三先到会场,找好几个油灯,添上油点着。跟着进来个老大娘,手里拄着拐杖,“吧打吧打”响。

李三笑着说:“这老娘娘倒积极!”

老大娘望着李三说:

“我这积极是真积极,你该给我登登黑板报。从六月底,咱们就白天一个会,晚上一个会,你说我哪次晚到过?早退过?我纺着线,一听见说开会,放下就来,不打误阵。风雨无阻,不怕黑道。我净说:家里多么忙,也不如大伙的事情要紧。开开会,听听章程,心里多么明白?我就不喜欢那样,开会不到,会开完,遇到要分东西了,才东打听,西打听,光怕自己吃亏!意见又多,会上吞吞吐吐不说,四下里张扬!像这样的人,你也该批评批评!”

说得李三笑了,老大娘又说:“你说我说的这是真理不是?正确不正确?”

李三说:“是真理,正确。”

慢慢人到齐了,坐着的站着的。姑娘们在一块,特别她们那里嚷嚷得欢,又欢迎双眉唱歌。双眉望着李三那里挤眼,姑娘们说:

“三哥呀?他老好了一辈子,怕他干么?”

李三站在一张桌子前面,旁边坐着贫农组的秘书,秘书翻开花名册挨名叫着,人们报着“到”。不到的,小组长赶紧派人去叫了。

李三说:“现在开会,各组的人往一块凑凑吧,回头还要讨论哩!谁先说说?”他回头望着代表们问。

“三哥念叨念叨吧!”代表们说。

“我就说说。”李三转过身来,“今天开会,是为咱们贫农组的牲口和车辆的事。这些东西,是咱们农民斗争出来的,这不是地主的东西,这是咱们祖祖辈辈给地主当牛马,拿血汗换来的。现在咱们从他们手里要回来自己使唤。以后是要确定所有权的,现在因为地还没分,先借给大家用着。可是有的人不知道爱惜它,都说:往后还不知道分的谁手里。牲口也不喂,狠死地使,咱们的牲口全弱了,车全坏了。这样下去,损失完了,还是咱农民吃亏,也叫地主们看咱的笑话,叫群众对我们不满意。我们都是辛辛苦苦的农民,我们都知道爱惜东西,就是有点落后,拿到手里,抱在炕上,才叫自己的东西。其实,现在什么不是我们的?代表会是我们的,区级县级是我们的,前方打仗的战士是我们的,我们都要爱惜他们。你们说对不对?”

“对!”人们喊着。最后是谁喊了一句:“对极了!”

李三接着说:“就拿小黄梨使牲口吧。不经过保管就牵牲口,单挑了那个紫牛,又不会使牲口,牛勾槽歪到牛脖子下面,差一点没把个紫牛送了命。车轴的辖掉了,也不看看,就套出车去,闹了个人仰马翻!也不只是她一个人,别的人也要检讨检讨。昨天晚上,我们内当家的,犯了老病,不在家里纺线,跑去给老改说媒。我在家里批评了她,我想了想,也该在这大会上提出来!”

人们哄地笑了,乱拿眼找大顺义。大顺义冷不防李三给她来这么手,早臊得缩到桌子底下去了。接着各个代表补充。然后就分开小组围着灯讨论,各个代表分头掌握。

大家的意见说完了,各个代表小组长在一块凑了凑,就由李三做结论说:

“各组讨论的办法是:按地亩自由结组,把牲口车辆先分配下去,这算是个草稿,以后确定所有权,变动也不大了,大家安心喂养牲口,使用车辆。各组选个组长,牲口喂坏了,车损坏了,由他负责;谁坏的,就不确定给他所有权。各代表还要就近检查。各头竞赛。”

8

把牲口车辆分配下去,村里事情少些了,李三有时就去照看照看他那互助组开办起来的木货厂,和他们刨树,拉锯解板,垒炭窑。

他和伙计们说:“今年我们烧炭准赚。煤过不来,附近大官亭、苌刘庄都住着伤兵医院,冬天炭总是要用的。”

大印说:“听说要平分了,咱这厂子弄半天,还不准怎么着哩。”

“什么平分?”李三问。

“你还是头目人,消息还不如我灵通。区里发下报纸,上面说要平分,每人一份,一份三亩地儿!”

“哪报哩?”

“又收回去了,我也没见。是秘书和我说的,他说不叫对外人讲。”

小亮蹬在架子上和全福拉着大锯,听见说就停下来,用手背擦着脸上的汗,问:“什么也平分吗?”

大印说:“平分嘛,可不就什么也分!上级准是知道几次分东西,人们都有意见,这回就爽利地来一个平分。”

小亮说:“地亩好分,牲口车辆也好分,犁耙绳套,叉巴扫帚也好分,就连锅碗盆灶,桌椅板凳,箱匣橱柜也好分。你猜怎么样,就是一样物件不好分——衣裳。”

大印说:“什么也好分。我觉着这回准做好了,谁也不会有意见,有反映。不管大人孩子,一人一份。衣裳也是一样,一人一件!”

小亮说:“你说的那个不行,你知道有多少件衣袋?”

大印说:“这都在账篇上哩,咱们一共是三百十二个包袱,单夹棉皮,一共是三千多件!”

小亮说:“你说的是保管股的东西。我问你,既是平分,各人家里的东西算不算?”

大印说:“你算人家家里的东西干什么?”

小亮说:“不算家里的东西,那叫什么平分哩?哪一辈子也分不平啊!比如拿咱两家来比:地亩不成问题,咱俩一样,牲口也一样。可是家具上,你比我多一个立柜,多两个箱。打着这都是摆在眼面前的东西,谁也瞒不了谁。衣裳布匹就难了,我不能到你家翻箱倒柜去一件一件数啊!就是数吧,件数一样,那好坏可就差得天上地下了!要不我说不好分哩!”

大印想了想说:“可不是,这里面复杂着哩。要这么着,把一件件的东西都合成钱,一个人该分多少钱的东西就行了。”

小亮说:“那也不好办,现摆着成物,怎么着分钱哩。我看准得归成那个理!把全村的东西,都搬出来,掺和了,再一个人一个人地分。”

大印说:“那你三辈子也分不清——这倒叫人作难。算了吧,反正上级得有办法,怎么指示怎么做!”

小亮说:“可不。咱们穷光蛋不怕,反正分不出去,多多少少得分他们点进来。”

9

坐在地上的老木匠全福,一直没有说话。他那光着的铁板一样的脊梁上浮着一层大汗珠,就像滴滴的黑油。他侧着耳朵听了半天,不断望望李三。李三在那边用尺子排着一块木头,眉头皱得很紧。

到了这时,全福才仰着头问小亮:“亮兄弟,我们中农怎么办?”

小亮没来得及说话，大印说：

“这回是拉齐。省得一回一回分，又麻烦，又有意见。有人到山里卖布，人家那里已经开始分了。你家里有什么东西也得登记上，是个针头线脑也得算上！”

小亮说：“中农不准有事，来，我们干吧！”

说着就扶正了锯，望着全福。全福低着头，随后抹了一把脸上的汗，站起来说：

“我不干了。还干着有什么劲？咱伙计四个，你三个都知道：我三辈子木匠，三辈子受苦，三辈子弄不上吃穿。我又拉了快一辈子大锯，我大伯下了十八年关东，死在关外，我承了他那一股，才扒上了个碗边，现在成了中农。分地主的，那理当，他们吃过喝过，糟过耍过，欺压过人，我哩？我算是个富户吗？人家地主的月炕里的孩子都使绸缎尿布，我哩？一辈子了，你们谁见过我穿一件囫囵衣裳？”

李三立时回过身来，说：“全哥，不能动中农，你放心。别说没有人要动你的东西，就是有那个说法，我头一个就反对！”说着他望着大印，“报上有这个指示吗，什么东西也平分？”

大印低着头说：“报上准是光说分地，什么也平分，不过是我的个估计儿！”

李三说：“闹不清楚，不要瞎说。上级绝不会叫那么乱分一气。分是分地主的东西，我们——连上全福哥，满共可有多少东西，也要拿出去分？我们别听闲杂，还是好好生产要紧。我觉着咱们这个小木货厂，望头很大。今年冬天，把地主的地分了。人们添了地，过日子有心花，谁也得添置点农具，这就是咱们的买卖。咱村一共是三千四百多口人，地是一人合三亩挂零，满打着把地主的牲口农具全分下去，还是差很多。四家合个牲口，五家一辆车，这车和牲口要挡着七十亩地。三家合不到一张犁，五家合不到一张耙，二十家才有一架种式，八十家才有一架扇车。这是那些大家式，那些小家具：三五个人也不准合到一张镰，一张小板镐！再算一下，几家一张木铲？几家一柄铁把？我们分到了地，就要种啊，就要耕耩锄耪，就要收割打场，那农具哩？我们买下的这些材料，就做这些东西，你们看着：明年一开春,到咱们这里来买农具的,要挤破了这梢门哩!”

10

每天晚上,李三就睡在保管股院里一张石条桌上,他从家里拿来条破褥子,枕着一截小木头。

他先到武委会去转了转,分派了岗哨,才回来睡。天上有一块黑云,慢慢渡过天河去;他想江猪攻河了,正在种麦子,下场透雨也好,又起来,把院里怕淋的东西拾掇起来。

衣服保管双进睡在西屋门口,挂了一个花蚊帐,双进说:

“三哥,今晚上冷,我到屋里给你拿条被子吧。丝棉绸缎,有的是被子,放着也是放着!”

李三说:“不用。”

正说着,外边“嗵嗵”敲门。双进起来去开,李三说:“问清楚了,再开!”

进来的是老王,老郝两个荣军,四条拐杖在地上响着,来势不善。

李三赶紧坐起来:“两个同志,一定有事?”

“有点事,事情也不大!”老郝把拐在两边一放,坐在条桌上,“咱们村里照顾荣军有点不够!”

“什么地方不够?”李三笑着问。

“你自己想想呀!”老王喊,“有人到肃宁去来,人家那里照顾得好!”

“我们在保管股要了些家具,怎么还给我们落账?干吗?还想拿回?”老郝接着。

“那都是没有分的东西,记记账也好。”李三说:

“要记就记!”老郝举起拐来在地上一拍,“我们再要一个骡子,一辆车!我们都是折胳膊断腿的人,走动不便,要辆车坐坐!”

李三说:“要是同志们生产,就借给你们一个骡子一辆车。同志,你们替我们效过力,流血受伤,又离家在外,我可是从心里想多照顾你们。从你们来了,住房吃饭,使用家具,都是尽量给你们想法。群众有时说闲话,我给他们解释。现在咱村里的事,你们不了解。地主富农到处破坏我们,恨不得把我打死,不敢明出明入,他们就进行挑拨,想叫穷人打穷人,我们乱了营,他们才快意。同志们在前方,经过多少年锻炼,比我们知道得多,这个情况,该比我看得明白。咱们是一家人,你们的血是给穷人流了的。比方说:今天,你们打了我,谁快活哩?是穷人哩,还是那些地主富农?"

一番话说得两个荣军全低下了头。老郝说:

"主席,我们态度不好,你批评得对!可是,主席,你也不要怕那些地主富农捣乱,蒋介石的大兵都叫我们消灭,这小小的张岗镇上,几个地主还捣得了什么蛋!"

李三笑着说:"希望同志们帮助村里的工作!"

老郝说:"主席,前天我托你的事情办妥了没有?"

"什么事?"李三问。

"给我找个做饭的!"

"说媳妇的事呀?"李三笑着,"我已经叫妇女部给介绍了,这事不能着急,找好了对象,得先和人家谈谈。"

"这一个困难,无论如何你得给我解决!"老郝说,把那受伤的胳膊动了动,"咱们自己做不了饭,长期叫老百姓帮忙,也不落意呀!"

说着走了。双进送出去把门上好,回来说:"有些荣军难办,说话就冲人。那天来要蚊帐,三句话没交代完,就冲着我来了!"

李三说:"他们都是受了伤的,你看那伤有多重?是在战场上和敌人拼过命的,有时发发脾气,难怪他们。你记着,再催催香菊,给老郝对付个人!"

"老郝有三十老几了吧?不好办。"双进说。

"是个老红军,"李三说,"经过长征的。十七岁上参加了红军,一离家,一家大小,都叫蒋介石给杀了。打日本的时候,受了重伤才退伍。这样一个同志,我们要给他安个家,叫他在张岗街上住下来,村子也有光彩。"

刚刚倒下,外边又敲门,这回是轻轻的。进来的是东头一家烈属,老婆子进门就说:"三兄弟,我知道你早了没空,这么晚了才来。我有个困难,你得给我解决。"

李三让她坐下,说:“地,我叫优属队给你耕去了。”

“不是地的事,是房的事。”老婆子说,“我那一间房老朽得不行了,下雨老是个漏,我一个老婆子家,自己又不能修。”

“等两天,闲空了,我去给你拾掇拾掇,保险不能再漏!”李三说。

老婆子笑了笑,说:“我今年春天,不是纺了点线,赚了点钱,叫你给买了些坯?我是想再把它支架一下,里面的木料全不行了。咱们贫农组,有的是木料,我是说,把那细小的,哪怕先借给我几根哩。我和你商量商量,看行不行。要有你侄子,我就不叫你操这个心了。”老婆子说着流下泪来,用衣襟擦了擦。

李三想了一会,说:“嫂子!咱这东西还都没有分,怎么个分法,也还没个准章程。我想反正得多照顾烈属。侄子在前方牺牲了,是有功的人,咱家里又实在贫寒,就是多照顾你一些,人们也不会有什么反应。开会的时候,我和代表们讨论讨论,就先借给你几根木头,把屋子支架上。以后,老婆子坐在炕上纺个线,打个盹的,也就不用担惊受怕了!”

“三兄弟费心吧!”老婆子很高兴,站起来走了。李三去关门,门洞里有个黑影一闪,李三一抓腰里的枪问:

“谁!”

“是我!”那个黑影往前走了两步,是个青年妇女的声音。李三听不出是谁来,老婆子说:

“你不认识她,她们过去大门不出,二门不迈的,你怎么见得着?她是俺们那头七班的大少奶奶。”说过,笑了笑走了。

“你偷偷摸摸地来干什么?”李三问。

“主席,我来求求你。”那个女人小声说。

“有什么事,明天再来吧,你家的男人们哩?”李三问。

“是我自己的事,”女人说,“就在这儿说吗?主席。”

“就在这说吧,”李三站在门口,“院里很黑,这里明快些!”

“你们斗争了俺婆家,我没意见。我从过门来,就受俺婆婆的气,小姑的气,没好过一天。我又年轻,也不记得剥削过人。这回,就是拿的我的东西多。主席,冤有头,债有主,谁作的谁受么!我也和他们反对,我的东西,你们不该拿走啊！”

李三说：“你是七班的大房，我想起来，你娘家是苌刘庄四班。两头都是地主，你的东西不会是自己劳动来的。你们，从小老妈子抱着，丫环搀扶着。你们娶聘，骑马坐轿，绫罗绸缎，跟房跟班，你们享过福。怎么说是你的东西？穷人的东西，血汗换来，才是自己的。你们都是吃闲饭的人！你想想：给你们种地的是谁？给你们赶车的又是谁？小时，抱你们的是谁？大了，扶你们的是谁？谁把饭做好，又给你们送到手里？谁把衣裳做好，又给你们披在身上？都是穷人！你们的福享得过分了。你还说没享过福！你受气不受气，提说不着，我们是按成分办事！”

女人啼哭起来。李三说：“今天，你啼哭了，以前在你家地头地边，在你家墙角门口，有多少人啼哭过，你知道吗？你们心疼过这些人吗？有多少人叫地主逼得寻死上吊，跳井投河，卖儿卖女？你顶好想想这些事，想想你们家的东西是怎样来的。你们还年轻，也给你们留着吃的穿的，种地的家具，回去好好生产吧，不要净想歪的了！”

女人走了，李三把门上好，回来睡觉。刚一合眼，鸡就叫了。

11

大顺义一早就来叫门，一开门，两个人就吵起来。

大顺义说：“你这个老家伙，家你算是不要了，你算是卖给这里面了！”

李三说：“你这么早跑来干什么？”

大顺义说：“你说我跑来干什么？我来请你吃饭去！”

“今儿个饭这么早？”李三笑了笑。

“吃过饭，你给我耕地去！”大顺义说，“人家的麦子都快出齐了，你那么二亩半地高粱楂还没有刨！小高粱都快秀穗了，你成心叫地荒了吗？”

“我得有了空呀！”李三说。

“你是无事忙，天生的自找罪受！”大顺义说，“这么多大骡子大马，这么多代耕队，你替群众服务，群众就不该给你解决困难？你支一支嘴，顿饭的工夫用不了，就给咱耕了！你懒得说话！”

"嗐!"李三说,"叫你这么一说,我成了大总统了!"

"你不是大总统,人家可叫你土皇上!你工作工作,弄得猪八戒照镜子,里外不够人。穷的富的都不说你好,人叫你得罪完了,你还工作!"

大顺义一屁股坐在双进的床头起,双进还在睡觉,一下叫她坐醒了,赶紧起来劝架。

大顺义在院里转转悠悠,李三跟在后面。

大顺义扭回头来说:"你没见过我?这么紧跟着干什么!"

李三不说话。大顺义转到西夹道,那里堆放着乱七八糟的东西,什么破字画、枕头、小匣子、不成对的瓷器铜器……

大顺义在一个破箱子里翻了翻,看见有一串大铜钱,拿起来,望着双进说:"我要了这串大钱,去给我那干儿配个锁!"

"你赶快放下!"李三吆喝着,"一个线头,你也不能从这院里拿出去!"

"你把我当贼提防,"大顺义扔下铜钱走出来,"你别小看人,这么点道理我不明白?能叫你跟着我背黑锅!逗逗你,就当真的了!"

大顺义回家去。李三一时觉得又累又烦。他忽然想起毛主席。他想:他领导革命,指挥千军万马,教育着这么些个党员群众,他是怎么着工作哩?他会不会累?会不会烦?李三在心里笑了,他自己有点羞惭,勇气和力量也在这时振作了。他到木货厂里去。

12

大官亭的野战医院里,新来了一批伤兵。是在大清河北作战受伤的,里面有几个饶阳县今年春天参军的战士。战士们给家里写了信,母亲和妻子们都去看望了。张岗贫农组也买了一筐鸭梨,募了一篮鸡蛋,送去慰劳,李三同双眉是代表。

在伤兵里,双眉看见了兴儿,挂着一只胳膊。兴儿和李三说是参加机枪班冲锋受了伤。双眉一句话也说不出,红着脸笑了。兴儿用那只好手轻轻拍着受伤的胳膊,好像是叫双眉看,双眉明白,这意思是说:你看我怎么样,我受伤了。

第二天,区里送来一封信说:野战医院的伤兵同志们要求张岗剧团给他们演演戏,叫李三加紧准备。

李三拿着信找了双眉去,笑着说:"你的工作来了!"

双眉接过信来看了看,抬头问:"伤兵同志们为什么单到咱村?"

李三说:"周围几十里,谁不知道张岗剧团?在冀中区,除了'火线',恐怕就属咱们了,人家军队上能没有听说过?"

双眉说:"那可演什么节目哩?咱不演俗戏,新编又一下排不出来。全怨三哥,那两天还批评我哩!"说完把嘴一噘。

李三说:"这怨三哥没远见。双眉,这事全交给你,你用什么东西,使唤哪些人,告诉我,我给跑腿!反正,人家既然指名请咱们,咱们就得露一手,不能丢人!"

双眉想了想说:"我看还是演比武从军,这个戏别的剧团演不了,咱们又是熟戏,稍微拉拉场,吊吊嗓就行。三哥,你看怎么样?"

李三说:"对,就演这出。给军队演,又符题。我就喜欢这出戏,末了那一大段唱,别的剧团,就是没法演,两个人接着也唱不下来。你唱起来,可是从从容容,越到后来越有劲。不过那个武委会主任叫谁演哩?兴儿不在家。"

双眉说:"就叫小三成替他,排的时候,小三成一块学会了。"

"好。"李三说,"带着咱们那汽灯、好帐子好幕去。演的时候,还得叫我干那个!"

"什么那个?"双眉问。

"拿着大喇叭站台!"李三比画一下,笑着走了。

演戏的那天是十月革命节。会场就在大官亭街当中那大场院里。吃过晚饭,周围几十里,道路上满是人,紧走紧说:

"今晚上是张岗的比武从军!"

"喂!那个女角叫什么?"

"你这人!双眉呗!"

"对。真好嗓门,好长相,好走相,真,真比不了!"

"有一年不唱了。听说为唱戏受过批评哩?"

“咳！不批评别的，单批评唱戏！”

汽灯还没挂起来，会场里就挤满了人，卖糖的，烙馅饼的，老豆腐挑子也赶来了。

伤兵同志们坐在场子当中，汽灯点着了，张岗剧团的人马在台上忙着。打鼓的老头子郭老珍，架着腿，把雪白的手巾搭在膝盖上，嘴里叼着一支只有在这个当口才肯抽的好烟卷。

兴儿挂着胳膊，走到后台来和人们说话。在一个大油灯下边，双眉坐着她那小红凳，正对着镜子化装。

见兴儿来了，就问：“你在哪看？”

兴儿说：“在台下边呗！”

“有座物没有？”

“没有。”

“我给你带来了一个。”双眉说着站起来，往后一推那小红凳。

“咱们这剧团，越来越阔了，还置了家具？”兴儿说。

“这是我分的果实。”

“你参加斗争了啊？”兴儿笑着。

“你参加战争，我参加斗争！”双眉低声说，在镜子里轻轻一笑。

“入党了没有？”兴儿庄重地问。

“快批准了。”双眉的脸一红，“你哩？”

“我今天满了候补期。”

“我来演戏给你道喜！”双眉笑着说。

“先唱的时候，嗓子不要太高，这个地方是街心，容易收音。”兴儿关照了双眉几句，就下去了。

同志们看见兴儿提着个小凳下来，有两个人跑过来说：“王小兴，哪来的小凳？”

兴儿说：“借的剧团的。”

“还是你们本地人好啊！”

“来！咱们三个挤着坐。”兴儿说，“快开戏了，听着吧！”

今晚上没有月亮，是个好晴天。星星像有喜事的人们的眼睛。一声锣响,开幕了。

台下的人挤着跟前去,说:“比武从军!”

“不要挤,不要碰着伤员同志们!”李三拿着个大喇叭,在台上猫着腰喊叫。

“双眉!”台下看见双眉一上场,挤得更欢。前边的人用死力顶着,像钉木桩,不让挤过去。

双眉一出来,是在梨树底下,里面有这么几段:

风吹枝儿树猫腰,
今年梨儿挂得好。

上好的梨儿谁先尝哪,
我提着篮儿上前方呀。

送梨的人儿回去吧,
前方的战斗正紧张啊。

双眉唱着,眼睛望着台下面。台下的人,不挤也不动,整个大广场叫她的眼睛照亮了。

她用全部的精神唱。她觉得:台上台下都归她,天上地下都是她的东西。

蒿儿梁

一九四三年,敌人冬季“扫荡”开始了,杨纯医生带着五个伤员,和一个小女看护,名叫刘兰,转移到繁峙五台交界地方,住在北台脚下的成果庵里。五台山有五个台顶,北边的就叫北台。这是有名的高山,常年积雪不化,六月天走过山顶,遇见风雹,行人也会冻死。

一条石沟小河绕着成果庵的粉墙急急流过。站在成果庵的大殿台阶,可以看到北台顶上雄厚的雪堆。

这几天情况紧急,区委书记夜里来通知杨医生,叫他往山上转移,住到蒿儿梁去。

他们清早出发,杨医生走在前面,招呼着担架,轻抬轻放,脚下留神,不要叫冰雪滑倒。他看好平整的地方,叫大家放下,擦擦汗,休息一下,就又往上爬。

刘兰跟在担架后面,嘴里冒着热气,一步一步挨上来。杨医生把她的卫生包接过来,挂到自己身上。

他的身上,东西已经不少。一支大枪,三十粒子弹,五枚手榴弹,一个皮药包。两条米袋像围巾一样缠在他的脖子里。背上,他自己的被包驮着刘兰的被包。他挺身走着,山底子鞋“啪啦啦”沉重地响着。

“杨医生,我们的药棉又不多了。”刘兰跟在后面说。

“到蒿儿梁,我们做。”

“怎么着弄个消毒的小锅吧,做饭的大锅,真不好刷干净,老百姓也不愿意叫使!”

“这也要到蒿儿梁想办法。”

刘兰又问:“伤号光吃莜麦不好吧?”

“到蒿儿梁,弄些细粮吃。”

“蒿儿梁,蒿儿梁!到了蒿儿梁,我们找谁呀?”

“找妇救会的主任。区委书记没说她叫什么名字,只说一打听女主任,谁也知道。”

他们顺着盘道往上走，转过三四个山头才看见在前面的山顶上，有一个小村庄。这小村庄叫太阳照得发光，秃秃的没有一棵树，靠它西边的山上，却有一大片叫雪压着的密密的杉树林；隔着山沟，可以听见在树林边缘奔跑的狍子的尖叫。村庄里有一只雄鸡也在长鸣。再绕过一个山头，看见有一洼泉水，周围结了厚冰，一条直直的小路，通到村里去。村里的人吃这个泉的水。村庄不远了。

这个不到三十户的小村，就叫蒿儿梁。

女主任去住娘家了，还没有回来，主任的丈夫，一个五十来岁的粗壮汉子，把他们安排到一间泥墙草顶的小小的南屋里，随着粮秣送来了茅柴，就点火烧起炕来。

杨纯到村庄周围转了一转。都是疏疏落落的草顶泥墙小房，家家也都没有篱笆。村里村外，只有些小小的莜麦秸垛，盖着厚雪。街道上，担水滴落，结了一层冰。全村只有一棵歪把的老树，但遍山坡长着那么一丛丛带刺的小树，在冰天雪地，满挂着累累的、鲜艳欲滴的红色颗粒。

人们轻易不出门，坐在炕上，拨弄着一盆红红的麦秸火。妇女们出来一下子：把手插在腰里，又赶紧跑到屋里去。

女主任的丈夫，在院里备好一匹小毛驴，出门去了。第二天，把主任接了回来。

到了院里，主任才从毛驴上跳下。她不过二十五岁，披着一件男人的深黑面的黑羊皮袄，紫色的圆顶帽子装饰着珠花。她嘻嘻地笑着跑到南屋里来。她的相貌，和这一带那些好看的女人一样，白胖胖的脸，鲜红的嘴唇和白牙齿。她看了刘兰一眼，又看了杨纯一眼，笑着不说话。

刘兰让她到炕上暖和，她说：“这是俺的家，我要让你们哩！”

杨纯说：“你就是主任呀？我们把你的房子占了。”

“不要紧！”主任说，“老头子说你们来了，我真高兴。”她伸过手去摸了摸炕席说：“好，炕还热。不行哩，我们这个地方冷呀！有人给你们做饭？”

刘兰说：“有。”

“一会，我给你们搓窝窝吃，别看我们蒿儿梁村小，我搓的窝窝可远近知名哩!”

晌午,主任推门进来。她脱去了羊皮衣,穿一件破旧的红棉袄,怀抱着一大块光亮的黄色琉璃瓦,这是搓莜面窝窝的工具,她说是托人到台怀买来的。她站立在炕边,卷起袖子。搓的窝窝又薄又小,放得整整齐齐。

“好妹妹!”主任笑着对刘兰说,“我叫你头一回吃这么讲究的饭食,你离开蒿儿梁,你要想蒿儿梁哩!”

“我不想蒿儿梁,这个冷劲我受不了!”刘兰也笑着说。

杨纯说:“你要想蒿儿梁的窝窝吃哩!”

“对了,你要想我这手艺哩!”主任笑着把手掌拍一拍。

“为什么你的胳膊那么胖?”刘兰问,“是吃莜麦吃的?”

“享福享的吧!”主任说,“这几年我是胖了,那几年,我比你还瘦哩,我的好妹子! 有工夫,我要和你说一说我受的苦哩!”

夜间,主任叫刘兰搬到她新拾掇好、烧了炕的小东屋里去睡,打发她的男人,到别人家去睡了。这一夜,主任把头放在刘兰的枕上,叙说她的身世。

她说:“我家在川里,从小给地主家当丫头使唤。十六岁上,娘才把我领回家,嫁给这里,我今年二十五,男人比我大一倍。他是个实落人,也知道疼我。我觉着比在地主家里受人欺侮强多了。这几年,减了租子,我们也能吃饱,又没有孩子累着,我就发胖了。”

“我问问你,”主任从枕上抬起头来,“我们的仗,又打得不好吗? 怎么你们又跑到这个野地方来?”

“仗打得好。”刘兰说,“这是伤号,要找个安稳地方。”

“我就怕咱们的仗打败了!”主任长舒一口气,“我们种的是川里地主家的地,咱们胜了,他就不敢山上来,你们一走,他就派人来吓唬我。我就盼咱们打胜仗,要把川里也占了,咱们的日子会更好过哩! 那时,这地,就成了咱自己的吧?”

“对了,以后,谁种的地就是谁的。”

“我想,总得是那样。”主任说,“不把敌人打走,我的命还在人家手心里攥着哩!”

“为什么?”

“我娘把我领出来,嫁给了这里。那家地主看见我出息得好了,生了歪心哩!他叫人吓唬我,叫我回去,又吓唬我的男人,说叫三亩地换了我。他杂种想算着吧!他觉着我还是那几年,给他当奴才的时候哩!”

停了一会,她说:“妹子,我就靠着你们,把仗打好了,我们就都熬了出来。你困了吧,靠近我点睡,就会暖和些。”

刘兰每天的工作,是烧开水,煮刀剪铗子消毒,团药棉。这些事情,主任全帮她做,她好问,又心灵手巧,三两天,就学会了。她帮着刘兰给伤号们去换药,和他们说笑,伤员们听刘兰说,主任搓的窝窝好,就争着求她做饭,这样一来,她就整天卷着两只袖子,带着两手面,笑出来,笑进去。

在这小庄上,也还只有莜麦面和山药蛋吃。不管怎样变,也还是莜面和山药蛋,不久伤员们就吃腻了,想吃点别的。杨纯到处打听,想给他们弄些白面、羊肉、白菜和萝卜吃。可是在这小庄上,你休想找到这些东西,问到那些老人,老人们说:庄子上有的东西,恁是多么贵重,我们也给你们吃;要讨换这些东西,除非是到川里。

自从添了这么七个生人,小庄上热闹起来,两盘碾子整天不闲,有时还要点上灯推莜麦,青年人要去放哨,坐探,小孩子要去送信砍柴,妇女们拆洗伤员的药布衣服,分班做饭。全村每个人都分担了一点责任,快乐并且觉到光荣。

整个小村庄在热情地支援帮助这个小小的队伍,杨纯不愿再多麻烦他们。

他和主任商量。主任笑着说:“你站在这个梁上想大米白面吃,那就难死了,你可以到川里去找。”

杨绅说:“情况这么紧,怎么能到川里去?”

主任说:“敌人都到山里‘扫荡’了,川里这会空着哩,不要紧,你去吧,那里什么都现成!”

“你看,我是离不开!”杨纯说。

“离不开你的伤员,怕他们受了损失?”主任说,“你还是不信服我们这小庄子。你把他们交给我,放心去吧!”

杨纯没有答声。他不能离开这些伤员,他觉得就像那些母亲,在极端困难的时候,也不能放下那拖累着的孩子一样。

主任望着他说:“要不,你给我写个信,我去。”

杨纯说:“那也不好。”

“你这人,这样也不好,那样也不好,你可就拿出你那巧妙办法来呀!”

“我怕你遇见危险。”

“我遇不见危险。”主任说,“就是遇上我也认了。你怕我碰上鬼子?碰上他们,他们也没办法,他们捉不住那满山野跑的狍子,就捉不住我。”

“那就让你跑一趟吧!”杨纯说。

他给川里负责的同志写了信,主任看着他把图章盖得清清楚楚,才收起来,放在棉袄的底襟里,披上她那件大皮袄,就向杨纯告辞。杨纯把她送到村北口那棵歪老的树下面,对她说:“去到川里,见到熟人,千万可别说,咱这庄上住着八路!”

主任笑了一笑,用她那胖胖的手掌把嘴一盖,说:“我这嘴严实着哩!”她看了杨纯一眼,接着说,“杨同志,我不佩服你别的,就佩服你这小小的年纪,办事这么底细,心眼这么多!”

她转身走了,踢着路上的雪和石子。转过山坡,她好像又想起了什么,转身回来,喊道:“杨同志,我们当家的病了,你去给他看看吧!”

杨纯问:“什么病呀?”

“准是受了风寒,你给他点洋药吃吧!”

她那清脆的声音,在山谷里,惊起阵阵的回响。

杨纯回到家里,带上药包,去给主任的丈夫看病。他住在游击组员名叫青儿的小屋里。杨纯推门进去,老人笑着让他坐。

杨纯说:“不舒服吗?我给你带了药来。”

老人说:“不要紧。只有些头痛,不用吃药。药很贵的,我一辈子没吃过药。”

青儿笑着说:“哥哥吃点药吧,吃了药,同志也不跟我们要钱!”

杨纯爬过去,摸一摸他的横着深刻皱纹的前额,又摸一摸他的暴露着粗筋的脉,说:“不要紧,叫兄弟给你烧些水,吃点药就会好了。”

杨纯给老人包出药来，青儿点火烧水。

老人说："一定是她告诉了你。"

杨纯说："你说的是主任呀？"

老人说："是她。黑间她来了，我说不要紧，叫她回去了。同志，她还年轻，我愿意叫她多给咱们做些事！"

停了一会，老人又说："同志，什么时候，我们的天下就打下来？什么时候，把川里的敌人也打走就好了。同志，穷人过着日子，老是没有个底确哩！"

青儿烧着火说："哥哥先担心他这几亩地，怕地主再上山来逼人。这两天，看见情况不好，就又病了。"

杨纯安慰鼓励了老人一番。

隔了一天，老人的病好了，可是情况更紧了，他和杨纯商量，在附近山里，找个严实地方，预备着伤员们转移。

吃过晌午饭，他带着杨纯，从向西的一条山沟跑下去。

到了山底，他们攀着那突出的石头和垂下来的荆条往上爬，半天才走进了那杉树林。树林里积着很厚的雪，向阳的一面，挂满长长的冰柱。不管雪和冰柱都掩不住那正在青春的、翠绿的杉树林。这无边的杉树，同年同月从这山坡长出，受着同等的滋润和营养，它们都是一般茂盛，一般粗细，一般在这刺骨的寒风里，茁壮生长。树林里没有道路，人走过了，留下的脚印，不久就又被雪掩盖。主任的丈夫指给杨纯："那边有一个地窖，"又说，"从这后面上去，就是北台顶，敌人再也不能上去！"

他找着那条陡峭的小路，小路已经叫深雪掩盖，他扒着杉树往上走，雪一直陷到他的大腿那里。他往上爬，雪不断地从他脚下滚来，盖住杨纯。杨纯紧紧跟上去，身上反倒暖和起来，流着汗。主任的丈夫转脸告诉他：把你的扣子结好，帽子拉下来，到了山顶，你的手就伸不出来了。

他们爬到一个能站脚的地方，站在那里喘喘气。他们就要登上那大山顶，可是从西北方向刮过一阵阵的风，这风头是这样劲，使他们站立不稳。看准风头过去，主任的丈夫才赶忙招呼杨纯跑上去。

站在这山顶上，会忘记了是站在山上，它是这样平敞和看不见边际，只是觉得天和地离得很近，人感受到压迫。风从很远的地方吹过来，没有声音，卷起一团团的雪柱。

走在那平平的山顶上，有一片片薄薄的雪。太阳照在山顶上，像是月亮的光，没有一点暖意。山顶上，常常看见有一种叫雪风吹干了的黄白色的菊花形的小花，香气很是浓烈，主任的丈夫采了放在衣袋里，说是可以当茶叶喝。

薄薄的雪上，也有粗大的野兽走过的脚印。它们深夜在这山顶上行走，黄昏和黎明，向着山下号叫，这只配是老虎、豹。

在这里，可以看见无数的、像蒿儿梁那样小小的村庄，像一片片的落叶，粘在各个山的向阳处。可以看见台顶远处火寺院的粉墙琉璃，可以看见川里的河流，河流两岸平坦的稻田，和地主们青楼瓦舍的庄院。

主任的丈夫说："我们住的这些小村子，都是穷佃户，不是庙里的佃户，就是川里的佃户！"

杨纯站在山顶上，他觉得是站在他们作战的边区的头顶上。千万条山谷，纵横在他的眼前，那山谷里起起伏伏，响着一种强烈的风声。冰雪伏藏在她的怀里，阳光照在她的脊背上。瀑布，是为了养育她的儿女，永远流不尽的乳浆，现在结了冰，一直垂到她的脚底！

杨纯想到：他的同志们，他的队伍，正在抵挡这寒冷的天气，熬受着锻炼，他们穿着单薄的军衣，背着粗糙食粮，从这条山谷，转战到那个山头，人民热望他们胜利。

远处，那接近冀中平原的地方，腾起一层红色的尘雾。那里有杨纯的家。他好像看见了他那临河的小村庄，和他那两间用土甓垒起的向阳的小屋。那里面居住着他的母亲。

忽然，主任的丈夫喊："不好，你来看，敌人到了成果庵吗？"

杨纯看见，在远远山脚下面，成果庵那里点起火，他断定敌人到了那里，天气还早，敌人可能还要往上赶，到蒿儿梁。他隐隐约约听见了山的下面有枪声，那是放哨人的警号！

他们慌忙寻找下山的道路，主任的丈夫跑在前边。他们从雪上往下滑，石头和荆条撕碎了他们的衣裳，手上流着血。

杨纯心里阵阵作痛,他离开了受伤的同志,使他们遭受牺牲!

当他们跑进那通到村去的山沟,他们迎见了主任!她满脸流着汗,手拉着踉跄跑来的刘兰!在她旁边是由蒿儿梁老少妇女组成的担架队,抬来了五个伤员。村里听见了警号的枪声,男人们全到了去成果庵的路上(主任说,她刚回到家里,去伏击敌人了)。妇女们跑来和她商量把伤员转移到哪里去,她决定到这个地方来。凡是有力量的,都在担架上搭一把手,把伤员送了出来!

她们把伤员抬到了杉树林的深处,安置在地窖里。她们还抬来主任从川里弄来的粮食和菜蔬,妇女们也都带了干粮来。

主任的丈夫回到村里探消息。

夜晚,飘起雪来,妇女们围坐在地窖旁边,照顾着伤员。杨纯到前面放哨,主任和刘兰在杉树林的边缘站岗。

她们靠在一棵杉树上,主任把羊皮大衣解开,掩盖着刘兰的头。她们前面有一条小河,河面上已经结了冰,还盖上了很厚的雪,但是那小小的山溪冲激得很厉害,在厚厚的冰下面,还听到它那淙淙的寻找道路、流向前去的声音。

主任紧紧抱着刘兰。雪飘在她们头上,不久掩没了她们的脚;雪飘在她们脸上,但立刻就融化了。刘兰呼吸着从她的胸怀放散的热气,这孩子竟有些困倦。

主任望着前面,借着她的好眼力和雪光,她看见杨纯,那个青年人,那个医生,那个同志,抱着一杆大枪,站在山坡一块突出的尖石上。他那白色毡帽,成了一顶雪帽,蓝色的大棉袄背后,也落上一层厚雪。杨纯站在那里,尖着耳朵,听着山谷里的一切声音。不久,他跺一跺脚上的雪,从石头上轻轻跳下来,走到主任的面前说:

“蒿儿梁什么声音也没有,敌人想是在成果庵过夜了,看黎明的时候吧!”

主任说:“要紧的时候,我们就转移到山顶上去,原班人马都在这里!”

又说:“刘兰睡着了,就叫她这么着睡一会吧!”

杨纯说:“你们帮助了我们!”

“我们不是自己人?”主任笑着问。

“这就叫鱼帮水,水帮鱼吧!”杨纯也笑着说。

主任问:“谁是水,谁是鱼?”

“老百姓是水,我们是鱼!”杨纯说。

“你这比方打错了!”主任说,“老百姓帮助你们,情愿把心掏给你们,为什么?这为的是你们把我们救了出来!”

浇 园

七月里，一天早晨，从鸡叫的时候，就听见西边炮响，响得很紧，村里人们早早起来，站在堤上张望。不久，从西边大道上过来了担架队，满是尘土和露水。担架放在村边休息；后边又过来了一副，四个高个小伙子抬着，走得最慢，他们小心看着道路，脚步放轻，村边的人知道床上的人一定伤很重，趋上前面去。担架过来，看好平整地方，前后招呼着放下，民工的脸上，劳累以外满挂着忧愁。慰劳股的妇女们俯下身去看望伤员，前边的大个子民工擦着脸上的汗，说："唉！你们轻轻的吧！"

随后叹了一口气。另一个大高个子说："我看不用叫他了，一路上他什么东西也不吃，"

人们全围上来，大个子又说："真是好样儿的呀，第一个爬梯登城，伤着了要紧的地方，还是冲上去打！直到把敌人打下城去，我们的人全上来，才倒在城墙边上，要是跌下城来，可就没救了。"

"谁知道这能好了好不了！是个连长，才二十岁。"后面另一个大个儿接着说。

村里住下八个伤号，伤重的连长要住个清净地方，就住在香菊的家里了，香菊忙着先叫小妹妹二菊跑回家，把屋子和炕好好打扫一遍，人们把伤号安置好，伤号有时哼哼两声，没有睁开眼睛。

香菊站在炕沿边望了一会他的脸，不敢叫醒他，不敢去看他的伤。香菊从小不敢看亲人流的血，从来也不敢看伤员的血，同年的姐妹们常常笑话她胆小。几次村中青年妇女们拆洗伤员的粘着血迹的被子和衣服，香菊全拒绝了。她转过身来对站在她身后的二菊说："去烧火！"

二菊害怕姐姐又骂她不中用，抱了一把柴禾进来，就拉风箱。香菊小声吓唬她："你该死了，轻着点！"

温热了水，香菊找出了过年用的干净手巾，给伤员擦去了脸上的灰尘。香菊看见他很年轻，白白的脸，没有血色；大大的眼睛，还是闭着。看来是很俊气很温柔的。二菊到窗台上的鸡窝去摸鸡蛋，鸡飞着，叫起来，二菊心里害怕姐姐骂，托着鸡蛋进来，叫姐姐看。

香菊轻轻叫醒伤号，喂着他吃了。吃完了，伤号抬起头来，望了望香菊，就又躺下了。

香菊每天夜里和秋花嫂子去就伴，白天和秋花搭伙纺线织布，回到家来就问二菊：他轻些了吗？叫喊没有？同时告诉小妹妹：鸡下了蛋就把它赶出去；有人来捶布，叫他到别人家，不要惊动病人。

几天来，伤号并没有见轻，香菊总是愁眉不展，在炕边呆呆地站一会，又在窗台下呆呆站一会，才到秋花家里来。

在街上，有那些大娘们问她："香菊，你家那个伤号轻些了吗？"

香菊低着头说："不见轻哩！"

她心里沉重得厉害，这些日子，她吃的饭很少，做活也不上心。只有秋花看出她的心思来。

一天早晨，香菊走到屋里，往炕上一看，看见伤员睁着眼睛，望着窗户外面早晨新开的一枝扁豆花。香菊暗暗高兴地笑了。

她小声问："你好些了？"

伤员回过头来，看见是个姑娘，微弱地说："你叫什么？住在哪里？"

"我叫香菊，这就是我的家，"香菊不知道说什么好，她竟是要哭了，可还是笑着说。

伤员也笑了，说："怎么没见过你？"

"你没见过我，你睁过眼吗？现在你才好了。"香菊要谢天谢地的样子。

又说："我们从来没敢大声说话呀，走路都提着脚跟。"笑着转过身来。

"现在快秋收了吧？"伤员说。

"大秋还不到，天旱，秋天好不了。只要你的伤好了，就比什么也强。"香菊点火做饭，又说，"现在你好了，你想吃什么？说吧！"

到锄过两遍地，伤号已经能拄着拐出来走动了，也常到秋花家，看着她们纺线。那时候，妇女们正改造纺车添加速轮，做一个加速轮费工夫很大，妇女们不愿意耽误一天纺线，去修理它。伤号就把一条腿架在拐上，给秋花和香菊每人做了一个加速轮，做得很精巧好使，像一家人一样，越混越亲热了。

这伤号叫李丹,他对香菊说,他家是阜平。小时给人家放牛,八路军来到山上,就跟在队伍后面走了。那时才十三岁。先是当勤务员,大些了当警卫员,再大些当班长,排长。十年战争,也不知道参加过多少次的战斗,战斗在记不清的山顶,记不清的河边,记不清的石头旁边和沙滩里。他说十年的小米饭把他养大,十年部队生活,同志和首长的爱护关怀,使他经得苦,打得仗,认得字,看得书。十年的战争把他教育:为那神圣的理想,献出最后一滴血,成就一个光荣的人民子弟。

天旱得厉害,庄稼正需要雨的时候,老天偏不下雨,这叫卡脖子旱,高粱秀不出穗来,秀出穗来的,晒不出米来。谷,拼命往外吐穗,像闯过一道关卡,秀出来的穗,也是尖尖的,秃秃的,没有粒实,人们着急了,香菊放下纺车,每天下地浇园。每天,半夜里,就到地里去,留下二菊在家里做饭,李丹帮她拉风箱烧火。吃饭时香菊回来,累得一点力气也没有,衣裳和头发全晶湿,像叫水浇过。她蹲在桌子旁边,一句话也不愿意说,好歹吃点,就又背上大水斗子走了。

这天李丹拄着拐,来到村南,站在高坡上一望,望见了香菊那破白布小褂。太阳平西了,还是很热,庄稼的叶子全耷拉下来,天上一丝云彩也没有,只有李丹的家乡西山那里,才有一层红色的烟尘,笼罩着村庄树木。

香菊在那里用力浇着园,把一斗水浇上来,把斗子放下去,她才直一直身,抬起手背擦一擦脸上流着的汗。然后把身子一倾,摇着辘辘把水摆满,再吃力地把水斗绞起。

李丹从小时没做过这种劳动,他只是在河边上用杠杆车过水,觉得比这个省力得多。他拐到那里,从畦背上走过去,才看见香菊隐在一排几棵又高又密的鬼子姜后面。

这是特意栽培的鬼子姜,它长起来,可以遮蔽太阳。一棵小葫芦攀延上去,开了一朵雪白的小花,在四外酷旱的田野里,只有它还带着清晨的露水。

香菊抬头看见李丹来了,就停下来,喘着气问:“你来干什么,这么晒天?”

李丹看见香菊的衣裳整个湿透了,贴在身上,头上的汗水,随着水斗子的漏水,叮当滴落到井里去。就说:“这个活太累,我来帮帮你吧?”

香菊笑了一笑,就又把水斗子哗啦啦放下去了,她说:“你不行,好好养你的伤吧!”

李丹站在香菊对面,把拐支稳,低下头一看:那是一眼大井,从砖缝里蓬蓬生长着特别翠绿的草,井水震荡得很厉害,可是稍一平静,他就看见水里面轻微地浮动着晴朗的天空,香菊的和鬼子姜的影子,还有那朵巍巍的小白葫芦花。

李丹很喜爱这个地方,也着实心疼那浇园流汗的人,他又劝香菊:“很累了,休息一下吧!”

香菊说:“不能休息。好容易才把垅沟灌满,断了流又不知道要费多么大的力气。”接着她望一望西北上说:“你看看那里起来的是不是云彩?”

李丹转身一望说:“那不是云彩,那是山。”

“下场雨就好了,”香菊喘着气说,“我在睡梦里都听着雷响,我们盼望庄稼长好,多打粮食,就像你盼望多打胜仗一样。”

李丹顺着垅沟走过去,地是那么干燥,李丹想:要吸收多少水,才能止住这庄稼的饥渴?要流多少汗,才能换来几斗粗粮,供给我们吃用?深深地感觉到自己战斗流血的意义,对香菊的辛苦劳动,无比地尊敬起来。回头望望香菊,香菊低着头浇园,水越浅,井越深,绳越长,她越吃力了。

等到天晚,风吹着香菊那涨红流汗的脸。

“我们回去吧!”她说着又浇上一斗,放倒在水池子上,水滴叮叮当当落到井里。她又步过来,在水池子里洗了洗脚,就蹬上了放在一边的鞋,她问李丹:“你想吃什么菜?”

李丹说:“我想吃辣椒。”

“不,你的伤还没好利落,我给你摘几个茄子带回去,”香菊抖着湿透了的辫子走到菜畦里去,拨着叶子,找着那大个的茄子,摘了几个,等她卸下辘辘回家的时候,天色已经很晚了,她说:“从这小道上回去吧!

她背着辘辘,走在前面,经过一块棒子地,她拔了一颗,咬了咬,回头交给李丹,李丹问:“甜不甜?”

香菊回过头去，说："你尝尝呀，不甜就给你？"

李丹嚼着甜棒，香菊慢慢在前面走，头也不回，只是听着李丹的拐响，不把他拉得远了。

天空里只有新出来的、弯弯下垂的月亮，和在它上面的那一颗大星，活像在那旷漠的疆场，有人刚刚弯弓射出了一粒弹丸。

种谷的人

一九四七年六月间，我当记者，跟随树人同志从某县县城出发，到四区去检查大生产工作，树人同志事变以前在这一带做过很长时期的党的秘密工作。

树人同志骑马，我骑车子在前面。天气热，又是白沙土道，很是难走，到了一个村边，我把车子靠在一棵大柳树下面，歇着凉等他。

树人同志到了，他说："到村里休息吧，我带你去看望一个老同志，我们有十几年不见面了。"

我推着车子，他拉着马，慢慢走进街来。走不远，往北拐进一个破旧梢门，靠西边有一个小白门，锁着哩。

树人同志说："喂，这老头儿哪里去了？你来把马遛一遛，我去找他！"

我把车子靠好，拉着马在门口慢慢遛着，树人同志跑到街上去了。我看出这梢门里，原是一家大宅院，后来分做几户，房子有的拆了，有的叫敌人烧毁了，有的还完全，却很陈旧。从庭院中那些树木、房屋、门窗的形式看，这该是个大破落户家庭。

过了一会，树人同志搀扶着一个老头儿回来了，那老头儿一边笑一边说："树人，你不要搀扶我，我自己的家门，道路熟着哩！"

老人的双目失明，耳朵好像也有些聋。他短小胖壮，花白胡子，头上半秃，却留着头发，好像事变以前的一个高级小学的校长。

到了门口，他从怀里摸出钥匙，一下就捅开了锁，让我们进去。

我拉着牲口进院，老人侧着耳朵听了听说："有牲口吗？我去找个人来饮饮！"

院里是三间北屋，是拆了楼的坐子，门前两棵高大的香椿树，树皮斑驳，枝叶稀少，看来在五十年以上了。对面三间南屋，门锁着。西边是一段破墙头，那边像是一个里院，有三间甓南房，院里种着菜，老人趴着墙喊一声："秋阁！"

那边南屋里，有一个女孩子答应一声，就跑出来，问："什么呀？老爷！"

"咱们来了客，你牵着牲口到井上饮饮！"

女孩子有十八岁，身体结实，从破墙上"嗵"的一声跳过来，从我手里接过牲口去。

树人同志贴着老人的耳朵问："这是谁呀？"

老人说："你不认识她？这是凤儿的大孩子。"

"啊，这么大了！"树人同志高兴地说，"你母亲哩？"

"母亲看姑姑去了，"女孩子笑着说，"母亲常和我们提念大叔，我说叫她明天去，她非今儿个去不行！"

老人又说："从她父亲牺牲了，她们就搬到这村来住，家里穷，又是烈属，村里把那房子给了她们。她还有一个兄弟和一个妹妹哩！"

"快去叫他们来！"树人同志说。

"那不是他们，就在那边屋子里！"女孩子说。

我们往西院里一看，可不是一个六七岁的小女孩子，正扶着门框看我们。树人同志跳过墙去，拉着她的手问长问短，到屋里去了。

大女孩子牵出牲口去，老人从北屋里搬出一条板凳来，放在南房凉里。树人同志回来，才把我介绍了。老人很亲热地握着我的手，叫我在他耳朵旁边，报告自己的姓名，我大声报了名字，他很喜欢，说：

"我记住了你的声音。你什么时候走到这里，你一说话，我就知道老朋友来了。"

我们坐下。女孩子牵着牲口回来，手里还提了一大桶水，说："在井上它喝得不多，叫它歇一歇再喝吧！"

她把牲口拴在香椿树上。

老人问："牲口饮好了？"

女孩子大声说："饮好了！"

"好。"老人说，"秋阁，听我说：你去弄点面来，我们客来了，擀凉面吃！"

女孩子答应着过墙去了。

这些景象，谈话，对我来说因为生疏也就觉得平常，在树人同志的心里

好像引起很多波澜。老人也好像在那里思想什么,不断用手摸着那花白胡子,过了一会,树人同志抬头告诉我说:

“事变前那些年,我在这一带做秘密工作,这院子就是我那时候的机关,老人是个高小教员,他倾家荡产来帮助革命。我们在这屋里办过列宁小学,专招收那些穷人家的孩子来上夜校,那些孩子们后来就成了这一带革命的根基,现在革命开花结果了,很多人在地方上负重要的责任。那女孩子的母亲叫凤儿,跟着父亲念书,富家子弟来求婚,老人说,那是我们的敌人,都拒绝了,许给了他最喜爱的一个穷学生,我们的同志,叫马信涛。老人说,在将来,穷人才有出息,有作为。老人后来被捕下狱,受酷刑,双目失明,耳朵受伤,差一点死在狱里。听说信涛在事变以后,参加部队,当团政委,‘五一’那年,在平汉路一次战斗里牺牲了……”

树人同志还没说完,老人说:“树人,最近有什么好消息?”

树人同志报告了些老同志们的消息,又从皮包里拿出中央二月指示,笑着说:“这里有中央的一个文件,叫他给你念念!”

老人很高兴,他庄严静穆地倾耳听着。我和他并肩坐着,大声朗诵中央的二月指示。那主要是分析爱国自卫战争的形势和指示进一步实行土地改革的。足足念了有吃一顿饭的工夫。

我念完了这个文件,从心里觉得做了一件最高兴的事。有一股热热的情感鼓荡着我,竟一时想起以后有多少工作要我去做,要去拼命完成!

老人听完了,沉默着。树人同志笑着对我说:“他在思考、研究问题哩!”

过了一会,老人问:“在这半年里面,我们一共消灭蒋介石多少军队?”

我告诉他消灭了五十九个旅。

老人又问:“尽是哪几次大的战役?每一次战役消灭多少?我们部署的约略情形又是怎样?”

我一时说不详细,就敷衍潦草了几句。

老人有些不满,他说:“你应该记得清楚,数目材料确实详细,才能分析研究。这样含糊其辞,使我这没眼的人难以捉摸呀!毛主席还在陕北吗?他的身体怎样?”

我说:“还在陕北,他的身体很好。”

“好。这就是天大的胜利和好消息。”老人说,“我们的电台为什么不常报告些毛主席的消息,他们不明白有多少人关心毛主席的身体,比关心一个省城,甚至一个京城还重要!”

树人同志叫我去帮那女孩子做饭,我跳过破墙,到那边南屋里去。那是两间房子,屋里放着些织布纺线的家具,整齐干净。

屋里并没有叫秋格的那姑娘,一个小姑娘正坐在地上学纺线,另有一个十五六岁的男孩,坐在里间炕上,趴着窗台,拿铅笔描画什么,听见我进去,回过头来笑了一笑。

这孩子浓眉大眼,非常神气,他说:“你同树人叔在一块工作?”

我说:“嗯,你叫什么?”

“我叫承志。”那孩子说,接着腼腆地一笑,“你再和树人叔说说,叫他带我出去工作。”

我说:“你没有上学?”

他说:“我想去当炮兵。”

我才看见,他描画的是一本新近战场上使用的各种炮的图样。我正要问他为什么要当炮兵,看见秋格推完了碾子,满头大汗端着半簸箕面回来了。一进门就问:“还没点火?”

小姑娘手忙脚乱,赶紧放下纺车往锅里添水,打火烧柴。秋格用手背擦着额角上的汗,笑着说:

“同志,你看我们这日子,一个这么小不顶事,一个大些了,什么也不愿意干,整天画那个!”

“我觉得我这工作,比你们干的活重要,”男孩子不服气地望着我说,“你叫这位同志说说,穷人怎样才叫彻底翻身?穷人的饭,怎样才能吃得长远?”

“那得生产!”女孩子沾手和着面说。

“你叫我说,光推碾子捣磨不行,还是先打败老蒋要紧!”男孩子说。

“你想当兵,想成了疯魔!”女孩子说,“你可别吃饭呀,人家做熟,你比谁也吃得多!”

我问村里给了他们多少地，怎样种法，女孩子说："我们分了十四亩地，我种。"

"耕耩锄耪你全会吗？"

"喂！同志，"男孩子笑着说，"你别认识不清了，人家年上当选了劳动英雄哩！"

"用着你了！"女孩子瞪了兄弟一眼，接着说，"学哩！今年我种了棉花，二亩花生，再过来，吃花生吧！"

做熟了饭，我们就在这屋里吃。老人安排我们坐好，一个劲叫秋格给我添饭菜，秋格笑着喊："他们都满着碗哩！"

起了晌。我们告辞要走，说过些日子回来看他们。老人同三个孩子直送我们到村外，树人同志拍着老人的肩头说："好好保重，我们完全胜利的日子不远了！"

老人安稳沉静地说："那是自然。不然我们苦干了那些年，又苦干了这些年，为的是什么呀！"

我们走出很远，孩子才扶了老人回去。天气还是很热，在那样毒热的太阳下面，树人同志信马由缰，慢慢走着，很明显，他在回想过去那些经历，他对我说：

"老人还有个二女儿叫翔的，一九三三年在北平被捕牺牲了。她同我感情很好，老人原主张我们结婚的。今天，我没敢提起她来，老人也不提她。"

这一年秋后，我随军攻打津浦线。

这是冀中平原的东北部，地势很洼很平，村落很稀。我们的军队从南北并列的一带村庄，分成无数路向车站进发。天气很晴朗，车站的水塔看得很清楚，田野里的庄稼全收割了，只有棒子秸、绿豆蔓一铺一团地放在地里。

部队拉开距离，走得很慢。我往两边一看，立时觉得，在碧蓝的天空下面，在阳光照射的、布满谷楂秋草的大地上，四面八方全是我们的队伍在行进。只有在天地相接连的那里，才是萧萧的风云，低垂的烟雾。这时还有人在秋草地上牧羊，羊群是那样的洁白和安静，人们丝毫没有惊扰。

那里是云梯，一架又一架；那里是电线，一捆又一捆；那里是重炮、重机枪。背负这些东西的，都是年轻野战的英雄们，从他们那磨破的裤子，拖带着泥块的鞋子，知道他们连续作战好些日月了。

突然有一只野兔奔跑过来，有几个幼小的炮兵连声呼喊起来，我看见其中一个，恰恰就是在老人家遇见的那个男孩子承志！

到了冲锋的地点，那个紧邻车站的小村庄。古运粮河从村中间蜿蜒流过，这条河两岸是红色的胶泥，削平直立，河水很浑很深，流得很慢。两岸都是园子，白菜畦葡萄架接连不断。一条乌黑的电线已经爬在白菜上，挂到前面去了！

战士们全紧张起来，我听到了战场上进攻的信号、清脆有力的枪声，冲锋开始了，我听见命令："过河！"就看见那个小小的炮手——马承志，首先跳进水里，登上了对岸。

这孩子跃身一跳的姿势，永远印在我的心里，这是标志我们革命进展的无数画幅里的一幅。在这以前，有他那年老失明的外祖父、在平汉线作战牺牲的马信涛、勤谨生产的姐姐马秋格；从它后面展开的就是我们现在铺天盖地的大进军，和那时时刻刻在冲过天空、吱吱作响、轰然爆炸的、我们的攻占性的炮声。

纪 念

1

住在定县的还乡队回村复辟。为了保卫农民的斗争果实,我们队伍开来了。

一清早,我又到小鸭家去放哨。她家紧靠村南大堤,堤外面就是通火车站的大路。她家只有两间土甓北房,出房门就是一块小菜园,园子中间有一眼小甜水井,井的旁边有一棵高大的柳树,这些年,每逢情况紧张的时候,我常常爬到柳树上去监视敌人的来路,这柳树是我的岗位,又是我多年的朋友。

柳树的叶子黄了,小菜园里满是整整齐齐的大白菜,小鸭的娘刚刚起来,正在嘱咐小鸭,等弟弟门楼醒了给他穿好衣服。随后她就忽的一声把门开开,嘴里叼着用红铜丝扭成的卡子,两手梳理着长长的头发看见我,就笑着说:

“呀! 又是老纪同志,怨不得小鸭说你们来了。先到屋里暖和暖和。”

“你好吧,大嫂!”我说,“今年斗争,得到了什么果实?”

她把头发卡好,用手指着前面的园子说:

“分了这三亩园子,它在人家手里待了十年,现在又回来了。

“后面那深宅大院高门楼,是大恶霸陈宝三的住宅;东边,那是陈宝三的场院;西边,那是陈宝三的水车井大园子。三面包围,多少年俺家就住在这个老虎嘴里。

“早先俺家也并不这么穷。陈宝三,今年想这个办法硬挤一块去,明年又想那个办法圈哄一块去,逼得俺家只剩下这两间甓房,一出门限,就没有了自己的站脚之地。陈宝三还是死逼。小鸭的爷是个硬性汉子,他看出来陈宝三是成心把俺一家挤出去,就高低也不干了,陈宝三发下大话说:他不去,我有的是钱,我用洋钱把他的房顶填一寸厚,看他去不去!

“小鸭的爷正病在坑上,年关近了,要账的人又不离门,就有人来说合:你就去给他吧!俺家他爷说:办不到!除非他先吃了我!

“到了晚上,陈宝三打发人往俺家房顶上扔些那不时兴的小铜钱,叮当乱响,气得俺一家人发抖。这还不算,大年三十,陈宝三的场里失了把火,烧了麦秸垛,陈宝三告到官府,说是小鸭的爹放的,抓进衙门去,老头子心疼儿子,又没有说理的地方,就把庄基写给了他,活活气死!临死的时候,对我说:‘记着!记着!’就断了气!

“第二年就事变了,俺家他爹争这口气,参加了八路军,九年了没有回来。前几天开斗争会,俺家小鸭登台讲了话,说得陈宝三闭口无言,全村的老乡亲掉泪,这口气总算争回来了!”

“小鸭记得这些事吗?”我问。

“她不记得?自从她爷死了,每天晚上睡下了,我就提着她的耳朵学说一遍,她记得清清楚楚!好吧,纪同志,咱们回来再说话,我赶集去!”

她回手关上门。我问:“去买什么?大嫂!”

“看什么便宜,就买点什么!”她微微一笑,“地多了,明年咱要好好种!不能叫那些地主恶霸笑话!他们不是说,地交到咱手里是白费吗?叫他们看看,是他们种得好,还是咱穷人种得好!”

说完她转身走了,我望着她那壮实的身子和那比男子还要快的脚步!

母亲刚走,小鸭也起来了,她哼着唱着穿好衣服,还故意咳嗽一声,才轻轻开了门。接着一闪就跳了出来,笑着说:“你又来了!”

我看见小鸭穿一件黑红格子布新棉袄,浅紫色棉裤,只有脚下的鞋还是破破烂烂的。头发留得像大人一样,长长的,后面用一个卡子束起来,像小鸟展开的尾巴,我说:

“呀,小鸭阔气了,穿得这么讲究。”

“你没见门楼哩,人家穿得更好!”她有点不服气地说。一转身:“我去给你叫起他来!”

我赶紧叫住她:“你别去制作人家了,叫他睡吧!”

她不听话,跑进屋里,立时我就听见她把门楼的被窝掀开,听见她那丁零丁零的笑声,和门楼那瓮声瓮气的叫骂。

门楼在我的印象里，是一个光屁股的孩子，从二月惊蛰河里刚刚解冻，他就开始光屁股，夏天，整天的到村南那苇坑里洗澡，来回经过块高粱地，他就总是一身青泥，满脑袋高粱花。一直到十月底，天上要飘雪花了，才穿上棉裤袄，他这光屁股的长期奋斗，正和我这八路军光脚不穿袜子一样。

小鸭在后面推着，门楼一摇一摆走出来，他穿着一领新做的毛蓝粗棉袍，加上他那肥头大脑，短粗身子，就像一个洋靛桶。

小鸭撇着薄薄的嘴唇说："他这新棉抱，也是我们斗争出来的钱买的！"

门楼还撒着眯怔，不住地嘟哝着。

2

老远传来了母亲喊小鸭的声音，母亲回来了，提着一个大柳罐，满脸红光，头发上浮着一层土。她说：

"鸭，我在集上买了几十斤山药，我们娘俩去把它抬回来。"

正赶上我要下岗，小鸭就说："叫纪同志和我抬去！"

我拿着筐，她扛着杠，到集上去了。集不远，就在十字街上。今天赶集的人很多，街上挤不动的人。刚刚斗争以后，农民们有的拿钱到集上置买些东西，有的把斗争的果实拿到集上来变卖，集上新添的估衣市、木货市，木器嫁妆很多。农民背着拿着买好的东西，说说笑笑。线子市里妇女特别多，叽叽喳喳，卖了线子又买回"布接"，一边夸奖着自己的线子细，一边又褒贬着人家的布接粗。

小鸭指着那些好皮袄、红漆立柜和大条案说：

"这都是斗争的陈宝三家的，谁家能有这么好的家什，净是剥削的穷人的。纪同志，你买了那个小红吃饭桌吧！很便宜。"

我笑一笑，说：

"我买那个干什么呀，我一个八路军！"

"放在炕上吃饭呗！我说买了，娘不愿意，她说等爹回来，才买！我爹就不是八路军？"

"你爹有信来吗？鸭。"

“没有哩！纪同志你给打听打听吧，给登登报。”

“他在什么队伍？”

“八路军队伍么，还有什么队伍？”

“我知道是八路军队伍，哪个团呀？”

“这个我们也不知道，反正是那年跟吕司令走的。

“那好办，”我说，“我给你打听打听吧！”

我和小鸭把山药抬回来。我这么高，她那么小，我紧紧拉着筐系，不让筐滑到她肩上去，她一路走着笑着，到了家里，她娘留我吃饭，我在她家屋里坐了一坐。屋里比夏天整齐多了，新安上一架织布机，炕上铺着新席，母亲说，都是用斗争款买的。迎门墙上贴着一张墨描的毛主席像。门楼那家伙却不言不语地摘下他自己造的木枪来。那枪做得很不高明，只是一根弯榆木棍，系上了一条红布条子。我只能夸好，小鸭在一旁笑了，母亲也笑着说：

“纪同志，你知道他是什么心思吗？”

我说不知道。母亲说：

“夏天，你在这里不是答应给他一支枪吗？后来你就走了，他整天磨翻你记性坏，赌气自己做了一支，这是拿出来叫你看看，羞臊你哩！”

我赶紧说：

“这怨我记性坏，回头我们做一支！”

门楼就又不言不语把枪挂到墙上去了，那意思好像说：

“不叫你看这个，你还记不起来呢！”

小鸭在背后狠狠地说：

“看你那尊贵样子吧！”

母亲这时才红着脸说：

“纪同志，有个事和你商量商量，俺家他爹，出去了这就九年了，老也没个音讯，也费心给打听打听！”

我说：

“刚才小鸭和我说了，这好办，我们去封信打听打听。大嫂，不要结记，队伍开远了，交通又不方便，接不到信是常有的事，我也是八九年没和家里通信了。”

“纪同志不是东北人吗？有人说俺家他爹也跟着吕司令开到东北去了。”

“很有可能，那里来信不容易。”

我说着告别了出来，我想着，一定要给小鸭的爹——我的同志写封信，告诉他：他的孩子长大了，这样聪明；老婆进步了，这样能干；家里的生活变好了，一切是这么可羡慕，值得尊敬。他该是多么愉快。

这时嗡呵嗡呵的，过来了几架飞机。门楼跑出来看，小鸭骂他：

“看那个干什么呀！那是蒋介石的飞机！”

我回到连里，知道情况紧了，我们要加紧警戒。

晚上，我又到小鸭家放哨，小鸭听见我来了，就跑出来说：

“纪同志，俺爹来信了！”

“怎么这样巧，拿来我看看净写的什么？”

母亲也掩饰不住那快乐的心情，把信交给我，并且把灯剔亮，送到我的面前，我在灯明下面，把信看了一遍，这是走了很远的路程的一封信，信封磨破了，信纸也磨去了头，还带着风霜雨露的痕迹。可是，别提信上的言词是多么兴奋动人，多么热情激动，我拿着信纸，好像握着块又红又热的炭，不只小鸭的母亲吓得脸烧红了，我的心也跳起来。上面写着：他在这八九年里，走遍了河北、河南、山西、陕西，现在又开到了冰天雪地的东北；上面写着他爬过多么高的山，渡过多么险的河，现在已经升为营长。上面写着他怎样和日本鬼子作战，现在又和国民党反动派作战；上面写着他们解放了东北多少万苦难的人民，那里的人民十四年经历的是什么样的苦难！上面写着他身体很好，胜利的日子就要到来。上面写着希望妻子进步，积极参加土地改革和反顽的斗争；上面问到小鸭长得怎么样了……

小鸭嘻嘻笑着，指一指门楼说：

“上面没提他！”

“那时他……”娘像是要安慰门楼，说着脸红了。我明白那意思是，爹走的时候，门楼还在娘肚子里，出远门的人，恐怕是忘记临行时遗留的这块血肉了。

门楼垂头丧气，对于这使母亲姐姐这么高兴的新闻，好像并不关心，也莫名其妙，不言不语地吃着饭。

我回到我的岗位上去，想到我的同志们解放了我的家乡，我分外兴奋，对于眼前的敌人，我分外觉得有彻底消灭他们的把握，我轻轻地爬到柳树上面去。

天已经黑了，星星还没出全，天空没有一丝云彩，树枝也纹丝不动。只有些干黄的叶子，因为我的震动，轻轻落下来。我把身子靠在那根大干上，把背包架在老鸹巴里，把枪抱紧，望着堤坡那里。

堤坡外面那条汽车路，泛着灰白色，像一条刚刚蜕皮的大蛇。我想起，这八九年，多少敌人从这条路上踏过，多少灾难在这条路上发生，多少人死在这条路的中间和旁边的深沟里。多少次，我们从这条路上赶走了敌人。

这时，屋里吹灭了灯，母亲打发孩子们睡下了，对于紧张的情况，好像并不在意。

这是八九年来一家人最快乐的一个夜晚了，这个夜晚，当母亲的想来是很难入睡。她会想起许多不愿再想也不能不想的事。夜深了，天空飞过一只水鸟，可是天并没有阴。月亮升上来，照亮半个窗户，我听见门楼像大人一样呼呼地憩睡。像是小鸭翻了一个身，说；

“多讨厌呀，人家越睡不着，他越打呼噜！”

“鸭，你还没睡着吗？”母亲问。

“没有呀，怎么也睡不着了！”

“鸭，明天我们给你爹写一封信吧！”

“叫他回来吗？”

“干吗叫他回来！把家里的事情和他学说学说。写上咱新添了三亩地。”

“对！给爹写封信，我老是想不起爹的模样来了！”

“他走的时候你还小。”

“我们给他写封信。娘，我们给他缝一个布信封吧，布信封就磨不破了，我见人家都做一个小布袋。”

“对，鸭，要不是顽军来进攻，你爹也许就家来了。”

“王八老蒋!”

过了一会,小鸭又说:

“娘! 我看还是叫爹回来吧,听说陈宝三的大儿子参加了还乡队,要领着人回来夺地哩!”

“不要听他们胡嚷嚷!”母亲说,“有八路军在这里,他们不敢回来,天不早了,快睡吧。”

我不禁心里一震。原来在深深的夜晚,有这么些母亲和孩子,把他们的信心,放在我们身上,把我们当做了保护人。我觉得肩头加上了很重的东西,我摸了摸枪栓。西边远远的一声火车叫,叫得那么凄惨吓人,在堤坡外面的麦地里过宿的一群大雁,惊慌地叫着,向着月亮飞,飞上去又飞回来,接着是轰地一声雷,震得柳树摇动,窗户纸乱响。小鸭大声说:

“好,又炸了老蒋的火车,我叫你来回送兵!”

从此就听不见母女两个的交谈,月亮也落下去,我望一望那明亮的三星,很像一张木犁,它长年在天空游动,密密层层的星星,很像是它翻起的土花,播散的种子。

母子三个睡熟了,听她们的鼻息睡得很香甜,她们的梦境很远也很幸福。我想到战斗在我们家乡的雪地里的同志们,我望着很远的西方。

3

黎明,我放了报警的第一枪。

真的来了,这一群黄鼬一样的还乡队。立刻就接了火。敌人靠堤坡掩护着包围村庄,我们一班人上到小鸭家的屋顶上。

敌人冲着小屋射击,小鸭一家人并没有向别处转移。我在屋顶上喊:

“小鸭,趴到地下去,不要在炕上!”

小鸭叫道:

“纪同志,不要叫敌人攻进来呀!”

一直打到吃饭的时候,子弹不住从窗子里打进去,我非常担心,我喊:

“小鸭,躺在炕沿底下,不要抬头。”

“不要管我们,管你打仗吧!”她母亲说。我们见小鸭在一边吃吃地发笑。

听见我们的枪声密了,小鸭就高兴地喊:

“纪同志,你看看来的那些王八里面有陈宝三的儿子没有?他是回来夺我们的园子的!”

我说:“小鸭,放心吧,他回不来!”

敌人已经不敢抬头,新的命令还没来,我们就三枪两枪地顶着。

太阳走得那样慢,可是也过晌午了。我有些饿,渴得更难受,很想喝点水,我喊着问:

“小鸭,你们水缸里有水没有?”

“我看看去!”是她母亲的声音。

“爬着去呀!”

我听见她在外间屋里掀瓮盖的声音。“哎呀,怎么一点也没有了,小鸭这孩子!我昨天叫你提水,怎么没提呀!”

“不是爹来信了吗,我就没顾得去提。”小鸭说。

“你们渴得厉害吗?”母亲问。

“渴得厉害!”我失望地说,“没有就算了,快趴下吧!”

我紧紧盯着堤坡上的敌人,我也看见了园子中间那一眼小甜水井,辘辘架就在那里放着,辘辘绳还在井口上摇摆。我想,能有个什么管子通到我这里来就好了,痛痛快快喝它两口,那井水多么甜呀!

我听见房门“吱”的一声响,我吃惊地问:

“谁开门?”

小鸭的娘提着昨天买来的新柳罐,从屋里爬出来,我急忙压低嗓子喊:

“大嫂,不要去,快回来!”

“不要紧,”她轻轻说,爬到井边去,把柳罐挂到井绳上,她是那样迅速地绞起了一罐水,当敌人发觉,冲着她连开三枪,她已经连跑带爬提进屋里来。

“兔崽子们,你们打不着我!”她喘着气连笑带骂。“用刺刀掏个小窟窿吧!”她向我们喊。

我从屋里系上一小罐水，小鸭还嘻嘻地笑着叫我系上一包干粮，她说：

“吃了，喝了，要好好地顶着呀。”

这水是多么甜，多么解渴。我怎么能忘记屋子里这热心的女人和把一切希望都寄托在我们身上的孩子？我要喝一口水，她们差不多就献出了自己的生命。他们的生命是这样可贵，值得尊敬，这生命经过长期的苦难，正接近幸福的边缘。我的责任是什么？我问着自己。我大声说：“小鸭，我们就要冲锋了！”

“藏”

这一家就住在村边上,虽然家里不宽绰,新卯从小可是娇生惯养,父亲死得早,母亲拧着纺车把他拉扯大,真是要星星不给月亮。现在他已经是二十五岁的人,娶了媳妇,母亲脾气好,媳妇模样好,过的是好日子。媳妇叫浅花,这个女人,好说好笑,说起话来,像小车轴上新抹了油,转得快叫得又好听。这个女人,嘴快脚快手快,织织纺纺全能行,地里活赛过一个好长工。她纺线,纺车像疯了似的转;她织布,挺拍乱响,梭飞得像流星;她做饭,切菜刀案板一齐响。走起路来,两只手甩起,像扫过平原的一股小旋风。

婆婆有时说她一句:“你消停着点。”她是担心她把纺车轮坏,把机子碰坏,把案板切坏,走路栽倒。可是这都是多操心,她只是快,却什么也损坏不了,自从她来后,屋里干净,院里利落,牛不短草,鸡不丢蛋。新卯的娘念了佛了。

刚结婚那两年,夫妇的感情好像不十分好,母亲和别人说:“晚上他们屋里没动静,听不见说说笑笑。”那两年两个人是有些别扭,新卯总嫌她好说,媳妇在心里也不满意丈夫的“话贵”和邋遢。但是很快就好了,夫妻间容易想到对方的好处,也高兴去迁就。不久新卯的话也多些了,穿戴上也干净讲究了。

浅花好强,她以为新卯不好说不算什么,只要心眼实在,眉里眼里有她也就够了,而且看来新卯在她跟前话也真是不少,她只是嫌他当不上一个村干部。年上冬天,新卯参加了村里的工作,并且人们全说他是个顶事的干部,掌着大权,是村里的“大拿”,可是他既不是村长,又不是农会主任,不是治安员也不是调解委员。浅花问他他不说,晚上问,他装睡着了,呼呼地打鼾睡。浅花有气:“什么话这样贵重,也值得瞒着我?”她暗施一计:在黑暗里自言自语地说:“唉,八路军领导的这是什么世道啊!”“你说这是什么世道,八路军哪一点对不起你?”新卯醒了,他狠狠地给她讲了一番大道理,上了一堂政治课，粗了脖子红了脸，好像面对着仇人。浅花暗笑了，她说：

"你是这里边的虫，好坚决，和我也不说实话。"

"你嘴浅。"新卯说。

他又转过身去睡了，这样常常气得浅花一直睁眼到天明。今年春天，春耕地耘上了，出全了苗，该锄头遍了，新卯却什么活也不愿意去做。在家里的时候更少了，每天黑更半夜才家来，早晨天一亮，就披上袍子出去了，家不像他的家，家里的人见他的面也难。浅花又是六七个月的身子，饭熟了还得挺着大肚子满街去找他，也不一定找得来，找回来像赴席一样，吃上一碗饭，将筷子一摆，就披上那件破棉袍子出去了。一顿饭什么话也不说。他的母亲虽然心疼儿子，可是对他近来的行动也不满意，只是存在心里不说；浅花可憋着一肚子气等机会发泄，她倒不是怨他不到地里去做活，她伤心的是近来对家里的人太冷淡，他那嘴像封起来的，脸上满挂着霜，一点笑模样也看不见，半夜人家睡醒一觉了，他才家来，什么也不说，倒头便睡，你和他念叨个家长里短吧，他就没好气地说：

"你叫人歇一下子吧，我累。"

浅花说：

"你累什么呀？水你不挑，柴你不抱，地你不锄，草苗快一般高了！"

"你不知道我有工作？"他倒发火了。

浅花只好冷冷地一笑，过半天自己又忍不住地小声问道：

"你近来做什么工作呀？"

"你没听说风声不好？"

"风声不好，我看又是谣言，就是吧，你也得照顾自己的身子呀，近来脸色不好，身上又瘦多了。"

这时她才心疼起他来，他近来吃饭很少，眼都陷了下去，叫他睡觉吧，她不言语了。

又过了两天，他竟连夜不家来睡觉，天明了才家来，累得不像个人样子，进家就睡了，睡上多半天才起来；可是天一擦黑便又精神起来，央告着说：

"给我做点好吃的吧。"

母亲听见了便说：

“你给他炒个鸡蛋烙张饼。”

媳妇虽然不高兴他出去，却也照样给他做了，看着他一边吃，她一边问：

“吃了好东西干什么去？”

他咧着油光的大厚嘴唇说：

“这可不能告诉你！”

乡下的夫妇，有这么三天五天不在一条炕上，浅花就犯了疑心，她胡猜乱想，什么工作呀，夜间出去白天回来？她家住在顶南头村外，不常有人来；她想，村里干部多着呢，别人不一定这样。这一天，大街上刘喜的媳妇来借梭子，浅花就问她：

“大嫂子，你听见说敌人又要出来‘扫荡’吗？”

“没听见说呀！‘扫荡’怕什么呀，我就不怕。”

“可是俺家他爹没事忙，现在连黑夜间也不家来睡觉了！”

“哈！不家来睡觉，到哪里睡呀？”这女人大吃一惊，张着嘴问。

“谁知道，有这么三四宿了，人家说工作忙。”浅花叹了一口气。

“准是工作忙呗！”那女人说着，却撇了撇嘴，“工作忙，一天家是男女混杂，咱也不知道那是干什么工作！”

“大嫂子，你听见什么风声了吗？”浅花直着眼问。

“没有，你家他爹很老实，不像那些流氓蛋，你们夫妻的感情又不错！不过你要留点神，年轻的人说变心可快哩！街上那些小狐狸们可能勾引着哩！说句不嫌你见怪的话吧，哪一个不比你年轻。”

这一晚浅花留上心，心里也顶生气。做晚饭了，丈夫从炕上爬起来眯着眼走出来说：

“擀点白条子吃吧？”

浅花的脸刷得拉下来，嘴噘得可以拴一匹小驴，脸上阴得只要有点风吹就可滴下水来；半天才丧声丧气地说：

“好吃的吧，你是有了功的了！”

“有功没功，反正尽自己的责任。”丈夫认真地说。

“瓮里没水!”浅花把手里的空水瓢往瓮里一丢,大声地说。

“我去担。”丈夫不紧不慢地担起水桶出去了。

等他担了水来,浅花还是生气,在灶火前低着头,手里撕着一根柴禾叶。丈夫说:

“快烧吧,你也知道发愁?别发愁,只要我们有准备,多么困难的环境也能通过去。”

浅花越听越没有好气,她想,你念什么咒呀!她打起火来,可是手有些颤,火镰凿在火石上,火星却落不到火绒上,丈夫接过去给她打着了,咧着大嘴笑了笑说:

“真笨。”

“我们是笨。”浅花把火点着,一手拉动风箱,“你去找精灵的去啊!”丈夫也听不出头绪,他以为女人也正在不高兴,他就坐在台阶上去,看着野外的高粱在晚风里摇摆。近来天旱,高粱长得才一尺来高,他想,下场透雨吧,高粱长起来,就是敌人“扫荡”也就不怕了。他望着那里发呆,浅花又忍不住,她扭转头来问:

“你别又装傻,我问你,这几日夜里你出去干什么来?”

“搞工作。”丈夫回过头来,还是心平气和地说。

“什么工作?”

“抗日工作。”

“你不用和我花马掉嘴,你好好地告诉我没事!”

女人是那么横,直眉瞪眼脸发青,丈夫也有些恼了。恼的是,女人为什么这么糊涂,这么顽固,这么不知心,这么不心疼人!我黑间白日累个死,心里牵挂着这些事,她不知道安慰我,还净找斜碴!他也嚷着说:

“我不能告诉你!你为什么这么横?你审我吗?”

母亲听见他们吵嘴,赶紧出来说了两句,两人才都不言语了。这一顿晚饭,一家人极不痛快,谁也没说话。

等新卯吃完饭,母亲将他叫到屋子里说:

“你整天整夜忙的什么,也不在家里照顾照顾。”

新卯没有说话,守着母亲坐了一会。天已经大黑了,他走到外间屋里,想出去，浅花正在门帘外慎着，一伸手就把他拉到自己屋里来；她在炕沿上一坐，哭着说：

“今黑夜你就不能出去，你出去我死在你手里！”

新卯瞪了瞪眼，想发火，但转眼看了看她，他忍下去了。他在屋里转了一会，浅花汪着两眼泪盯着他，他叹了一口气说道：

“我再出去一晚上。”

“不行！”

“你行行好，我算向你告假。”

“不行。”

浅花转过脸去啼哭起来，那脸在灯光下是那样的黄，过了一会，转动那笨重的大肚子仄到炕上去了。新卯又在屋里转了半天，他一边脱衣裳一边向媳妇解释：

“听你的话碴，好像我在外边有男女关系。绝没有那回事，你怎么这样猜疑呢，我是那样的人吗？”

浅花转过脸来说：

“没有那回子事，为什么尽夜里出去，为什么一出去就是一宿，一回来就是那么乏，还向我要好的吃，我没那些个好东西来养着你！”

新卯说：“你不信就罢，这反正和你说不着。”他钻进被窝睡去了，浅花爬起来脱了衣服吹灭灯也睡了，外面起了风，吹得窗户纸响，外边的柴禾叶子也飞着。不久，浅花翻过身去呼呼地睡着了。

新卯静静地躺着，静静地坐起来，穿好衣服，下炕来，摸到外间，轻轻地开了门，外面很黑，风很大，但是春天的风吹到脸上是暖的，这样的风吹着，人的身上也懒起来，身子轻飘飘的，反倒有些睡意了。他集中了一下精神，振作了一下，奔着村南走去。他顺着那条窄窄的通到菜园子的小道走去，野外也很黑，但他可以看见那一望无边的高粱地在风里滚动，在远处柳树林的风很大，忽忽地响。

在他后面，浅花像一片轻轻的叶子从门里飘出来，她的身上虽然很笨重，但是她提着一口气走得很轻妙，她的两只眼什么也顾不得看，只望定了前边的黑影子紧跟着，她怕他一回头看见，又轻轻地躲闪，她走几步就停一下,常常很快地蹲下去,又很快地站起来,她心里又糊涂又害怕,他是到哪里去呢?

她看见新卯走到菜园子里站住了,她一闪就进了高粱地,坐下去,一尺高的高粱,正好遮住她的身子,但遮不住她的眼睛,她看见他冲着井台走过去了,她心里猛然跳了一下,半夜三更他到井边去干什么?要浇园白天浇不了吗?他又没带着水斗子,莫非有什么发愁的事或者是生了我的气要寻短见?这个人可是死心眼。她一挺就立起来,他真的一转身子掉到井里去了。

浅花叫了一声奔着井沿跑去,她心里一冷,差一点没有栽倒地上死过去,她想,竟来不及拉他一把,自己也跳到井里去吧。忽然新卯从井内把头伸出来,举着一只手大声问:"你是谁?"浅花没听清他说的什么,她哭着喊着跑过去,拉住自己丈夫的那只手,他手里抓着一支橛枪。她紧紧地攥他的手,死力往上拉,她哭着说:"你不能死,你先杀了我吧!新卯一把推了她三尺远,耸身跳出来,狠狠地压低声音说道:"你这是干什么?"浅花又跑过去拉住他不放,她躺在新卯的怀里,哭得是那么伤心,那么动情,以致使新卯的心热起来,感觉到在这个女人心里,他竟是这么重要。他的嘴唇动了两动,真想把真情实话告诉给她,但他心里一转想道:一个女人在你身边滴这么几点泪,就暴露了秘密,那还算什么人?可是,告诉她不是告诉别人,她不会卖我;假如她叫敌人抓住了呢,能够在刺刀前面,烈火上面也不说出这个秘密吗?谁能断定?这样一想他又把嘴闭紧了。他说:

"我不死,你回去吧。"

"你和我一起回去。"

"你看你又是这样,你总是这么缠磨我,耽误我的工作,那我就不再见你了。"

浅花待在黑影里,好像也看见丈夫那生了气的老实样子。她是聪明人,她想到了一些来由,她轻轻笑了,擦了擦眼泪,坐正了说:

"你不对我说,我不怪你。该知道的就知道,不该知道的我也不强要你告诉我。"

"这才算明白人!"新卯肯定地说。

“你也得早些回去。”女人站起来要走,她转眼又看了看丈夫,忽然心里一酸。她觉得自己是错怪了他,他是为了工作,才不回家吃饭,不进家睡觉,夜里一个人在地里偷偷地干活。她觉得丈夫有这么一个别人赶不上、自己也赶不上的大优点。她好像上到了摩天的高山,走进了庄严的佛殿,听见了煽动的讲演,忽然觉得自己的心胸也一下宽阔了,忘记了自己,身上好像来了一股力量,也想做那么一些工作,像丈夫一样。

“我能帮助你吗?”她立定了问。

“不用,你看你那么大肚子。”丈夫催她走了。

浅花转身走了几步,既然知道丈夫夜间出来不是为了男女关系,倒是为了抗日工作,不觉涌出了一种放下了心的愉快,一种因为羞愧引起的更强烈的爱情,一种顽皮的好奇心,她走到丈夫看不到的地方停了会,又轻轻绕了回来,走到井边,已经看不见丈夫了。

她一个人坐在井台上,风渐渐小了,天空渐渐清朗,星星很稀,几颗大的星星却很亮,她探望井里,井虽然深,但可以看见那像油一样发光,像黑绸子一样微微颤抖的泉水,一颗大星直照进去,在水里闪动,使人觉到水里也不可怕,那里边另有一个小天地。

田野里没有一点声音,村里既然没有狗叫,天还早也没有鸡鸣,庄稼地里吹过来的风,是温暖的,是干燥的,是带着小麦的花香的,浅花坐在井台上,静静地听着想着。

一个在这里等着想着,那一个却在远远的一块小高粱地里,一棵小小的柳树下面,修造他避难和斗争的小道口。他把几夜来掘出的土,匀整地撒到更远的地里去,在洞口,他安好一块四方的小石板;然后他倚在那小柳枝上休息了。他赤着膊子,叫春天的夜风吹着,为工作的完成高兴,为同志的安全放宽了心,为那远远的胜利日子急躁,为那就要来到的大“扫荡”不安。

然后他把那方小石头掀开,伏下身像条蛇一样钻了进去,他翻上翻下弯弯曲曲地爬着,呼吸着里面湿潮的土气,身上流着汗,他在那个大堡垒地方休息了一会,长好的草上已经汪着一层水,他又往前爬,这里的洞,更窄更细了,他几乎拉细了自己的身子,才钻到了那最后一个横洞。他抽开几个砖,探身出来,看见了那碧油油的井水,不觉用力吸了口清凉的空气,两只脚蹬着井砖的错边,上了井口。那一个还在那里发呆,没有发觉哩。

“怎么你还没走?”

“我守着你。”

“你这人!”丈夫唉了一声。

“我知道了。你这里是个洞,叫谁藏在里面?”浅花笑着问。

丈夫不高兴,他说:

“你问这些事干什么,想当汉奸?”

浅花还是笑着说:

“我想起了一件事,自己的事得自己结记着,你是不管的。”

丈夫披上他的衣服没有答声。

“我快了,要是敌人‘扫荡”起来,能在家里坐月子?我就到你这洞里来。”

“那可不行,这洞里要藏别的人。”新卯郑重地说,“坐月子我们再另想办法。”

以后不多几天,这一家就经历了那个一九四二年五月的大“扫荡”。这残酷的战争,从一个阴暗的黎明开始。

能用什么来形容那一月间两月间所经历的苦难,所眼见的事变?心碎了,而且重新铸成了;眼泪烧干,脸皮焦裂,心脏要爆炸了。

清晨,高粱叶黑豆叶滴落着夜里凝结的露水,田野看来是安静的。可是就在那高粱地里豆棵下面,掩藏着无数的妇女,睡着无数的孩子。她们的嘴干渴极了,吸着豆叶上的露水。如果是大风天,妇女们就把孩子藏到怀里,仄下身去叫自己的背遮着。风一停,大家相看,都成了土鬼,如果是在雨里,人们就把被子披起来,立在那里,身上流着水,打着冷颤,牙齿得得响,像一阵风声。

浅花的肚子越沉重了,她也得跟着人们奔跑,忍饥挨饿受惊怕,她担心自己的生命,还要处处留神肚里那个小生命,婆婆也很担心浅花那身子,她计算着她快生产了,像这样整天逃难,连个炕席的边也摸不着,难道就把孩子添在这潮湿风野的大洼里吗?

在一块逃难坐下来休息的时候,那些女伴们也说:

“你看你家他爹,就一点也不管你们,要男人干什么用呀! 这个时候他还不拉一把扯一把!”

浅花叹了一口气说:“他也是忙。”

“忙可把鬼子打跑了哇,整天价拿着破橛枪去斗,把马蜂窝捅下来了,可就追着我们满世界跑,他又不管了。”一个女伴笑着说,“现在有这几棵高粱可以藏着,等高粱倒了可怎么办哩?”

“我看我恐怕只有死了!”浅花含泪道。

“去找他! 他还能推得这么干净……”女同伴们都这样撺掇她。

浅花心里明白,现在她不能去麻烦丈夫,他现在正忙得连自己的命也不顾。只有她一个人知道新卯藏在小菜园里,每天下午情况缓和了,浅花还得偷偷给他送饭去。

和丈夫在一块的还有一个年轻的人,浅花不认识,丈夫也没介绍过。刚见面那几天,这个外路人连话也不说,看见她来送饭,只是笑一笑,就坐下来吃。浅花心里想,哪里来的这么个哑巴;后来日子长了,他才说起话来,哇啦哇啦的是个南蛮子。

从浅花眼里看过去,丈夫和这个外路人很亲热。外路人说什么,丈夫很听从。浅花想:真是,你要这么听我说也就好了。

这天她又用布包了一团饭,揣在怀里,在四外没有人走动的时候,跑进了对面的高粱地,从一人来高密密的高粱里钻过去,走到自家的菜园。高粱地里是那样的闷热,一到了井边,她感觉到难得的舒畅和凉快。

太阳光强烈地照着,园子里放散着黑豆花和泥土潮热的香甜味道。

这小小的菜园,就做了新卯和那个人退守的山寨。他们在井台上安好了辘轳,还带了一把锄,将枪掖在背后的腰里,这样远远看去,他们是两个安分的农夫,大大的良民。虽然全村广大的土地都因为战争荒了,这小小的菜园却拾掇得异常出色。几畦甜瓜快熟了,懒懒地躺在太阳光下面。

人还没有露面,这沉重凸胀的大肚子先露了出来。新卯那大厚嘴唇就动了动,不知道因为是喜爱还是心痛。

“那边没事吗?”他问。

浅花说:“没有。”

新卯和那人吃着饭,浅花坐在一边用褂子襟扇着汗,那个人问:

“这几天有人回家去睡觉了?”

“家去的不少了,鬼子修了楼,不常出来,人们就不愿再在地里受罪了。”浅花说。

“青年人有家去的吗?”那人着急地问。

“没有。”新卯说,“我早下了通知。”

那个人很快地吃完饭,站起身来,望望她的肚子笑着说:“大嫂子,快了吧,还差多少日子?”

浅花红了脸看着丈夫。那人又问新卯,新卯说:

“谁闹清了她们那个!”

“你这个丈夫!”那个人说,“要关心她们么!我考虑了这个问题,在家里生产不好,就到这洞里来吧,我们搬到上面来睡,保护着你,你说好不好?”

浅花笑着说:“那不成了耗子吗?”

“都是鬼子闹的么!”那个人愤愤地说。

新卯吃完了饭,跑去摘了几个熟透了的大甜瓜,自己吃着一个,把那两个搬到浅花面前,他说:

“还是这个玩艺省事,熟透了不用摘,一碰自己就掉下来了。”

浅花狠狠地斜了他一眼。

她回到家里,心里犹豫着,她不愿去扰乱丈夫,又在家里睡了。

这一晚上,敌人包围了他们,满街红灯火仗,敌人把睡在家里的人都赶到街上去,男男女女哆里哆嗦走到街上,慌张地结着扣子提上鞋。

敌人指名要新卯,人们都说他不在家,早跑了,敌人在人群里乱抽乱打,要人们指出新卯家的人,人们说他一家子都跑了,那些女人们坐在地上,身子使劲往下缩,由前面的人把自己压在下面,当母亲的用衣襟盖住孩子的脸,用腿压住自己的女儿。在灯影里,她们尽量把脸转到暗处,用手摸着地下的泥土涂在脸上,身边连一点柴禾丝也没有,有些东西掩盖起自己就好了。

敌人不容许这样,要人们直直地站起来,把能找到的东西放在人们的手里,把一张铁犁放在一个老头手里,把一块门扇放在一个老婆手里,把一根粗木棍放在一个孩子手里,命令高高举起,不准动摇。

敌人看着人们托着沉重的东西,胳臂哆嗦着,脸上流着汗,他们在周围散步、吸烟、详细观看。

浅花托着一个石砘子,肚子里已经很难过,高举着这样沉重的东西,她觉得她的肠子快断了,脊背上流着冷汗,一阵头晕,她栽倒了,敌人用皮鞋踢她,叫她再高举起那东西来。

夜深了,就是敌人也有些困乏,可是人们还得挣扎着高举着那些东西。

灯光照着人们,照在敌人的刺刀上,也照在浅花的脸上,一点血色都没有,流着冷汗。她知道自己就要死了,她想思想点什么,却什么也不能想。

她眼里冒着金星,在眼前飞,飞,又落下,又飞起来。

谁来解救?一群青年人在新卯的小菜园集合了,由那外路人带领,潜入了村庄,趴在房上瞄准敌人脑袋射击。

敌人一阵慌乱,撤离了村庄。他们把倒在地下的浅花抬到园子里去。

不久,她就在洞里生产了。

洞里是阴冷的、潮湿的,那是三丈深的地下,没有一点光,大地上的风也吹不到这里面来。一个女孩子在这里降生了,母亲给她取了个名,叫"藏"。

在外面的大地里,风还是吹着,太阳还是照着,豆花谢了结了实,瓜儿熟了落了蒂,人们为了未来的光明,正在田野里进行着斗争。

碑

赵庄村南有三间土坯房,一圈篱笆墙,面临着滹沱河,那是赵老金的家。这老人六十几岁了,家里只有一个五十多岁的老伴和一个十六七岁的姑娘。姑娘叫小菊,这是一个老生子闺女,上边有两个哥哥全没拉扯大就死了。赵老金心里只有两件东西:一面打鱼的丝网和这个女孩子。天明了,背了网到河边去打鱼,心眼手脚全放在这面网上;天晚了,身子也疲乏了,慢慢走回家来,坐在炕上暖脚,这时候,心里眼里,就只有这个宝贝姑娘了。

自从敌人在河南岸安上炮楼,老人就更不干别的事,整天到河边去,有鱼没鱼,就在这里待一天。看看天边的山影,看看滹沱河从天的边缘那里白茫茫地流下来,像一条银带,在赵庄的村南曲敛了一下,就又奔到远远的东方去了。看看这些景致,散散心,也比待在村里担惊受怕强,比受鬼子汉奸的气便宜多了。

平常,老头子是个宽心人,也看得广。一个人应该怎么过一辈子,他有一套很洒脱很乐观的看法。可是自从敌人来了,他比谁也愁眉不展,比谁也咬牙切齿,简直对谁也不愿意说话,好像谁也得罪了他,有了不可解的仇恨似的。

那个老伴却是个好说好道好心肠的人。她的心那么软,同情心那么宽,比方说东邻家有了个病人,她会吃不下饭,睡不好觉。西邻家要娶媳妇了,她比小孩子还高兴,黑夜白日自动地去帮忙。谁家的小伙子要出外,她在鸡叫头遍的时候就醒来,在心里替人家打点着行李,计算着路程,比方着母亲和妻子的离别的心,暗暗地流泪。她就是这样一个热心肠的人。事变后,她除去织织纺纺,还有个说媒的副业。她不要人家的媒人钱和谢礼,她只有那么一种癖病,看见一个俊俏小伙子,要不给他说成一个美貌的媳妇,或是看见一个美貌的姑娘,不给她找一个俊俏的丈夫,她就像对谁负了一笔债,连祖宗三代也对不起似的。当她把媒说成了,那个俊俏的和美貌的到了一家,她会在意想不到的时候,就是在那年轻夫妇最从心里感到自己的幸福的时候,突然驾临他们那小小的新房,以致使新郎新妇异口同声地欢呼道:

"咳呀,大娘来了!"

在这样情形下面,她坐下来,仰着脸看看那新媳妇,一直把那新人看得不好意思起来,她才问道:

"怎么样,我给你说的这婆家好不好?"

因为对这媒人是这么感激,新人就不想作假,也只能红着脸答应一个"好"字。她又问那个当丈夫的,自然丈夫更爽快利落地感谢了她。这样老婆子破口一笑,心满意足了。

一九四二年"五一"事变以前,晋察冀边区《双十纲领》一颁布,她就自动放弃了这个工作。遇到那二十上下的男子、十八帮近的姑娘们,她还是热心地向他们提说提说,不过最后她总是加个小注,加一段推卸责任的话,那意思就像我们常常说的:"这不过是我个人的意见,提出来请你参考,你自己考虑考虑吧。"

至于那个叫小菊的姑娘,虽说从小娇生惯养,却是非常明理懂事。她有父亲一样的安静幽远,有母亲一样的热情伶俐。从小学会了织纺,在正发育的几年,恰好是冀中的黄金时代,呼吸着这种空气,这孩子在身体上、性情上、认识上,都打下了一个非常宝贵、非常光彩的基础。三间土坯北房,很是明亮温暖,西间是一家人的卧室,东间安着一架织布机,是小菊母女两个纺织的作坊,父亲的网也挂在这里。屋里陈设虽说很简单,却因为小菊的细心好强,拾掇得异常干净。

"五一"以后,这一间是常住八路军和工作人员的。大娘的熟人很多,就是村干部也不如她认识人多。住过一天,即便吃过一顿饭,大娘就不但记住了他的名字,也记住了他的声音。

这些日子,每逢赵老金睡下了,母亲和女儿到了东间,把窗户密密地遮起来,一盏小小的菜油灯挂在机子的栏杆上,女儿登上机子,母亲就纺起线来。

纺着纺着,母亲把布节一放,望着女儿说:

“八路军到哪里去了呢？怎么这么些日子，也不见一个人来？”

女儿没有说话，她的眼睛还在随着那穿来穿去的梭流动。她听清了母亲的话，也正在想着一件事情，使她茫然地有些希望，却也茫然地有些忧愁的事情。

母亲就又拾起布节纺起来，她像对自己说话一样念叨着：

“那个李连长，那年我给了他一双白布夹袜。那个黑脸老王，真是会逗笑啊！他一来就合不上嘴。那个好看书写字的高个子，不知道他和他那个对象结了婚没有？”

现在是十月底的天气，夜深了，河滩上起了风，听见沙子飞扬的声音。窗户也呼打呼打地响。屋里是纺车嗡嗡和机子挺拍挺拍的合奏，人心里，是共同的幻想。

母亲忽然听见窗户上“啪啪”地响了两下，她停了一下纺车，以为是风吹的，就又纺起来。立时又是“啪啪啪”的三下，这回是这么清楚，连机子上的女儿也听见了，转眼望着这里。

母亲停下来小声地对女儿说：

“你听听，外面什么响？”

她把耳朵贴到窗纸上去，外面就有这么一声非常清楚、熟悉又亲热的声音：“大娘！”

“咳呀！李连长来了！”母亲一下就出溜下炕来，把纺车也带翻了。女儿又惊又喜地把机子停止，两手按着柱板，嘱咐着母亲：

“你看你，小心点。”

母亲摘下灯来。到外间去开了门。老李一闪进来，随手又关了门，说：“大娘进来吧！小心灯光射出去。”

大娘同老李到了屋，老李手里提了一把盒子，身上又背一杆大枪，穿一身黑色短袄黑色单裤，手榴弹子弹袋缠满了他的上半截身子。他连坐也没顾得坐，就笑着对大娘说：

“大伯在家吗？”

“在家里。干什么呀，这么急？”大娘一看见老李那大厚嘴唇和那古怪的大鼻子，就高兴地笑了。

“我们有十几个人要过河，河里涨了水，天气又凉不好浮。看见河边有一只小船，我们又不会驶，叫起大伯来帮帮忙。”

小菊叫着，连忙从机子上下来到西间去了。

“十几个人？他们哩？”大娘问。

“在外边。我是跳墙进来的。”老李说。

看见老李那么急得站不住脚，大娘看定了老李，眼里有些酸。

“你知道你们这些日子没来，我是多么想你们呀！”

老李心里也有很多话要说，可是他只能笑着说：

“我们也想你，大娘。我们这不是来了吗？”

“来了，做点吃的再走。”大娘简直是求告他，见有机会就插进来。

“不饥。”

“烧点水？”

“不渴，大娘。我们有紧急的任务。”老李就转眼望着西间。

“那你就快点吧！”大娘叹息地向着西间喊了一声。

“来了。走吧，同志。”老金已经穿好衣服，在外间等候了。

老金在院里摸着一支篙。大娘开了篱笆门送了他们出去。她摸着在门外黑影里等候着的人们说：

“还有我认识的不？”

“有我，大娘。”

“大娘，有我。”

有两个黑影子热情激动地说着，就拉开队走了。

大娘掩好门，回到屋里，和女儿坐在炕上。她听着，河滩里的风更大了，什么声音也听不见。但是她还是听着，她在心里听见，听见了那一小队战士发急的脚步，听见了河水的波涛，听见了老李受了感动的心、那更坚强的意志、战斗的要求。

娘儿俩一直听着，等着。风杀了，一股寒气从窗子里透进来。

小菊说：

“变天了。娘，地下挺冷，我换上我那新棉裤吧！”

“你换去吧！谁管你哩。”

小菊高兴地换上她那新做的,自己纺织自己裁铰的裤子。窗纸上已经结上了一团团的冰花。老金回来,他的胡子和鬓角上挂着一层霜雪。他很忧愁地说:

“变天了,赶上了这么个坏天气!要是今黑间封了河,他们就不好过来了。”

一家三口,惦记着那十几个人,放心不下。

早晨,天没亮,大娘就去开了门。满天满地霜雪,草垛上、树枝上全挂满了。树枝垂下来,霜花沙沙地飘落。河滩白茫茫什么也看不见。

当大娘正要转身回到屋里的时候,在河南边响起一梭机枪。这是一个信号,平原上的一次残酷战斗开始了。

机枪一梭连一梭,响成一个声音。中间是清脆沉着的步枪声。一家人三步两步跑到堤埝上,朝南望着。

枪声越紧也越近,是朝着这里来了。村里乱了一阵,因为还隔着一条河,又知道早没有了渡口,许多人也到村南来张望了。只有这一家人的心里待别沉重,河流对他们不是保障,倒是一种危险了。

树枝开始摇动,霜雪大块地往下落。风来了,雾也渐渐稀薄。枪声响到河南岸,人们全掩藏到堤后面去了。

他们这叫观战。长久地对战争的想望,今天才得到了满足。他们仔细地观察,并且互相答问着。

雾腾起,河流显出来,河两边水浅的地方,已经结了冰,中间的水流却更浑浊汹涌了。

他们渐渐看见一小队黑衣服的战士,冲着这里跑来。他们弯着身子飞跑,跑一阵就又转回身去伏在地上射击。他们分成了三组,显然是一组对付着一面的敌人。敌人也近了,敌人从三个方向包围上来,形成了一个弓背。这一小队黑衣服的战士就是这个弓的弦,是这弦牵动着那个弓背,三面的敌人迅速地逼近他们。

“那穿黑衣裳的是我们八路军!夜里才过去的。”小菊兴奋又担心的,大声告诉她身边的人。

这一小队人马,在平原上且战且走。他们每个人单独作战,又连结成了一个整体,自己留神是为了保护别人。在平原上初冬清晨的霜雾里,他们找到每一个可以掩蔽自己的东西:小濠沟、地边树、坟头、碑座、大窑疙瘩和小树林。他们在那涂满霜雪的小麦地里滚过来了。

这自然是撤退,是突围。他们一个人抵挡着那么些个敌人。三面的敌人像一团旋转的黄蜂,他们飞上飞下,迫害着地面上的一条蜈蚣。蜈蚣受伤,并且颠抖了一下,但就是受伤的颠抖,也在观战人的心里形成了悲壮的感觉。

人们面前的土地是这样的平整和无边际。一小队人滚动在上面,就像一排灿烂的流星撞击在深夜的天空里,每一丝的光都在人们的心上划过了。

战争已经靠近河岸。子弹从观战人们的头顶上吱吱地飞过去。人们低下头来,感到一种绝望的悲哀。他们能渡过这条河吗?能过来可就平安了。

赵老金忘记了那飞蝗一样的子弹,探着身子望着河那边。他看见那一小队人退到了河边。当他们一看出河里已经结了冰,中间的水又是那么凶的时候,微微踌躇了一下。但是立刻就又转过身去了,他们用河岸作掩护,开始向三面的敌人疯狂地射击。

老金看出来:在以前那么寡不敌众、那么万分危险的时候,他们也是节省了子弹用的。现在他们好像也知道是走到一条死路上来了。

他们沉着地用排枪向三面的敌人射击。敌人一扑面子压过来,炮火落到河岸上,尘土和泥块,掩盖了那一小队人。

老金看见就在那烟火里面,这一小队人钻了出来,先后跳到河里去了。

他们在炮火里出来,身子像火一样热,心和肺全要爆炸了。他们跳进结冰的河里,用枪托敲打着前面的冰,想快些扑到河中间去。但是腿上一阵麻木,心脏一收缩,他们失去了知觉,沉下去了。

老金他们冒着那么大的危险跑到河边,也只能救回来两个战士。他们那被水湿透的衣裳,叫冷风一吹,立时就结成了冰。他们万分艰难地走到老金的家里。村北里也响起枪来,村里大乱了。母女两个强拉硬扯地给他们脱下冻在身上的衣服,小菊又忙着到东间把自己的新棉裤换下来,把一家人过冬的棉衣服叫他们穿上，抱出他们的湿衣服去，埋在草里。

大娘含着两眼热泪说：

“你们不能待着，还得走，敌人进村了！”

她送他们到村西的小交通沟里，叫他们到李庄去。到那里再暖身子吃饭吧。她流着泪问：

“同志！你们昨晚上过去了多少人？”

“二十个。就剩我们两个人了！”战士们说。

“老李呢？”

“李连长死在河里了。”

这样过了两天，天气又暖和了些。太阳很好，赵老金吃过午饭，一句话也不说，就到河边去了。他把网放在一边，坐在沙滩上抽一袋烟。河边的冰，叫太阳一照，乒乓地响，反射着太阳光，射得人眼花。老金往河那边望过去，小麦地直展到看不清楚的远地方，才是一抹黑色的树林，那是一个村庄，村庄边上露出黄色的炮楼。老金把眼收回来。他好像又看见那一小队人从这铺满小麦的田地里滚过来，纵身到这奔流不息的水里。

他站立起来，站到自己修好的一个小坝上去。他记得很清楚，那两个战士是从这个地方爬上岸来的。他撒下网去，他一网又一网地撒下去。慢慢地拉上来，每次都是叹一口气。

他在心里祝告着，能把老李他们的尸首打捞上来就好了，哪怕打捞上一支枪来呢！几天来只打上一只军鞋和一条空的子弹袋。就这点东西吧，他也很珍重地把它们铺展开晒在河滩上。

这些日子，大娘哭得两只眼睛通红。小菊却是一刻不停地织着自己的布，她用力推送着机子，两只眼狠狠地跟着那来往穿送的梭转。她用力踏着登板，用力卷着布。

有时她到河岸上去叫爹吃饭，在傍晚的阳光里，她望着水发一会呆，她觉得她的心里也有一股东西流走了。

老头固执得要命，每天到那个地方去撒网。一直到冬天，要封河了，他还是每天早晨携带一把长柄的木槌，把那个小渔场砸开，“你在别处结冰可以，这地方得开着！”于是，在冰底下憋闷一夜的水，一下就冒了上来，然后就又听见那奔腾号叫的流水的声音了。这声音使老人的心平静一些。他轻轻地撒着网。他不是打鱼,他是打捞一种力量,打捞那些英雄们的灵魂。

那浑黄的水,那卷走白沙又铺下肥土的河,长年不息地流,永远叫的是一个声音,固执的声音,百折不回的声音。站立在河边的老人,就是平原上的一幢纪念碑。

丈　夫

今天是中秋节日,可是还有一场黑豆没打。上午,公公叫儿媳妇把场摊上,豆叶上满带着污泥,发着臭气。日本黑心鬼,偷偷放了堤,淹了老百姓,黑豆没长好,豆子是秕秕的。草不好,黄牛也瘦了。儿媳妇站在场里没精打采的。年景没有了,日子不好过,丈夫又没消息。去年,他还在近处,八月十三那天还抽空回家来看了看,她给他做了一件新棉袄,两个人欢天喜地。八月节,应该团圆团圆;她给他做了猪肉菜,很丰富。今年,鬼子从四月里翻天搅地,丈夫不知道到哪里去了。去年他留给她一个孩子,去年在地洞里生产下来,就死掉了。她没有力气,日子过着没心思。

吃过中午饭,她带着老二孩子,要去娘家看看,解解闷。和公公说了说,公公也没阻挡。只说早去早回来,路上不安静。她什么也没拿,拉起孩子的手,向东走去了。孩子去姥姥家,很高兴,有一句没一句地问娘:

“今个八月十五吗? 娘。”

“是啊!”

“叫我吃什么?”

“什么也不叫你吃!”

她说过,又怜惜起孩子来。孩子才七岁,在炮火里跟着跑了四五年了,不该这么斥打她,就转过话来笑着说:

“还记得爹吗?”

“记得呀!”

“爹在哪里呢?”

“在铁道西啊!”

“在那里干什么?”

“打日本啊!”

娘笑了。丈夫在家就喜欢这个孩子,临走总嘱咐她好好教养着。她想,那个人倒不恋家,连对她也像冷冷的,对这个孩子却连住了心。就为这个，她竟觉着有保障了，又和孩子说：

“爹什么时候回来？”

“过年的时候回来。”

“你知道？”

“可不是，我知道。”

“爹回来干什么？”

“回来打日本。”

孩子念叨起爹那枪来。爹叫她看过枪，爹对她说枪是打日本的。她想现在日本很多了，常到村里来，爹该回来打日本了！这里日本多，不到这里打，到哪去打哩！

娘儿俩说着，就到了娘家村里，本来只离着三四里地。

到家里，姥姥正坐在炕上。

“你看人家多么热闹，大家也都是养儿养女的。”姥姥说，嘴角却有些讥笑。

“谁家？”女儿问。

“你婶子家。”

“热闹什么？”

“你婶子家大姐来了，她女婿也来了。”

“她女婿不是在这里当伪军？”

“现在人家敢出来了，三天一来，两天一来，来了就嘻嘻哈哈。”

姑娘想起她是和这个大姐一年出嫁的。她们两个同岁，她大姐嫁了一个独生子，她也嫁了一个独生子。她大姐的女婿在绸缎里当学徒，她的女婿在保府上中学。那年正月里，两个女婿来住丈人家。大姐的女婿好赌钱，整天在家里成局；自己的女婿好念书，整天在家翻书本。她那时候还不高兴自己的女婿这么呆气。人家那么好玩，好说笑，街上的青年子弟都找人家去热闹；自己的女婿这么孤僻，整天没个人来，只有几个老头子称赞。她想，现在该是玩的，在学堂里有多少书念不了，倒跑到这里来用功？晚上，她悄悄地对他说：

“你也玩玩去，书里有什么好东西，你那么入迷？”

"你不知道。"

"不是我不知道,你看人家多快活?"

"我和他们比呀?"

"和人家比比,你丢什么人,人家比你少什么?"

"你不懂事。"

丈夫睡了,她也不好意思再问,新婚的夫妻,她只有柔顺。夜半醒来,她又说:"我说错了话吗?"

"你知道的事很少。"

"我怎么就知道得多了?"

"你念念书,可是来不及了。"

"我不念那个,可是,我要说错了话,你可别记在心里呀!"她靠近靠近他。

后来丈夫走了,很少家来,不在北平,就在上海。大姐的女婿却常来婶子家,穿得好,一来就住下,嘻嘻哈哈;她很羡慕大姐幸福,自己倒霉,埋怨丈夫不家来,忘了她。可是丈夫并没有忘了她,有时家来,也很爱她。她生了一个小孩,丈夫也很喜欢,只是怨她不识字,知道的事少。她说:

"你不会待在家里?"

"我不能。"

"怎么人家能呢?"

"谁?"

"大姐的女婿。"

"咳,你又叫我和他比!"

女婿又生气了。她就害怕他生气,赶紧解释:

"家里又不缺吃不缺穿,你非出去干什么?"

"你不知道。"

"你出去又不挣个大钱。"

"非挣钱不能出去吗?"

"家里不舒服?"

"不舒服。"

这回是生气了。家里不舒服,外边有什么舒服的事情?她疑心了。可是看看丈夫还是整天看书,书一箱一箱的,翻翻这本,又翻翻那本,破的就包上个皮,不嫌个麻烦。她觉得丈夫喜欢书,就像她喜欢布似的:她喜欢各色样花布,丝的,麻的,她把它们包在一个一个小包裹里,没事就翻着玩,有时找出一块来给孩子做件小衫裤,心里很高兴。她想,丈夫写字,念书,就和她找布做衣服一样。

抗战了,丈夫立时参加了军队。把洋布衣服脱下来,换上粗布军装。两条瘦腿,每天跑百几十里路,也有了劲了。她大姐的丈夫,店铺叫日本鬼子抢了,也回到家来,守着女人孩子过日子,看看地,买买菜,抱抱孩子,烧烧火,替大姐做很多事。她可不明白自己的丈夫的心思,有一天她问他:

"为什么你出去受罪?"

"抗日是受罪?你真糊涂透了。"

"可是为什么人家不出去?"

"谁?"

"大姐的女婿。"

"呸,呸,你又叫我和他比。"

渐渐,她也觉得丈夫不能和那个人比。村里人说自己的丈夫好,许多人找到家里来问东问西,许多同志、朋友们来说说笑笑,她觉得很荣耀。日本鬼子烧杀,她觉得不打出去也没法子过。大姐的女婿在村里人缘很不好,一天夜里叫土匪绑了票,后来就不敢在家里待,跑到天津去了。大姐整天哭,她没离开过丈夫,不知道怎么好。过了一年,那个人偷偷回来了;抽上了白面,还贩卖白面,叫八路军捉了,押了两个月,罚了一千块钱;他就跑到城里当了伪军,日本鬼子到他媳妇的娘家村里来抢东西,他也跟着来,戴着黑眼镜;后来,又反了正,坐在欢迎大会的戏台上看戏,戴着黑眼镜,喝着茶水,吃花生。

那天她也去看戏,有人指给她说:

"你看见那个人吗?"

"谁?"

"你大姐夫啊!你都不认识了!"

“呀,那是他?”

她脸上红红的了。

自己的丈夫越来越忙,脸孔虽然黑了,看来,倒壮实了些。仗打得越紧,她越恨日本鬼子了,他也轻易不家来了。她守着孩子过日子,侍候着公公。上冬学,知道了一些事,其中就有她以前不知道的丈夫的心里的事,现在才知道了些。

今年,日本鬼子占了县城附近的大村镇,听到她的大姐夫又当了伪军。从此,她就更瞧不起他,这是个什么人呀!今天,娘却提到了他。正提到了他,大姐就来了。大姐听说妹子来了,姐妹好几年不见面,来看望她。大姐手里托着一包点心,身上穿着花丝葛,脸孔白又胖,挺着大肚子,乍一见面很亲热,大姐说:

“你家他爹可有信?”

“没有啊!”

“说起来,人家他有志气,抗日光荣,可是留下了这些孩子们。”大姐说着就拉过孩子,叫孩子吃点心,问孩子:

“你想爹吗?”

“想啊!”

“快叫娘把他叫回来。”

“叫回来,打日本吧!”孩子兴奋地说。

大姐立时没话说,脸也红红的,像块生猪肝。姥姥也笑了。

“听说你女婿又来了。”她问。

“早走了。”

“怎么这么快就走了?”

“有事。”大姐坐不住,告辞了出去。走到屋门口又回来,小声说:“大妹子,你家他爹回来,你顺便和他学学,就说俺家他爹是不得已,还想出来的。”说过就慌慌地走了。

姥姥说:“看起这个来可就不光荣。准是又有什么风声吓走了。”

天已经晚了,姑娘带着孩子回来,在路上,她看见一小队人背着枪过去了。她知道一到天晚,就是自己的人;也不害怕,带着孩子走过去。后来回头一看,那一小队人进了她娘家的村了。

回到村头,大孩子正在村边等,见了娘就跑上来小声说:

“大队长到咱家来了!”

“哪个大队长?”

“县游击大队长,黑脸大个子老李呀!娘忘了,去年和爹一块来拿过书,吃过羊肉饺子的。”

“说什么来?”

“有爹的信,爷正看哩。”

母子三个人赶紧到了家里,公公正坐在场里碌碡上,戴着花镜念信,见儿媳妇回来,就说:

“信来得巧,今年的节我又过痛快了!”

媳妇当然更快活,快活了一晚上,竟连那圆圆的月亮也忘了看。

老胡的事

一天,天快黑了,老胡和他那一部分开到这村里来。老胡的住处是在一个铁匠的家里。吃过饭,他把背包、挂包、干粮袋,搬进房里去。和铁匠打了交道,把东西放在一边,就打扫起房子来。他打扫得很仔细,房顶上的灰土、蜘蛛网全扫净了,地上的东西,看看用不着全搬了出来。还有一篮破马蹄铁、一捆干豆荚、一盆谷糠,问好铁匠的女人,放在了外间。然后把土抛到远远的灰堆上去,回来打开铺盖。

等铁匠家吃过晚饭,他又去搬来一张桌子、一个高脚凳。桌子只有三条腿,他费了很大的事才把它支架起来,用白纸将桌面铺好,点上一个小灯碗。灯花很小,照在桌面上只有一个黄色的光圈;他就在这光圈里摊开了一本书。

在睡觉以前,铁匠的女人到这间屋里来坐了坐,说了几句闲话;一个十六七岁的姑娘在隔扇门口听着。老胡报了自己的姓名,说自己是冀中区人,工作是写字,所以离不开桌子、凳子、灯和书本。铁匠的女人说,原来和新搬走不久的老王一样,是个念书人。

第二天老胡很早就起来了。站在院子辨别了方位,看了看这个居处的环境。三间的小屋建筑在村子的尽南端,地基很高,可以看得很远。小房向南开门,正对山谷的出口,临着中午的太阳。房子虽只有两方丈大小,却也开了两个窗户,就在西面一间的窗户下面,安着打铁的炉灶和一只新的风箱。

山谷是南北的山谷,在晋察冀倒算是一条宽的。一条狭窄的弯弯曲曲的小河在山谷中间的沙滩上,浅浅地无声地流过去。沙土浸透了许多水,山泉冒出许多水。除去夏天暴雨过后,两旁山上倒下大水,平常恐怕都是保持着三尺宽的河渠。谷的南口紧连着一条东西谷,那是大道,这样早,已经有骡马走过。大道那边是一条不高的平得出奇竟像一带城墙一样的山,而这条谷的北面,便是有名的大黑山,晋察冀一切山峦的祖宗,黑色,锋利得像平放而刃面向上的大铡刀。

这时,那个铁匠已经开开单扇的屋门走出来了。他的眼还没有完全睁开,借着清晨的雾露,恢复了精神。他虽然还只有三十几岁,却像四五十岁的人了,脸色干皱得像没发育好就遇到了酷旱的瓜皮,纵有多少雨水再给它浇灌,也还洗刷不去那上面的暗淡。又涂着一层烟灰,就更显得瘦弱。他,中等身材,却很灵活。默默地扫除了炉灶上的灰土,用一把毛柴引着火,再加上一层煤屑,拉起风箱。等到火旺了,他才唤起妻子和孩子们。

这样,过了一刻,那被铁匠叫作梅而事实上却是梅的母亲,才掩着怀出来。她长得很高大丰满,红红的脸孔,也很光润。她走过去,从丈夫手里接过风箱把,立刻,风箱的响声大了,火也更旺更红了。

太阳已经升起。老胡向南边的山坡走去。现在正是秋收快完,小麦已经开始下种的时候,坡下的地全都掘好了,挖成一条条小的密的沟,土是黑颜色,湿的。地,拿这个山坡做依靠,横的并排的,一垅垅伸到沙滩,像风琴上的键板。山坡和山坡的中间,有许多枣树;今年枣儿很少,已经打过,枣叶还没落,却已经发黄,黄得淡淡的,那么可爱,人工无论如何配不出那样的颜色。而在靠近村庄的楸树、香椿、梧桐、花椒、小叶杨树的中间,一棵大叶白杨高高耸起,一个喜鹊的窝巢架在枝叶的正中央,就像在城市的街道中央,一个高高的塔尖上挂了一架钟,喜鹊正在早晨的阳光和雾气中间旋飞噪叫。

到铁匠一家吃早饭的时候,老胡才看出那个叫梅的姑娘十分可爱。第一天初,忙乱间他没注意,现在他很惊异这个女孩子的秀丽。他想,这也不过是从相貌上看,一时的印象。可是从此以后,老胡越来越觉得小梅处处好;相貌俊,不过是可喜欢的一个组成部分罢了。

老胡,已经是三十岁开外的人了,在这一部分,他是最年长的一个。每天,除了伏在桌子上写字,就站在门口看铁匠一家打铁,或者到山坡去散步。一天,他从山沟里摘回几朵还在开放着的花,插在一个破手榴弹铁筒里,摆在桌上。小梅对这件事觉得好笑,她问:

“你摘那花回来干什么?”

老胡忙说:

“看哪,摆在桌子上不好看?”

小梅笑笑:

“那好看什么,有什么用呢?”

“好看就是它的用处啊!”

老胡也笑了。小梅走了出去,对她母亲学说了,母亲笑着说,可惜家里没有一个好看的花瓶,让胡同志来插花用。过一会,小梅拿篮子到地里去摘树叶,就顺便对老胡说:

“胡同志,你有空,还不如和我去摘树叶呢!”

小梅是她父母的长女。父母每天打马掌铁,把烧饭、打水、割柴的事,就全靠给她做了。现在秋风起来,树叶子要落了,她每天到山沟里去,摘杏叶、槐叶、楸树叶,回来切碎了,渍在缸里做酸菜。小梅对门的老太太骂她的儿子,还不如一个姑娘:小梅能爬到很高的树上去,不同别的孩子抢,默默地进行竞争;她知道哪个山沟里树多,叶子黄得晚。有时树的主人看见了,说:

“哈!小梅又弄我的树叶子了!”

小梅从树枝上俯着身子,蹙着长长的眼眉说:

“呀,我们吃点树叶还不行?你真小气!”

树主人要说:

“你摘了它的叶子,它还能长吗?”

小梅就会说:

“你不知道冬天到了,不摘,叶子也得落完了啊!春天来了,什么也少不了你的!”

小梅的身体发育得很像她的母亲,匀整,又粗壮。她的走动很敏捷,近于一种潇洒,脚步迈出去,不像平常走路,里面有过多的愉快、希望。她的身子里好像被过多的青春鼓动,放散到一举一动上,适合着她的年岁。

她整天放下东就是西,从来看不见她停下休息。老胡全看在眼里。老胡写字写到深夜,铁匠的一家全睡熟了;铁匠有时候咳嗽,孩子有时哭,女人有时说梦话,小梅只是舒畅地甜甜地呼吸。

秋末,山风很大,风从北方刮过来,一折下那个大山,就直窜这条山谷,刮了一整夜还没停下。第二天,一起身,小梅就披上一件和她的身体绝不相称的破棉袄走出去了。那棉袄好像是她弟弟穿的,也像是她幼小时穿过的。她一边走,一边用手紧紧拉住衣角,不然就被风吹了去!里面,她还只穿着那胸前有几处破绽的蓝布褂,手里提着一个白布口袋。老胡问她母亲,知道是要去拾风落枣子,就要帮她去拾。小梅的母亲劝他穿暖和一些,不然会着凉。老胡披上他那件新发的黑布棉袄,奔到山坡上去。小梅走到山顶上了,那里风很劲,只好斜着身子走,头发竖了起来,又倒下去;等到老胡追上了,她才回头问:

"胡同志,你又去找花吗?"

老胡说要帮她去拾枣子,小梅笑了笑说:"你不怕冷?"

风咽住她的嗓子,就赶紧回过头去又走了。老胡看见她的脸和嘴唇全冻得发白,声音也有些颤。

爬过一个山,就到了一个山沟里面,小梅飞跑到枣树丛里去。一夜风,枣树的叶子全落了,并且踪影不见。小梅跳来跳去地捡拾地下的红枣,她俯着身子,两眼四下里寻找,两只手像捡什么东西一样,拾起来就投到布袋里去。老胡也跟在后面拾。打枣时遗漏在树尖上的枣,经过了霜浸风干,就甜得出奇。小梅把这一片地里的捡完了,就又爬上一层山坡去。风把她披在身上的破袄吹落到地下,她回头望望老胡说:

"你给我拾起来拿着吧!"

老胡说:"穿上,穿上。"

小梅只顾拾她的枣子,直到口袋满满的了,叫着老胡回来。到家里,老胡已经很疲倦,只和小梅的母亲夸了夸小梅能干,就到自己的房间里去了。小梅把枣晒到房顶上去,她母亲叫她赶紧吃饭,吃过饭把小园里的萝卜拔了,不然就冻了。

小梅在小菜园里拔萝卜,她拔得很快,又不显忙乱。然后装在篮子里提回来,坐在门限上切去萝卜茎和叶,把那些肥大白嫩的萝卜堆在她的脚下,又磨去它们的毛根。她工作着,不说一句话。

这样,老胡就常常想什么是爱好工作……这些事。

阴历十月底,这里竟飞了一场小雪。雪后,老胡五年不见面的妹妹,新从冀中区过来,绕道来看哥哥。这天,老胡的脸,快乐地发着红光。他拉着妹妹的手,不断就近去,用近视眼看妹妹的脸孔。他叫小鬼去买几毛钱的核桃,招待这个小的亲爱的远客。铁匠的女人也慌忙来问了,老胡向她们介绍:

“喂,房东,你看,这是咱的妹妹,今年才十七岁,可是十三岁上就参加军队了哩,在平原上跑了几个年头了!”又对靠在墙角上的小梅说:

“小梅,你看,我也有一个妹妹,和你同岁呀!”

妹妹也笑着说:“哥,你房东的小姑娘多俊啊!”

老胡坐在妹妹身边,先问了相熟的同志们和家乡的情形,又问妹妹在这次反“扫荡”里的经过,什么时候过来,什么时候回去。

妹妹说,反“扫荡”开始的时候,麦子刚割了,高粱还只有一尺高。她同三个女同志在一块,其中小胡和大章,哥哥全认识。敌人合击深武饶的那天,她们同老百姓正藏在安平西南一带沙滩上的柳树林里,遍地是人,人和牲口足足有一万。就在那次小胡被俘了去,在附近一个村庄牺牲了。她同大章向任河大地区突击,夜里,在一个炮楼附近,大章又被一个起先充好人给她们带路的汉奸捉住了,她一个人奔跑了半个多月,后来找到关系,过路西来。

妹妹要赶路,说得很乱很简单。最后说,她们不久就回冀中区去,在这里只是休息休息,听一听报告……

老胡送妹妹,送了差不多有八里路才回来。别人不知道老胡心里的愉快,他好像新得到一个妹妹,不是从幼小时就要哥哥替她擦鼻涕的妹妹了,她已经不是一个孩子,是一个知道得很多又做过许多事的妹妹了。老胡兴冲冲地回来,小梅正同父亲给一个战士拉的马匹挂掌,老远就喊:

“你们看老胡可乐了,见到亲人了!”

老胡走近来笑着说:“怎样,我这个妹妹?你也好,和她一样。你能做许多事,可是你还该向她学习,她知道很多的革命道理呀。”

他像夸奖自己的妹妹,又像安慰小梅,走到屋里去了。

这天夜里,又起了风,这间小小的、草铺顶的房子,好像要颠簸滚动起来。风呼呼地响,山谷助着声威。从窗孔望出去,天空异常晴朗,星星在风里清寒可爱。感情像北来的风,从幽深的山谷贯穿到外面:几年不见的家乡的田园,今天跟着妹妹重新来到老胡的眼前了,它带着可爱的战斗的身段,像妹妹的勇敢一样。

老胡想,初秋的深夜里,几个女孩子从一个村庄走过去,机警地跳进大道沟里去(她们已经在这平坦柔软的道路上跑过几年了)。在那时,交织在平原的胸膛上的为战斗准备的道沟,能给行进的人们一种清醒振奋的刺激。向远处望去,望过那旷漠的然而被青年男女的战斗热情充实的田园、村庄、树木、声响……人们的心就无比地扩张起来。

这一晚,老胡想得很久,灯光爆炸跳跃,桌面上的花束已经干了。那个手榴弹的弹筒,被水浸透,乌黑发光。在老胡的心里,那个热爱劳动的小梅和热爱战斗的妹妹的形象,她们的颜色,是浓艳的花也不能比,月也不能比;无比的壮大,山也不能比,水也不能比了。

走出以后

南郝村虽然说不上什么山光湖色,没有出奇的风景可看,却是大平原田园本色。围村一条堤,堤外是接连不断已经收割起庄稼的田亩,杨柳树也很多。村西有一条大河绕过,隔河望去,又是一围村庄,一片田亩苇坑麻地。倘在夏秋两季,也一定有些风光景致。

正是冬天,快要过旧历年了,我在这村子住下。房东老伴两个,待我很好。那男的,属于乡村的要看女人眼色行事的那一种,但对熟人也能谈论一番。女的干净利落,能说会道,顶多半个男人,据说事变前有些"潦倒气",可也没有大不好,只是成成女人赌局,取乐抽头,现在连这个也免了。

房东只有个女儿叫杏花,今年十八岁,从小娇惯,抗战以来,更当男孩子看待,说一不二。我们不久就熟起来。这姑娘,在多么生人面前也没红过脸,扭捏过。听说我又是一个乡亲同志,就更随便一些。

我的习惯,不喜欢女人那一种张狂,她却以张狂为能事,也是她的习惯。说话哼哼唧唧,不撇嘴就跺脚。我最不爱看她那走路的样子,特别在大街之上,两只手垂直,手心向后,稍稍外张,两个脚尖向里靠,两只眼睛看着脚尖前行,两手就急急摆动。远远望去,使人想到鸭子浮水,我一见,就笑。既然在空气里走动,为什么把两只手当作蹼来运动呢?难道以为人会在空气里沉底,害怕淹死吗?

她却交游很广,认识许多女孩子,不但本村,外村也有许多姐妹。同时,她的好处也很多。为人慷慨,大有母亲作风,对抗日工作热心,敢出头,所以也着实令人赞佩。

不久,她一定要去升学。我写了一封信,介绍她到抗属中学附设的卫生训练班去试试,却录取了。回来,和她母亲说了没三句话,搬起脚来叫我看看鞋底,说是磨破了;跟着又跑到街上去,找她的伙伴们去了,气得她母亲埋怨半天。到夜晚回来,带来一个同她年岁差不多,比起她那细长个子,算个中等身材,比起她那尖长脸,算是圆脸,细眉大眼的女孩子来。说是她一个干妹妹，也要去升学，叫我写介绍信。

当时我不明底细，只随便谈了谈，房东姑娘却在一边笑。那个新来的叫王振中，自己说十七岁，家里愿意叫她出去。这个女孩子说话声音低，但听来很清楚响亮，老是微笑着，还有些害羞。说话和房东姑娘不同，很少流行的新名词，但是道理说得也很明白，叫人相信；只是在说话中间，有时神气一萎，那由勇气和热情激起的脸上的红光便晦暗下来，透出一股阴暗；两个眉尖的外梢，也不断簌簌跳跃，眼睛对人有无限的信赖。她把要说的说完，就要走；我也随便答应，明天再说，可以写个信去考考。

女房东是没事，也要一天找我谈上一个甚至两个钟头的。她的道理是：同志住在家里不分彼此，这样才显得亲近，何况我是一个乡亲，和别人就更不同些，有东西随便拿着吃就是了，她有什么话也就全告诉我，叫我出个主意。这回，王振中走了，她就过来，和我讲说了王振中的家：王振中是这村北头赶大车王六儿的女孩子，也是独生女，家里虽然穷，但也因为这孩子从小就仁义懂事，爹娘也娇养惯了的。前几年，王六儿死在保定城了。她是从小许给本村在北平开店发家的黄清晨的儿子了，趁着那年荒乱，她母亲就把女儿送过婆家去；那时女婿不能回来，就叫小叔子代娶了一下，这样算交卸了为娘的责任。

但那婆家并不叫这女孩子应心满意。女孩子很要强，处处怕落在人后面，处处怕叫说不好，经不起一个背后的指点；一句闲话，可以使她盖起被子哭上半夜。可是公公在村里名声最不好，没人愿意招惹。事变以前，公公仗着那座店，臭酸臭美不和凡人说话，没缝也要下蛆，霸人霸地全干过。年月变了，这就不时兴，可是架子放不下；先是明着说坏话，村里送了他一次公安局，回来就变了样，见了骑马的、挂枪的、区里的、县里的，就狗颠屁股奚地奉承，背地里却还是冷言冷语，最瞧不起村干部；这样，在村里人缘坏透了，有名的顽固分子。

这孩子的苦处就多了，在家里怕他们，整天整夜听那些没盐没醋的谈话，又不能塞住耳朵；出门见人就害臊。这年月，年轻妇女又不能不见人，在那些会场上总是看着她不像别人那样舒展，可是对抗日工作很要强。小姐妹们知道她好，她说起话来就要离开这个家。

果然第二天太阳还没出来,王振中就来了。换了一身黑棉袄棉裤,袄很长大可体,裤脚很瘦,头发修剪得更短了,脖里围一条新毛巾,按着冀中区流行的青年妇女打扮起来,挟了一个包裹。

我说:“信可以写,上学是好事,可是你和你婆家说好了没有?”

她红着脸说:“这是我情甘乐意,谁也管不了我。我和他们讲好了。你看我才从婆家出来,这鞋还是在那里拿的呢。”

我终于写了封简单的信,叫她去试试。临走,我说用不着带包裹,这是去考啊,不一定能录取。但她没答话,便催着房东的女儿走了,从门前堤上过去,走得非常快。

第二天后半天我刚回到家里,就有本村的小学教员找来。是一个女教员,原也见过,但没说过话;一进门,她就哭丧着脸,一靠,坐在临隔扇门的炕沿上,吞吞吐吐地说:

“同志,我有个问题和你谈谈。”

“什么问题?”我靠在迎门橱上。

“杏花和王振中全是你介绍她们出去的吗?”

“我写了封介绍信去叫她们投考。”

“这有点不合组织系统吧?”

我说:“杏花录取以后要去上学的时候,我叫她去和你、妇救会主任商量过,去考的时候,我问过村教委。我不会忘记组织系统。杏花走的时候,你还送她好远,不能说不知道。至于王振中,因为她走得匆忙,也不过是试一试,你不愿意让她去?”因为她是一个女同志,我竟有些气愤。

“我倒没什么,只是学校里,就是她两个大些,有些工作我要靠她们做。还有王振中的婆婆,找我哭过好几次,我没法应付啊。”

“要那样,怎样办呢?”

结果倒是她先转悲为喜说:“王振中出去很好,我还能拦着!只是来问问,请你不要误会。”

我把女教员送走,女房东又照例过来了,开口就说,女先生也很明白懂事,不过杏花和王振中和她很好,在校里也帮她做做饭做做针线,这一走,不免就像失了膀臂,可是抗日是件大事,谁也不该拦着啊。我听了这些话,想道："倒是这老太太比这个女教员明白些。"自己就坐在炕上看起书来。不多一会，有一个小孩子脸从窗户的小玻璃镜往里一探，等我回过头来，他已经抱着房东那只新下的小黑羊羔跑出去了。

不到一顿饭工夫，就有一个三十多岁的女人来到院里。我从小镜子望出去，她头上罩着一条红色包头，像是新病起来，或是坐了月子。她先放轻脚步到房东屋里去，和女房东嘟哝了一会，就故意张扬着到我房子里来，一进门就是：

"主任在屋里吗？"

"我不是主任。"我说，让她坐。女房东也跟过来说，这是振中的婆婆。

那婆婆小心小意地挑拣着话说：

"我是说打听打听振中她们在哪村住，想去看看她。她走我也不拉她，你问问我这个嫂子，我是多么疼她。就不该走时连句话也不讲。"

女房东也就笑着插进来说：

"那天她竟没说，和她娘说到婆家去，到了婆家拿了一双鞋，又说娘身子不舒服，过几天再来长住，这样就走了，我也不知道她这样，杏花也不知道。这孩子捣鬼。"

我说："依我看，王振中同志的认识和她那程度，出去上上学好啊，比你们待在家里，一辈子围着锅台、磨台转不好？我们要看远一些，出去对她好，对国家也好。"

那婆婆挂着笑紧接上来：

"这道理我还不明白？你问她大娘，我可是不明白的？我们当家的以前糊涂，我还常劝他呢。对街面上的事，我可没落过后，就是俺当家的也不过嘴直心快，得罪了人，才出了那桩子事。抗日谁不赞成，八路军谁说不好，像主任……"

"我不是主任！"我再度申明。

"像你们这么斯文，好说话，谁不赞成？上级都好，我们家里也常住上级。只是，我们得罪了村里的人……我们当家的就吃了亏。"

"你们当家的为什么不来呢？"我问。

"他，他身子不舒服，也是想振中想的。他叫我来问问，求……你写封信,他去看看振中。”

我心里突然一紧缩,一冷。她却跟上前来,拿起我那蘸水钢笔:

“怎么你还使这个钢笔?现在就是那些村干部,大字认不到一升,也还使支有打水机的钢笔呢!”

“我使用惯了,也一样能写。”

“还是你们艰苦。”她叹口气,又摸摸我炕上铺的破棉被,“哎呀,你怎么,就用这个铺盖!像你们这上过大学堂、走京串卫的人,丝绸被子也盖过不少了吧,这是从村公所借来?”

“唔。”

她转身望望女房东:“他大娘也不知道照应人!就该把咱家那拆洗过的被褥拿出来叫同志盖呀!我们家住了上级,我总是把待客用的被褥给他们。你们,还没个枕头,枕什么呀?”

“枕书,枕不惯枕头了。”

女房东显然有些不高兴,就说:“俺家比不上你方便呀。可是对待同志,咱也没小气过,谁在俺家住过谁知道我这个人实在,只是不会花言巧语罢了。这同志来,我也拿出过新拆洗的被子给他,他不要。”好像那婆婆并没理会,就又拿起我那钢笔来左看右看,一会说:

“这也不丑啊,俺家那老二,非要他爹买支打水机钢笔,我看这也做得很精致。”

紧接着就眼望着我恳求:“你这里纸笔砚台既然这样方便,就给俺们写个信吧,要不就用——”她慌忙从怀里拿出一个红签信封,一张八行信纸,“俺们这个。”

我拒绝了她!我说我不知道那学校今天转移到哪里去了;再说王振中是去投考,考不上,就会回来。她却抓住了理:

“那俺们振中不是也没了踪影吗?”

“丢不了她。丢了我赔。”

“不过是为老人的瞎操心罢了。”

这样,我在南郝村过了旧年。正月间,冀中各地非常热闹,抗属中学驻的村子里,有五千个中学生参加大检阅,其中有一千七百个是女生。早晨,在会场上，我看见王振中穿了黑色棉军装，外罩一件长大的棉背心，背包、挂包、小碗、防毒口罩，一色齐全，和那些小同学一样站在队里。她的脸更红、更圆，已经洗去了那层愁闷的阴暗；两个眉梢也不再那样神经质地跳动，两片嘴唇却微微张开，露着雪白的牙齿，睁着大眼望着台上讲话的程子华同志的脸，那信赖更深了。

那个村庄，正在滹沱河和沙河之间。村边便是一片沙滩，上面一排高大的白杨树，道旁有一座小小的新建筑，长方形，青色石头的，本县阵亡烈士的纪念碑，上面题着新体诗句。一天早晨我正在杨树林里和一个老乡谈这一带的白菜和红薯的产量，王振中穿了护士的白布罩单和翻卷的白布单帽走过，手里还托了一个药瓶。看见我，大远跑来，敬了礼，问过我怎样到这里来，我的女房东身体好不好，小羊羔长大了没有，才微笑着听我对她的问话：

"听说你婆家从北平把你……叫回来，像有什么打算，来找过你吗？"

"找过。"她又红了脸，但随着就平静流利地谈下去，"他们一家人全来了，男兵女将，就是把北平来的打起埋伏，直找到队长跟前去，要我回去。起先队长还要我回去看看，等我把事情说明白，说回去了就不会再有王振中了，队长才说你自己解决吧。可不是我自己解决，我已经向县政府告了状，和他们离婚；不是离婚，解除婚约。这就一干二净，再说我也还不到结婚年龄……"

临走时，她说今天是看护实习，刚给一个伤员上了药。我问她那是什么药，她用德文告诉我那药的名字。

邢　兰

我这里要记下这个人,叫邢兰的。

他在鲜姜台居住,家里就只三口人:他,老婆,一个女孩子。

这个人,确实是三十二岁,三月里生日,属小龙(蛇)。可是,假如你乍看他,你就猜不着他究竟多大年岁,你可以说他四十岁,或是四十五岁。因为他那黄蒿叶颜色的脸上,还铺着皱纹,说话不断气喘,像有多年的痨症,眼睛也没有神,干涩的。但你也可以说他不到二十岁。因为他身长不到五尺,脸上没有胡髭,手脚举动活像一个孩子,好眯着眼笑,跳,大声唱歌……

去年冬天,我随了一个机关住在鲜姜台。我的工作是刻蜡纸,油印东西。我住着一个高坡上一间向西开门的房子。这房子房基很高,那简直是在一个小山顶上。看西面,一带山峰,一湾河滩,白杨,枣林。下午,太阳慢慢地垂下去。

其实,刚住下来,我是没心情去看太阳的,那几天正冷得怪。雪,还没有融化,整天阴霾着的天,刮西北风。我躲在屋里,把门紧紧闭住,风还是找地方吹进来,从门上面的空隙,从窗子的漏洞,从椽子的缝口。我堵一堵这里,糊一糊那里,简直手忙脚乱。

结果,这是没办法的。我一坐下来,刻不上两行字,手便冻得红肿了。脚更是受不了。正对我后脑勺,一个鼠洞,冷森森的风从那里吹着我的脖颈。起初,我满以为是有人和我开玩笑,吹着冷气;后来我才看出是一个山鼠出入的小洞洞。

我走出转进,缩着头没办法。这时,邢兰推门进来了。我以为他是这村里的一个普通老乡,来这里转转。我就请他坐坐,不过,我紧接着说:

"冷得怪呢,这房子!"

"是,同志,这房子在坡上,门又冲着西,风从山上滚下来,是很硬的。这房子,在过去没住过人,只是盛些家具。"

这个人说话很慢,没平常老乡那些啰唆,但有些气喘,脸上表情很淡,简直看不出来。

“唔,这是你的房子?”我觉得主人到了,就更应该招呼得亲热一些。

“是咱家的,不过没住过人,现在也是坚壁着东西。”他说着就走到南墙边,用脚轻轻地在地上点着,地下便发出空洞的“嗵嗵”的声响。

“呵,埋着东西在下面?”我有这个经验,过去我当过那样的兵,在财主家的地上,用枪托顿着,一通通地响,我便高兴起来,便要找铁铲了。这当然,上面我也提过,是过去的事情。现在,我听见这个人随便就对人讲他家藏着东西,并没有一丝猜疑、欺诈,便顺口问了上面那句话。

他却回答说:“对,藏着一缸枣子、一小缸谷、一包袱单夹衣服。”

他不把这对话拖延下去。他紧接着向我说,他知道我很冷,他想拿给我些柴禾,他是来问问我想烧炕呢,还是想屋里烧起一把劈柴。他问我怕烟不怕烟,因为柴禾湿。

我以为,这是老乡们过去的习惯,对军队住在这里以后的照例应酬,我便说:“不要吧,老乡。现在柴很贵,过两天,我们也许生炭火。”

他好像没注意我这些话,只是问我是烧炕,还是烤手脚。当我说怎样都行的时候,他便开门出去了。

不多会,他便抱了五六块劈柴和一捆茅草进来,好像这些东西,早已在那里准备好。他把劈柴放在屋子中央,茅草放在一个角落里,然后拿一把茅草作引子,蹲下生起火来。

我也蹲下去。

当劈柴燃烧起来,一股烟腾上去,被屋顶遮下来,布展开去。火光映在这个人的脸上,两只眯缝的眼,一个低平的鼻子,而鼻尖像一个花瓣翘上来,嘴唇薄薄的,又没有血色,老是紧闭着……

他向我说:“我知道冷了是难受的。”

从此,我们便熟识起来。我每天做着工作,而他每天就拿些木柴茅草之类到房子里来替我生着,然后退出去。晚上,有时来帮我烧好炕,一同坐下来,谈谈闲话。

我觉得过意不去。我向他说:“不要这样吧,老邢,柴禾很贵,长此以往……”

他说:"不要紧,烧吧。反正我还有,等到一点也没有,不用你说,我便也不送来了。"

有时,他拿些黄菜、干粮给我。但有时我让他吃我们一些米饭时,他总是赶紧离开。

起初我想,也许邢兰还过得去,景况不错吧。终于有一天,我坐到了他家中,见着他的老婆和女儿。女儿还小,母亲抱在怀里,用袄襟裹着那双小腿,但不久,我偷眼看见,尿从那女人的衣襟下淋下来。接着那邢兰嚷:"尿了!"

女人赶紧把衣襟拿开,我才看见女孩子没有裤子穿……

邢兰还是没表情地说:

"穷的,孩子冬天也没有裤子穿。过去有个孩子,三岁了,没等到穿过裤子,便死掉了!"

从这一天,我才知道了邢兰的详细。他从小就放牛,佃地种,干长工,直到现在,还只有西沟二亩坡地,满是砂块。小时放牛,吃不饱饭,而每天从早到晚在山坡上奔跑呼唤……直到现在,个子没长高,气喘咳嗽……

现在是春天,而鲜姜台一半以上的人吃着枣核和糠皮。

但是,我从没有看见或是听见他愁眉不展或是唉声叹气过,这个人积极地参加着抗日工作,我想不出别的字眼来形容邢兰对于抗日工作的热心,我按照这两个字的最高度的意义来形容它。

邢兰发动组织了村合作社,又在区合作社里摊了一股。发动组织了村里的代耕团和互助团。代耕团是替抗日军人家属耕种的,互助团全是村里的人,无论在种子上、农业上、牲口、人力上,大家互相帮助,完成今年的春耕。

而邢兰是两个团的团长。

看样子,你会觉得他不可能有什么作为的。但在一些事情上,他是出人意外地英勇地做了,这,不是表现了英勇,而是英勇地做了这件事。这英勇也不是天生的,反而看出来,他是克服了很多的困难,努力做到了这一点。

还是去年冬天,敌人"扫荡"这一带的时候。邢兰在一天夜里,赤着脚穿着单衫,爬过三座高山,探到平阳街口去。敌人就住在那里。等他回来,鲜姜台的机关人民都退出去。他又帮我捆行李,找驴子,带路……

邢兰参与抗日工作是无条件的,而且在一些坏家伙看起来,简直是有瘾。

近几天,鲜姜台附近有汉奸活动,夜间,电线常常被割断。邢兰自动地担任做侦察的工作。每天傍晚在地里做了一天,回家吃过晚饭,我便看见他斜披了一件破棉袍,嘴里哼着歌子,走下坡去。

我问他一句:“哪里去?”

他就眯眯眼:“还是那件事……”

夜里,他顺着电线走,有时伏在沙滩上,他好咳嗽,他便用手掩住嘴……

天快明,才回家来,但又是该下地的时候了。

更清楚地说来,邢兰是这样一个人,当有什么事或是有什么工作派到这村里来,他并不是事先说话,或是表现自己,只是在别人不发表意见的时候,他表示了意见,在别人不高兴做一件工作的时候,他把这件工作担负起来。

按照他这样一个人,矮小、气弱、营养不良,有些工作他实在是勉强做去的。

有一天,我看见他从坡下面一步一步挨上来,肩上扛着一条大树干,明显地他是那样吃力,但当我说要帮助他一下的时候,他却更挺直腰板,扛上去了。当他放下,转过身来,脸已经白得怕人。他告诉我,他要锯开来,给农具合作社做几架木犁。

还有一天,我瞧见他赤着背,在山坡下打坯,用那石杵,用力敲打着泥土。而那天只是二月初八。

如果能拿《水浒传》上一个名字来呼唤他,我愿意叫他“拼命三郎”。

从我认识了这个人,我便老是注意他。一个小个子,腰里像士兵一样系了一条皮带,嘴上有时候也含着一个文明样式的烟斗。而竟在一天,我发现了这个家伙,是个“怪物”了。他爬上一棵高大的榆树修理枝丫,停下来,竟从怀里掏出一只耀眼的口琴吹奏了。他吹的调子不是西洋的东西,也不是中国流行的曲调,而是他吹熟了的自成的曲调,紧张而轻快,像夏天森林里的群鸟喧叫……

在晚上,我拿过他的口琴来,是一个蝴蝶牌的,他说已经买了两年,但外面还很新,他爱好这东西,他小心地藏在怀里,他说:“花的钱不少呢,一块七毛。”

我粗略地记下这一些。关于这个人,我想永远不会忘记他吧。

他曾对我说:“我知道冷了是难受的……”这句话在我心里存在着,它只是一句平常话,但当它是从这样一个人嘴里吐出来,它就在我心里引起了这种感觉:

只有经受寒冷的人,才贪馋地追求一些温暖,知道别人的冷的感觉;只有病弱不幸的人,才贪馋地拼着这个生命去追求健康、幸福……只有从幼小在冷淡里长成的人,他才爬上树梢吹起口琴。

记到这里,我才觉得用不着我再写下去。而他自己,那个矮小的个子,那藏在胸膛里的一颗煮滚一样的心,会续写下去的。

家　庭

我在于村黎家,和一匹老马住在一间屋里。每当做饭,它一弹腿,就把粪尿踢到锅里,总是不敢揭锅盖,感到很不方便。到了这个村庄的时候,我就向支部书记要求,住得比较清净些。农村房屋是很缺的,终于他把我领到一间因为特殊原因空闲了三年的北房里。这时是腊月天气,虽然那位也是住闲房的收买旧货的老人,用他存下的破烂棉套,替我堵了堵窗户,一夜也就把我冻跑了。我找了赵金铭去,他想了想,把我领到妇联会主任的家里。

主任傅秋鸾是这家的大儿媳,正和小姑玉采坐在炕上缝棉衣服。

赵金铭既然是有名的"大哨儿",他总把事情说得骇人听闻,他说我得了感冒,当村干部的,实在过意不去。他征求主任的意见,能不能和兄弟媳妇合并一下,让给我一间屋子。

主任说:"我们这里常年不断地住干部,还用着你动员我! 不过,眼下就过年了,我们当家的要回来。这个同志要是住三天五天的,我就让给他,听说是住三月两月,那顶好住到我娘她们那小东屋里去。我爹到西院和大伯就伴,叫我娘搬过来和我们就伴。就是那屋里喂着一匹小驴儿。"

"就是这个不大卫生。"赵金铭做难地说。

我已经冻怕,不管它驴不驴,说没有关系。赵金铭领我到小东屋里看了看,小驴儿迎着门口摇着脖上的铜铃。

"小牲口拉尿不多,"赵金铭说,"我告诉老头儿勤打扫点。"

我就搬到这家来了,一直住到第二年三月里,一家人待我很好,又成了我的一处难以忘记的地方。

这一家姓赵,大伯大娘都是党员。大儿妇傅秋鸾是党员,大儿子在定县工作也是党员,二儿子在朝鲜作战是党员,二儿妇齐满花和姑娘都是团员。这真是革命家庭,又是志愿军家属,我从心里尊敬他们。

大伯是个老实庄稼人,整天不闲着,现在正操业着"打沙披"的事。这一带的土质很奇怪，用泥土拍墙头垒房山，可以多年不坏，越经雨冲越坚固，称作立土。铺房顶就不行，见雨就漏，稍微富裕的人家，总是在房顶上打上一层“沙披”。办法是：从砖窑上拉回煤焦子，砸碎羼石灰，用水浆好，铺在房顶，用木棒捶击，打出来就像洋灰抹的一样。但颇费工时。

大伯整天坐在院里，拣砸那些焦子。他工作得很起劲，土地改革以来，家里的生活，年年向上，使他很满足。儿子参军，每年政府发下工票，劳动力也不成问题。他有十五亩园子，两架水车，每年只是菜蔬瓜果，变卖的钱就花费不清。他说，今年“打沙披”，明年灰抹墙山，后年翻盖磨棚。

虽在冬闲，他家并不光吃山药和萝卜，像普通人家那样。总是包些干菜饺子呀，擀些山药面把子呀，熬些干粉菜呀，蒸些小米干饭呀，变化着样儿吃。一家人的穿着，也很整齐，姑娘媳妇们都有两身洋布衣服。还有一点是在农村里不常见的，就是她们经常换洗衣服，用肥皂。

一家人，就是大伯的穿着不大讲究。好天气姑娘媳妇们在院里洗衣服，他对我说：“就是我们家费水！”

我说：“谁家用水多，就证明谁家卫生工作做得好。”

大媳妇说：“用水多，又不用你给我们挑去，井里的水你也管着！快别砸了，荡我们一衣裳灰！”

大伯就笑着停工，抽起烟来了。

他们一家人处得很和气。这个大伯，小人们经常斥打他两句，他反倒很高兴。

大娘虽然已经六十岁了，按说有两房儿媳妇，是可以歇息歇息了，可是，也很少看见她闲着。我常常看见，媳妇们闲着，她却在做饭、喂猪、拣烂棉花桃儿、织布。

她对我说：“老二不在家，我就得疼他媳妇些，我疼她些，也就得疼老大家些。我不支使她们，留下她们的工夫，好去开会。”

别人家的婆婆是不愿意儿媳妇们开会，大娘却把开会看得比什么也要紧。她常督促着孩子们赶快做饭，吃完了好去开会。每逢开会，这家人是全体出席的，锁上门就走。有时区里来测验，一家人回来，还总是站在院里对对答案，看谁的分数多。对证结果，总是小姑玉采的成绩最好，因为她小学就要毕业了，又是学校团支部的委员。其次是大伯，他虽然不识字，可是记忆力很好，能够用日常生活里的情形解释那题目里包含的道理。而成绩最不好的是二儿妇齐满花。

大娘对我说："什么都好，人才性质，场里地里，手工针线，村里没有不夸奖的。就是一样，孩子气，贪玩儿，不好学习。"

结婚以来，二儿子总是半月来一封信，回信总是小姑玉采写，姑嫂之间，满花认为是什么话也可以叫她替自己写上的。最近，竟有一个多月不来信了，大娘焦急起来。我是每隔几天，就到县城里取报。这些日子，我拿报回来，一家人就跟到我屋里，叫我把朝鲜的战争和谈判的情形念给她们听，这成为一定的功课了。齐满花头上包着一块花毛巾，坐在对面板凳上，一字一句地听着。她年岁还很小，就是额前的刘海，也还给人一些胎发的感觉，但是，她目前表露的神情是多么庄重，伸延得是多么辽远了啊。好像现在她才感觉到，小姑代写的信，也已经是词不达意。她要求自己学习了。大娘每年分给每个媳妇二十斤棉花，叫她们织成布，卖了零用。现在正是织布的时候，大娘每天晚上到机子上去替老二媳妇织布。齐满花和小姑对面坐在炕上，守着一盏煤油灯，有时是嫂嫂教小姑针线，更多的时间，是小姑教嫂嫂识字。玉采很聪明，她能拣那些最能表达嫂嫂情意的字眼儿，先教，所以满花进步得很快。

大儿妇对我说："我婆婆多帮老二家些，我不嫌怨，二兄弟在朝鲜，是我们一家人的光荣。"

齐满花

还是赵家的事。

赵家的二儿妇叫齐满花,结婚的那年是十八岁。她娘家是东关,有一个姐姐嫁在这村,看见赵家的日子过得不错,就叫媒人来说,赵家也喜欢满花长得出众,这门亲事就定准了。

那时赵家二儿子在部队上,驻防山海关。大伯给他去了一封信,征求意见,他来信说可以,腊月初八就能到家。大伯为了办事从容,把喜日子定在了腊月二十。家里什么都预备好了,单等着娶。腊月初八,儿子没有回来,家里还不大急,十五来了一封信,说是不回来了,这才把大伯急坏,闹了一场大病。大娘到满花娘家去说,提出两个办法:一个是退婚,一个是由小姑玉采代娶。娘家和满花商量,结果是同意了第二个办法。

过门以后,一蹭过年,大娘就带着满花,来到秦皇岛。大娘是带着一肚子气来的,一下火车,才知道光带了信瓤,没带信封,儿子的详细住址是写在信封上的。婆媳两人很着急,好在路上遇到两个买菜的部队上的炊事员,一提儿子所在部队的番号,他们说:“打听着了,跟我们来吧。”

到了部队上,同志们招待得很好,有的来探问满花是什么人,知道是送新媳妇来了,大家就争着去找老二。

老二从外面回来,看见母亲身边站着满花,第一句话是:“你们想拖我的后腿吗?”

第二句就笑了:“娘,你们累不累呀?”

部队上帮助结了婚。夫妻感情很好,星期天,儿子带着满花到山海关照了一个合影,两个人紧紧坐在一起。满花没有这么坐惯,她照的相很不自然,当把这个相片带回家来,挂在屋里的时候,她用丈夫另外一张小相片,挡住了自己。

我第一次到赵家的时候,大娘领我看了看她二儿子的照片,大娘当时叫满花摘下来,小镜的玻璃擦得很明亮。

大娘经常教导儿媳妇的是勤俭，满花也很能干，家里地里的活儿全不辞辛苦。她帮着大伯改畦上粪，瓜菜熟了，大伯身体不好，她替大伯挑到集上去。做饭前，我看到过她从井里打水，那真是利索着哩！

大伯家村边这块园子里，有一架水车。村西原有大沙岗，大伯圈起围墙，使流沙进不到园里。这菜园子收拾得整齐干净漂亮，周围种着桃树，每年春天，她家桃花总是开得特别繁密，紫一块、红一块，在太阳光下，园子里是团团的彩霞。水车在园子中间，驴儿拉得很起劲。

园子里从栽蒜起就不能断人儿，菜熟了每天晚上整菜，桃熟了要每天早起摘桃。从四月起，大伯大娘就在园里搭个窝棚睡觉，在旁边放上一架纺车。满花在园里干活，汗湿了的褂子脱下来，大娘就在井台上替她洗洗，晒在小驴拉的水车杠上，一会儿就干。

园里的收成很好，菜豆角儿，她家园里的能长到二尺来长，一挑到南关大集上，立时就被那些中学和荣军院的伙食团采买员抢光了。大伯和满花在集上吃碗面条儿，很早就回来了。只是豆角变卖的钱，就可以籴下一年吃不清的麦子。五月鲜的桃儿，她家园里也挂得特别密，累累的大桃把枝子坠到地面上来，如果不用一根木叉早些支上，那就准得折断。用大伯摘桃时的话来讲，这桃树是没羞没臊地长呢！

这都因为是一家人，早起晚睡，手勤肥大。

谁也羡慕这块园子，如果再看见满花在园里工作，那就谁也羡慕这年老的公婆能娶到这样勤快美丽的媳妇，真比一个儿子还顶用！

每年正月，大娘带满花到部队上去一趟。一年，满花带回丈夫送给她的一只小枕头，一年带回来一条花布棉被。

满花的姐姐，和满花只隔一家人家，可是，要去串门，绕两个胡同才能走到。拿这姐妹两个相比，那实在并没有任何相似之点。姐姐长得丑陋，行为不端。她的丈夫，好说诳言大话，为乡里所不齿。夫妻两个都好吃懒做。去年冬天，嚷嚷着要卖花生仁，摘借了本来，一家人就不吃白粥饭，光吃花生仁。丈夫能干吃一斤半，老婆和他比赛，不喝水能吃两斤。几天的工夫就把老本吃光了。今年又要开面馆，也是光吃不卖。自己还吹嘘有个吃的命，原因是过去每逢吃光的时候，曾赶上过“反黑地”和“平分”，现在把分得的东西变卖完了,又等着“入大伙”,两口子把这个叫作吃“政策”。自然,他们将来一定要受到教训的。但是,这夫妇两个确也有些骗吃骗穿的手段。去年过年的时候,她家没有喂猪,一进腊月,男的就传出大话说:“别看俺们不喂猪,吃肉比谁家也不能少。”

腊月二十九那天晚上,满花到姐姐家去串门,果然看见她家煮了一大锅肉,头蹄杂碎,什么也有。满花是个孩子,回来就对婆婆说:“看人家俺姐姐家,平日不爬猪圈,不捣猪食,到年下一样地吃肉。”

大娘正在灶火坑里烧火,一听就很不高兴地说:“那你就跟着她们去学吧!”

平日婆媳两个,真和娘和闺女一样,说话都是低言悄语的,这天大娘忽然发脾气,满花走到自己房里哭了。

不多一会,西邻家那个嫂子喊起来,说是满花的姐夫骗走了她家的肉,吵了一街的人。满花为姐姐害羞,一晚上没出来。但事情过了以后,满花还是常到姐姐家去,大娘对这一点,很有意见,她说他们会把满花教唆坏了。

满花家园里,什么树也有,就是缺棵香椿树。去年,在集上卖了蒜种,满花买了两棵小香椿,栽到园里墙边上。她浇灌得很勤,两棵小树,一年的工夫,都长得有她那样高。冬天,她怕把树冻坏,用自己两只旧鞋挂在树尖上,因为小香椿就是一根光杆。今年开春,有一天,我在南关集上买回一小把香椿芽儿,吃鲜儿。满花看见了,说:“我那香椿也该发芽了,我去看看。”

不看还好,一看把她气得守着树哭了起来。不知道是谁,把树尖上的香椿芽儿全给掰了去,只有一棵上,还留着一枝叶子,可怜得像小孩们头上的歪毛。她忍不下,顺着脚印找了去,她姐姐正在切香椿拌豆腐呢。大吵一顿。从此,姐妹两个才断了来往,就是说,根绝了一个恶劣环境对一个劳动女孩子的不良影响。

现在,满花更明白,勤劳俭朴就是道德的向上。她给远在前方的丈夫写了一封信。

张秋阁

一九三七年春天，冀中区的党组织号召发动大生产运动，各村都成立了生产委员会。

一过了正月十五，街上的锣鼓声音就渐渐稀少，地里的牛马多起来，人们忙着往地里送粪。

十九这天晚上，代耕队长曹蜜田，拿着一封信，到妇女生产组组长张秋阁家里去。秋阁的爹娘全死了，自从哥哥参军，她一个人带着小妹妹二格过日子。现在，她住在年前分得的地主曹老太的场院里。

曹蜜田到了门口，看见她还点着灯在屋里纺线，在窗口低头站了一会，才说："秋阁，开开门。"

"蜜田哥吗?"秋阁停了纺车，从炕上跳下来开开门，"开会呀?"

曹蜜田低头进去，坐在炕沿上，问："二格睡了?"

"睡了。"秋阁望着蜜田的脸色，"蜜田哥，你手里拿的是谁的信?"

"你哥哥的，"蜜田的眼湿了，"他作战牺牲了。"

"在哪里?"秋阁叫了一声把信拿过来，走到油灯前面去。她没有看信，她呆呆地站在小橱前面，望着那小小的、跳动的灯火，流下泪来。

她趴在桌子上，痛哭一场，说："哥哥从小受苦，他的身子很单薄。"

"信上写着他作战很勇敢。"曹蜜田说，"我们从小好了一场，我想把他的尸首起回来，我是来和你商量。"

"那敢情好，可是谁能去呀?"秋阁说。

"去就是我去。"曹蜜田说，"叫村里出辆车，我去，我想五天也就回来了。"

"五天？村里眼下这样忙，"秋阁低着头，"你离得开？我看过一些时再说吧，人已经没有了，也不忙在这一时。"她用袖子擦擦眼泪，把灯剔亮一些，接着说，"爹娘苦了一辈子，没看见自己的房子地就死了，哥哥照看着我们实在不容易。眼看地也有得种，房也有得住，生活好些了，我们也长大了,他又去了。”

“他是为革命死的,我们不要难过,我们活着,该工作的还是工作,这才对得住他。”蜜田说。

“我明白。”秋阁说,“哥哥参军的那天,也是这么晚了,才从家里出发,临走的时候,我记得他也这么说过。”

“你们姐俩是困难的。”曹蜜田说,“信上说可以到县里领恤金粮。”

“什么恤金粮?”秋阁流着泪说,“我不去领,哥哥是自己报名参军的,他流血是为了咱们革命,不是为了换小米粮食。我能够生产。”

曹蜜田又劝说了几句,就走了。秋阁坐在纺车怀里,再也纺不成线。她望着灯火,一直到眼睛发花,什么也看不见,才睡下来。

第二天,她起得很早,把二格叫醒,姐俩到碾子上去推棒子,推好叫二格端回去,先点火添水,她顺路到郭忠的小店里去。

郭忠的老婆是个歪才。她原是街上一个赌棍的女儿,在旧年月,她父亲在街上开设一座大宝局。宝局一开,如同戏台,不光是赌钱的人来人往,就是那些供给赌徒们消耗的小买卖,也不知有多少。这个女孩子起了个名儿叫大器,她从小在那个场合里长大,应酬人是第一,守家过日子顶差。等到大了,不知有多少人想算着她,父亲却把她嫁给了郭忠。

谁都说,这个女人要坏了郭家小店的门风,甚至会要了郭忠的性命。娶过门来,她倒安分守己和郭忠过起日子来,并且因为她人缘很好,会应酬人,小店添了这员女将,更兴旺了。

可是小店也就成了村里游手好闲的人们的聚处,整天价人满座满,说东道西,拉拉唱唱。

郭忠有个大女儿名叫大妮,今年十七岁了。这姑娘长得很像她母亲,弯眉大眼,对眼看人,眼里有一种迷人的光芒,身子发育得丰满,脸像十五的月亮。

大妮以前也和那些杂乱人说说笑笑,打打闹闹,近来却正眼也不看他们。她心里想,这些人要不得,你给他点好颜色,他就得了意,顺杆爬上来,顶好像蝎子一样螫他们一下。

大妮心里有一种苦痛,也有一个希望。在村里,她是叫同年的姐妹们下眼看的，人们背地说她出身不好，不愿意叫她参加生产组，只有秋阁姐知道她的心，把她叫到自己组里去。她现在很恨她的母亲，更恨那些游手好闲地整天躺在她家炕上的那些人，她一心一意要学正派，要跟着秋阁学。

秋阁来到她家，在院里叫了一声。

大妮跑出来，说："秋阁姐，到屋里坐吧，家里没别人。"

"我不坐了，"秋阁说，"吃过饭，我们去给抗属送粪，你有空吧？"

"有空。"大妮说。

大妮的娘还没有起来，她在屋里喊："秋阁呀，屋里坐坐嘛，你这孩子，多咱也不到我这屋里来，我怎么得罪了你？"

"我不坐了，还要回去做饭哩。"秋阁走出来。

大妮跟着送出来，送到过道里，小声问："秋阁姐，怎么你眼那么红呀，为什么啼哭来着？"

"我哥哥牺牲了。"秋阁说。

"什么，秋来哥呀？"大妮吃了一惊，站住了，眼睛立时红了，"那你今儿个就别到地里去了，我们一样做。"

"不，"秋阁说，"我们还是一块去，你回去做饭吃吧。"

王香菊

那天晚上，小高同志带我去访问郭兰瑞。这个十八岁的姑娘，组织起几十个贫农妇女，当选了贫农代表。郭兰瑞不在家，我和小高坐在院里床上说话。过来一个十六七的姑娘，抱着孩子，坐在小高身边静静地听着。

小高说："你问香菊，她和郭兰瑞是好姐妹，她知道得顶详细。"

香菊只是笑了笑，就轻轻扭过了头。

小高又说："你看，还是不敢说话！怎么着到大会上去诉苦呢？"

香菊才说她和兰瑞从小就在一块，热天，两个人去拾麦子，分着吃一块糠饼子，用一个小铁罐喝水，躺在一棵树下面歇凉。等到大些了，就对着脸浇园，合伙拉耠子……种种的情形，说话的声音很动听。

第二天晚上，小高领导她们开小组会，我又去参加了。香菊浇了一天园，喝冷水吃剩饭病了，趴在床上直想吐，但她还是一直督促引导着她那一个小组开会，不肯休息。她笑着说："有病是小事，趴一会就好了，翻身才是大事。"

我在这边说了几句，她就喊："大点声，叫我也听听啊！"

小高同志介绍我到香菊家吃饭，我才第一次在白天看见香菊。她壮实、天真，对人亲热，好脸红。香菊家是贫农，每天很早一家子就到地里浇园去了。香菊回来时，抱着一捆菜，头发和上衣总是晶湿。她蹲在桌子旁边，望着饭不吃，她说浇起园来，就光想喝水，不想吃饭。一顿饭过后，母亲催促，她就又背起那又大又黑的铁水斗走了。

晚上，她蹲在黑影里吃了那白天剩下来、怕放坏了的硬饼子，把新饭让给小弟妹们吃。

村里酝酿着斗争。田地里是那么酷旱，庄稼正待秀穗，老百姓说这叫"卡脖子旱"。黄昏，西边天一抹红，香菊还在那里浇园，这种劳动是那么吃力和没有止境，庄稼缺水永远不会满足。刚刚十七岁的女孩子运动全身的气力，才能从事这种劳作。可是从她劳动的精神上看，那充实的精力就像这永无止境的水泉，永无止境的热汗，永无止境的希望。她从十三岁上就浇园了。为什么我们不能有一架水车，把这女孩子代替？

知道要斗争了，地主的水车都放在家里，叫大井闲着，叫庄稼旱着。香菊她们想到水车，应该比我迫切。最盼望下雨，最焦急地等待那天边的风云雷闪的，自然是这些流着汗浇园的姑娘们。她们提出来：先斗水车！

每天香菊浇园回来，连说话和笑的力气都没有了。可是一吃过晚饭，她就抖着精神去集合她的小组。大街上，她走在组员的前面，好像一个军官。

小组诉苦的时候，她第一个诉说：她，夏天，被夺去了拾的麦穗；秋天，被夺去了拾的棉花。她不敢在地主的地头地边走过，她不敢走过地主的大门，害怕那些闺阁小姐们耻笑她的褴褛和寒碜。

这姑娘甚至没有诉说，在这十七年，她那年幼的身体，怎样被太阳曝晒，怎样被热汗蒸腾，被风雨吹打，被饥饿消耗；她没诉说劳动的苦处，她只是诉说一个女孩子心灵上受过的委屈。

翻心的过程，特别值得珍贵，它打下了这姑娘翻身的真实基础。这些日子，在香菊身上，表现了一连串疾风暴雨的进步。她从不敢说话到敢说、敢喊，从好脸红到能说服别人和推动组织。在诉苦大会、斗争大会上，香菊小组总是坐在全村妇女的前面，香菊就坐在小组的前面。她在全村妇女中，并不是最突出的一个，但她是一个实际的领袖。

斗争以后，香菊挺着胸脯，走回家来。她又走过了地主家的现在已经被民兵看守的大梢门。怀着胜利的心情，她第一次到那些闺阁小姐们的住处去看了看，到底和自己家的土甓小屋有哪些不同。小姐们正坐在门外啼哭，可是在今天以前，她们是命定上车要老婆子搀扶，生了孩子要老妈子抱养的；她们没到过田野一步，就是在庭院里，太阳也晒不到她们脸上。她们耻笑过劳动的妇女，现在劳动的妇女要把她们驱逐到田野里去干活。

香菊说，明天早上，就用斗争出来的水车去浇地。香菊值得尊敬，斗争以后，她更加重视劳动了。分配果实，别的姑娘们喜爱那些花红柳绿的布匹，去充实自己的嫁妆；香菊特别喜欢的是那些能帮助她劳动的农具，来充实自己的远大希望。

香菊的母亲

香菊的母亲,今年三十七岁,在贫农里,她却和老婆们组织在一起。每当夜晚开会,在那白发苍苍的一群里,她那充满青壮年精力的说话的声音,她那把褂子的袖口像年轻人一样高高地卷起来、大脚板平整自然地站立着的说话的姿势,就越使她显得有力和突出。

她同香菊,都是本村贫农的斗争骨干,她表现得却更冷静、顽强和有见解。在大会上,她领导的那白发的一组,总和香菊那青年姑娘的一组并排坐着。她们喊口号比不上青年组,诉苦说理和坚持意见,却非那年轻好笑的一群可比。在大会上,香菊的母亲常常提出最尖锐的意见。这些意见刚一提出,有时不能为全体接受,她坚持着这个意见,沉着地向大家说服。有一次,甚至主席也来限制她说话了,她不服,她严厉地说:"不让我说话那可不行!"

她的脸孔很黑,她的眼睛更黑,每当她生气的时候,眼皮微微下垂,人们就知道,在她心里鼓动着暴风雨。她并不刁泼,非常认真。贫农代表中,有她的一个邻舍,有一次传言说这个代表吃了地主的送情粮食,贫农要求把她罢免。香菊的母亲不信会有这种事。她说:"那是东头人们对西头人们的成见。"工作团的同志批评了她,叫她去看事实,她就花费了几个晚上和几个早上的时间,去观察那个代表的行动。

从工作团到了村里,一共两个来月,中午一个会,晚上一个会,再加上一些别的会,这会就不知开了有多少。香菊的母亲没有一次迟到,没有一次早退,她总是聚精会神地听着。她说:"一句话也不能漏了。"

她开会开得瘦了好些。直到分完了果实,选举了干部,她才慌忙到地里去收割早已熟了的庄稼。她分的二亩两头临道的地,种的黍稷,她同香菊忙了一天,用包袱背了回来,一进门就对我说:"今年过年有粘饼子吃了。"分浮财,她家分了一个红漆小凳;村里正在庆祝斗争胜利演大戏,工作团一个同志病了没力气,她三番两次叫香菊背了去,让那同志坐。

香菊的母亲和香菊得到这些东西,表现了衷心的喜悦。她们欢喜的是:斗争胜利了,我们说了话。她们没有只从这些东西的价格上去估计斗争,是从这东西的意义上去估计斗争。一条红漆小凳代表什么呢?为什么香菊把它擦了又擦?这条小凳代表的东西很多,它又只简单说明:穷人过去就没有这样一条小凳。它很小、很简单,但它是一个点一条线,通到胜利的终点。就好比,每个人都想进京城,他现在已经走在路上,经过了一个村庄。这胜利的起点,就包括着胜利的全部。

因此,在多么农忙的时候,香菊的母亲也没有限制过香菊去开会,过去十几年,这女孩子是没有这么随便过的。无论是在家,是在会场上,每逢香菊发言和喊口号,我们常看见母亲对女儿赞美的微笑。母亲欢笑的原因是:自己的女儿可以不再经受自己经历的苦难,自己也庆幸能赶上参加这解放的斗争,彻底解放了自己的儿女。

在斗争大会上,她总是同女儿坐在最前面。在群众愤怒的时候,她是站起来的第一个人。同时,她顽强地坚持斗争。工作团一走,正是大秋,地主向人民反攻,他们用耍赖皮脸的外形,包藏祸心,到农民分得的土地上去劫收。他们说:“这地是我家种的!”香菊的母亲无情地反抗了这种抢劫,并且号召组织了对地主无耻行为的审判。

在公审大会上,她第一个站起来发言。这对自己的阵营是一种教育,对敌人是一种奇袭。我们有些农民最大的弱点是怜悯心,他们见不得地主的眼泪,和那一套乞怜相;他们只看见地主伸过来的乞讨的手,忘记人家掩藏在背后的企图复仇的刀!

这样,香菊的母亲的见识和行为,在我们斗争的前路上,就更值得宝贵。它是一个信号,也是一个标志。她亲自动手,再剥掉地主伪装的一层画皮!

香菊的母亲的半生里,既辛劳又充满内心的痛苦。她六七岁上,父亲就把她卖给比她大二十岁的一个人,作为妻室。丈夫并不是一个有钱的人,做了一辈子长工,饥寒劳碌,现在有了病,已经不能再在自己土地上工作。在地主家扛长工,他简直变成了一个傻子,对谁也不说一句话,也不知道花费一个钱。香菊的母亲小小年纪娶过来,就得当男变女,买东办西,什么事也得她出头露面去做。在旧社会里,她也是一员闯将。

我曾在香菊家吃过十几天饭,每天围在一起吃饭的,是香菊的弟妹、香菊的母亲、香菊的叔父。香菊的叔父今年四十一岁了,没有娶过妻室。香菊的父亲已经六十岁了,每逢吃饭,他总是端着一个大碗,加上些菜,一个人到大门外边蹲着去吃,好像这里的妻儿老小不是他的一样。

香菊有个小弟弟,今年才三岁,整天抱在叔叔的怀里,我从没见过那年老的父亲引逗爱抚这孩子一次。吃完饭,他一个人就到园里去了。他不能做重活,他蹲在烟畦里捉拿那些虫子,半天半天的,隐在那肥大的烟叶下面,一声不响。

农村的贫苦人家是充满悲剧的,有妻室常常更加深了这悲痛。外人没法体验,也不能判定:香菊母亲内心的悲痛深些,还是父亲的悲痛深些。

但这悲痛的来源就是剥削,这在封建社会里是贫穷人家流行的一种痛苦。它是一种制度的结果,这种制度现在被打破了。

有些人还好在赤贫的妇女身上,去检查"道德"的分量。追究她们是否偷过人家的东西,是否和丈夫以外的人发生过爱情,是否粗鲁和不服从。他们很重视这点,胡诌这是穷人本身的一个大缺点。在"道德"上,他们可能欣赏那些地主的女儿、大家的闺秀。

香菊的母亲在她的孩子中间,最爱香菊。斗争以后,她更爱她的女儿了。有一天,她凄然地指着香菊对我说,她们这以后就好了。她比谁也明白:一切不幸,都是剥削所致;一切幸福,都会随翻身到来!

人们追求着理想。在解放的道路上,这理想逐步解除每个人切身的痛苦,寄托他那衷心的希望。因为这样,理想才在每个人的心里生根,越来越充实,越来越扩大。

曹蜜田和李素忍

读者看题目,以为我要讲说一对青年男女的浪漫故事。事实上,他们两个已经结了婚,在一座小房里过着日子。

我们是说他们两口子怎样生产的故事。这或者比恋爱故事更有意义。

在张敖,提起劳动互助,应该首先提到李三同志。他是张敖村互助组的发起人和组织家,曹蜜田的小组就是他帮助组织起来,这已经是三年前的事。

曹蜜田的爹是个赌徒,他糟了家业,至少是没有给孩子们留下家业。曹蜜田从小就给人家做活,扛长工,在旧社会受尽苦养不了家。直到八路军来,实行了实物工资制,改善了工人待遇,才赎回了几亩地。

一九四三年,他接受了李三的劝告,六个人组织了一个互助组。刚组织起来,没有经验也没有制度,为了刨山药,小组就几乎垮了台。

先是老问刨山药刨了一半,第二天大家就议合开始集体。本来应该先帮老问刨完山药,可是老昌愿意先刨自己的。老问说:“我刨了一半,不能给他刨。”老昌就老实不客气地说:“那么咱们就各人刨各人的吧。”

这一年,老问、老友、老永就退出了互助组。曹蜜田还是要组织,他吸收了老尊和二虎,并且说明要接受去年的经验教训。

经验并不容易接受,建立了批评制度,还是不能根绝纠纷。

老关是个木匠,以他做师傅,曹蜜田他们开了个木货厂。一天晌午,二虎他娘要打场,辘轴元子坏了一根乘子。老关在那里路过,二虎他娘说:“你来,给我安上这根乘子。”因为是二虎的娘,老关就忘了和人家互助着哩,他说:“没空!”就走了。老婆子自己安上了乘子,并且告诉了二虎。

又一天老关从地里背回一筐草,放在梢门下面。

看见二虎走过,他就说:“二虎,来和我铡了这筐草。”二虎扬长不理地走过去,说:“没空!”老关说:“你干什么哩?”二虎说:“晌午了,又饥,又渴,吃饭去!”

晚上,老关对曹蜜田说:“这是什么互助组,我叫他和我铡一筐草,他就不干!”曹蜜田对二虎说:“就是三筐青草也该帮他铡了,再去吃饭。”二虎说:“这是我的缺点,可是你知道我为什么不帮他铡草?”一说原委,老关也承认了错误。

锄地的时候,二虎虽然年轻,可是抢不下班来。他从小跑天津,干的是拉洋车,锄起地来,爱饥,爱腰痛,又怕热,懒得帮助别人,也羞于请别人帮自己,不愿意集体。曹蜜田又耐心劝说他。

曹蜜田坚持着互助的方针。有一个人因为短见退出了,他就演说互助组的远景,激励同组的人。

好像我们还没提到他的老婆。我到她家里,她正在吃中午饭,然后匆匆忙忙地对丈夫说:“我到组里去了!”

夫妇两个全不过二十多岁。屋里虽是破东烂西,但是可以看出有吃有穿。别人家墙上贴画片,他家柜面挂着好几张供销合作社的股金单。这小小的家庭,正奔着一个新鲜的方向滚动。

曹蜜田参加了战勤队,在驻在地推广了加速轮,引起了当地居民的爱戴,已经登了报。丈夫出外当了模范,李素忍在街头接了担架队,服侍伤员。她们有组织地、鸦雀无声地、热心关注地给伤员们洗脸,喂饭,拆洗衣被。

夫妻俩好像暗暗地在那里挑战立功。但当我向曹蜜田打听他老婆的模范事迹时,他说这几天生产很忙,还没顾着问她,他指给我他老婆的小组。

“帅府”巡礼

赵老帅是有名的人物。因为人民重视今年的生产，他在村里就更被注意。但他的有名是很久的了，他住的宅院，人们称为帅府。一提“各节院里”，人们就知道是指的他家。

这个“帅”字，不是指的什么元帅的帅。在冀中，帅的意思包括“干净、利落、漂亮”等意思，这些意思，如果用土话来说就是“各节”。

我去访问他。一接近他的住宅，胡同里扫得特别干净；一进他的庭院，一种明媚的有秩序的气象，使人的精神也清新起来。

一到他的农具室，我真吃惊了。他的一间西房满满陈列着农具，是那么多种多样，井井有条。这简直是一个农具博览会，都是多次浸润过劳动和土地的津液的。

他的农具齐全，这些工具都涂过桐油，擦洗得干净。他的铁铲并排放着，像官场的执事；他的木铲的头起都镶着铁皮。一切都擦得闪闪放光，而悬挂在北墙山上的耕地的盆子，像一面庄严明亮的宝镜，照见你，使你想到这里陈列的一切，对于他是多么有意义和重要。

墙上挂的、房顶上插的、中间排列的都是农具。但就是一把小剪、一把小锤，都有自己的位置，就是在夜间，也可以随意取出使用。

他是一个农民，他爱惜这些工具。

他勤俭持家、昼夜不息地劳动。他六十岁了，看来有些黄瘦；但在中年，他一夜砍完七亩黑豆，一夜和好一间房子那样大的一堆打坯泥，不知劳累。

他沉默寡言，说话的时候，几乎是闭着眼睛；当谈到种地的事情，他才活泼起来。

他常在吃饭的时候，和孩子们讲说种地的要点。但是孩子们好像并不愿意听，他对这点，很表示气愤。他说：“我教育他们，他们不听，学里先生说的话，他们才认真记着！”

孩子们参加村里的工作,他的十八岁的女儿和二十岁的儿媳,都是村里的干部,儿媳曾经当选过劳动英雄。

他的影响,已经能在他的儿女身上看出。他全家人口都是那样健康、清洁和精于田间的劳动。

紧张的愉快的劳动,能够换来人生最珍贵的东西。当我们谈话的时候,我瞥见了他的儿媳,正在外间耍着周岁的孩子。她是那么美丽和健壮,敏捷和聪明;孩子在她手里旋转,像一滴晶莹的露珠,旋转在丰鲜的花朵里。

他非常爱好清洁的秩序。他的牛圈里从来看不见粪尿,一层沙土铺在牛身下,他刷洗的小牛好像刚出阁的少妇。

他爱好干净,简直成了一种癖性。有人传说他起了猪圈,还要用净水刷洗。说他在"五一"的残酷环境,还要半夜里起来,叫媳妇提着灯笼,打扫完院子,才匆忙逃到野外去。

他的家庭充满团结的乐趣和劳作的愉快、劳动的竞争心和自尊心。每个人因为劳动觉到了自己的地位和尊重别人的地位。勤俭劳作使家庭之间充满新生的向上的气象。

他说,他锄地没有遍数,什么时候地里没有一棵草了为止。他锄地的时候,如果一眼看见很远的前面有一棵草,他就先跑过去把它锄下,才能安心。

他黎明就带领儿媳、女儿上地,几个人默默地竞赛,老人监视着她们的锄,指出她们遗漏的每一棵草。

他已经参加了村里的拨工组。起先,他因为害怕别人给他把地种坏了,没有信心,村里就给他找了几个能和他相比的农事老手,组成一组。

织席记

真是一方水土养一方人。我从南儿县走过来,在蠡县、高阳,到处是纺线、织布。每逢集日,寒冷的早晨,大街上还冷冷清清的时候,那线子市里已经挤满了妇女。她们怀抱着一集纺好的线子从家里赶来,霜雪粘在她们的头发上。她们挤在那里,急急卖出自己的线子,买回棉花;赚下的钱,再买些吃食零用,就又匆匆忙忙家去了。在回家的路上,太阳才融化了她们头上的霜雪。

到端村,集日那天,我先到了席市上。这和高、蠡一带的线子市,真是异曲同工。妇女们从家里把席一捆捆背来,并排放下。她们对于卖出成品,也是那么急迫,甚至有很多老太太,在乞求似的召唤着席贩子:"看我这个来呀,你过来呀!"

她们是急于卖出席,再到苇市去买苇。这样,今天她就可解好苇,甚至轧出眉子,好赶制下集的席。时间就是衣食,劳动是紧张的,她们的热情的希望永远在劳动里旋转着。

在集市里充满热情的叫喊、争论。而解苇,轧眉子,多在清晨和月夜进行。在这里,几乎每个妇女都参加了劳动。那些女孩子们,相貌端庄地坐在门前,从事劳作。

这里的房子这样低、挤、残破。但从里面走出来的妇女、孩子们生得那么俊,穿得也很干净。普遍的终日的劳作,是这里妇女可亲爱的特点。她们穿得那么讲究,在门前推送着沉重的石砘子。她们的花鞋残破,因为她们要经常在苇子上来回践踏,要在泥水里走路。

她们,本质上是贫苦的人。也许她们劳动是希望着一件花布袦,但她们是这样辛勤的劳动人民的后代。

在一片烧毁了的典当铺的广场上,围坐着十几个女孩子。她们坐在席上,垫着一小块棉褥。她们晒着太阳,编着歌儿唱着。她们只十二三岁,每人每天可以织一领丈席。劳动原来就是集体的,集体劳动才有乐趣,才有效率，女孩子们纺线愿意在一起，织席也愿意在一起。问到她们的生活，她们说现在是享福的日子。

生活史上的大创伤是敌人在炮楼“戳”着的时候，提起来，她们就黯然失色，连说“不能提了，不能提了”。那个时候，是“掘地梨”的时候，是端村街上一天就要饿死十几条人命的时候。

敌人决堤放了水，两年没收成，抓夫杀人，男人也求生不得。敌人统制了苇席，低价强收，站在家里等着，织成就抢去，不管你死活。

一个女孩子说：“织成一个席，还不能点火做饭！”还要在冰凌里，用两只手去挖地梨。

她们说：“敌人如果再待一年，端村街上就没有人了！”

那天，一个放鸭子的也对我说：“敌人如果再待一年，白洋淀就没有鸭子了！”

她们是绝处逢生，对敌人的仇恨长在。对民主政府扶植苇席业，也分外感激。公家商店高价收买席子，并代她们开辟销路，她们的收获很大。

生活上的最大变化，还是去年分得了苇田。过去，端村街上，只有几家地主有苇。他们可以高价卖苇，贱价收席，践踏着人民的劳动。每逢春天，穷人流血流汗帮地主去上泥，因此他家的苇子才长得那么高。可是到了年关，穷人过不去，二百户穷人，到地主家哀告，过了好半天，才看见在钱板上端出短短的两戳铜子来。她们常常提说这件事！她们对地主的剥削的仇恨长在。这样，对于今天的光景，就特别珍重。

新安游记

在端村,人们对新安的印象是:那里的人好吃懒做,闹排场,男人们坐茶馆,女人们梳妆打扮。在端村的旧货摊上,我见过华贵的屋内陈设的木器和华丽的妇女们穿过的衣服,据说也是从新安清算出来的。既有一些人过着这样的生活,就一定有一些人过着另外一样生活。

我到了新安。它四面被水包围,人们串亲也坐着拖床。街道很长,但已经看不见这里繁华的痕迹。街上没有什么茶馆,也看不见穿绸挂缎的妇女。新安的房舍,大部分被敌人烧毁成为瓦砾。

我顺着拆毁的城墙走,城外水很深,这里有船只停泊,想是一个渡口。城墙里面一道深沟,过去是一处高大的宅院,这宅院选择的地势十分险要。河边,一个十五六的女孩子正在擦抹着她家的船只。经她指点,我才知道这就是大汉奸恶霸熊万东的住宅。那时候,新安的除奸团很厉害,可是除不了熊万东。他深宅大院,房后就是城墙,前院驻扎着日本宪兵队。

老汉奸以为是保了险的,整天不出大门一步。

八月十五晚上,老汉奸酒足饭饱,坐在客厅里赏月,一把盒子枪放在他手边的乌漆八仙桌上。后院里,他的儿媳妇正陪着日本宪兵队长打牌取乐,嘻嘻哈哈的声音,不时传过来。老汉奸以为他的江山,简直是万世的基业了。

忽然帘子一动,闪进一个人来。老汉奸一抓盒子问:“谁!?”

“是我,大伯。”进来的人安静地低声说。

老汉奸并没放松,他把身子一闪,就要射击。但在月亮底下,他看得清清楚楚,他的侄儿手里什么东西也没有,并且低着头,非常温顺。老汉奸又喝道:

“你来找死!?”

“愿意把我打死也可以。”他侄儿显得十分可怜地说,“全凭大伯。我在外面实在也混不了啦!”

“为什么混不了?你不是参加了除奸团,很红吗?”

“我怎么也斗不过大伯。日本人到处抓我，逼得我走投无路，我还是得回来求大伯你。”

“求我干吗？去求你的上级呀！”

“我决心不干了。新安这地方，我不能站脚，我想到天津去，求大伯给我一点盘费。”

“我一个子也没有！”老汉奸退回来坐在椅子上，忽然大声喊，“你掏什么？”

侄儿从腰里抽出一把盒子，笑着说：“我带来了一支盒子，这是一支顶好的枪，送给大伯。大伯有钱，也难掏换这么一件家伙！”

他倒拿着枪，交给他的大伯。

“我求大伯看在这支枪的面子上，借给我五十块钱。”

老汉奸把侄子的枪拿过来，走到钱柜那里去，他想把枪支藏起，给他几块钱，叫他滚蛋。

他一猫腰，侄儿就捆上了他的胳膊，塞住了他的嘴。侄儿把两支枪带好，就到了上房。

在上房，他一刀砍死日本宪兵队长，用枪逼着他的堂弟和堂弟妹又来到客厅，命令：

“搀着他！走！上房！你哭，我砍了你！”他对他堂弟妹说。

他带着三个汉奸男女上房，下房，过壕沟，上城墙。

城墙外边有一只小船等在那里，他们来到船上。

小船箭一样开走了。

这就是新安有名的英雄故事中间的一个。

这位英雄不久后牺牲在新安城下。他爬上城墙，敌人打中了他，翻身跌了下来。

敌人打折了他的左腿。

关于他的两条腿，有很多传说。新安一带，都说他是飞毛腿。有人说，飞毛不飞毛不知道，反正他走路特别溜撒；孩童的时候，常见他沿着城墙垛口飞跑。

冰连地结的新安，有一种强烈的英雄悲壮的风云，使人向往不止。

山里的春天

这天,从家乡来了一个人,谈了半天家里的事,我很快乐。我很惦记家里的生活问题,他说一切很好。我高兴地要请他吃饭,跑着各家去买鸡蛋,走到一个人家,一个年轻的女人正坐在炕沿上,哭丧着脸,在她怀里靠着一个五六岁的女孩子。

我说:“老乡,有鸡蛋啊,卖给咱几个?”

她立时很生气地喊叫起来:“没有！还有什么鸡蛋?”

我说:“我是问一问你,没有就算了么!”

她还是哭丧着脸不搭理。我走出来,心里想这才没的事哩！忽然她把我叫回去说:“桌子上那小罐里有两个鸡蛋,是留来给小妮煮着吃的,你拿去吧。”

我一看她忽然又变得这样,莫名其妙,又一想,我说:“给孩子吃的,放着吧,我到别人家去买吧。”

我走了出来,吃过午饭,送走客人,村长来找我,说是叫我去给一家抗属翻沙,工具他也拿来了,就带我走。我两个走到村东,过了河滩,到了一块方方地堆着石沙的地里,村长说:

“就是这块地,男人到咱们队伍上去了,这块地去年叫水冲了,你给她把这沙子挑到四边去,好种玉茭子。辛苦你了,回头我叫她给你送水来。”

说完,村长笑一笑走了。我把军装上衣脱下,同皮带手枪挂在地边的一棵小枣树上。这时已是暮春三月,枣树快要长叶儿,河滩上的一排大杨树,叶子已经有铜钱大了,绿油油的。

我开始把沙子翻起来,然后铲到筐里,挑到地边,堆成土埝,叫夏天的水冲不到地里来。

今天工作很高兴,一大担沙土挑起来,也觉得轻松。我想山里的土质坏,还费这么大劲;我家口那三亩菜园,出产多么大啊,够他娘儿两个吃的了。

起晌的时候,我看见远远地走来一个妇女,左手拉着一个小孩,右手提着一把水壶,我想是主人家给我送水来了,走近一看,原来就是上午为买鸡蛋和我吵嘴的那女人。她一见是我,脸上有点下不来,后来才说:

“原来求的是你啊!”

我说:“原来是你的地啊!”

她把水壶放下,对我说:“同志,休息一下吧。我和你谈谈。”

我说:“谈什么呀?”

她说:“上午,你赶得不巧,我正生气,你看人家有人的,有的种地了,咱这地还没起沙子。前半天,我拉着孩子来一看这个地这样费劲,一个女人和一个孩子怎么会种上,就生起气来,正在心里骂我们当家的,撇下大人孩子不管,你就来了,我那时一看见你们这当兵的就火了。”

我说:“我们当兵的可没得罪你呀。”

她说:“你没得罪我,我是恨我们那个当兵的。”

我问:“他走的时候没告诉你?”

她狠狠地说:“人家会告诉咱?头一天晚上,人家说去报个名,一去就没回家。第二天,我到区里去给人家送衣服鞋袜,人家还躲着不见哩。”

我一听她这样说,想起自己从军的事,笑了。那一年,我们全村的青年抗日先锋队说到村外开会,排上队就去参加了学兵营,家里人听见,急了,母亲们说:“你们再到家里睡一夜再走,没人拉你们啊!”可是我们谁也不听,头也不回跑了。第二天,媳妇们也凑了一队,仗着胆子,给我们送衣服,我们藏起来,叫她们放下回去。她们说:“只是见一下,谁抱你们的尾巴哩。”可是我们死也不见。

我喝了几口水,就又开始翻沙。在挑的时候,女人已经拿起铁铲,替我装筐。

她看我能挑那么重的东西,就问:“你在家里也种地?”

我说:“种地,我有三亩菜园子。”

她又问:“家里有大人孩子吗?”

我说:“有,一个老婆,一个女孩子,今年六岁了。”

她惊异地看了看我,又叹了一口气说:“都是这样的吗?你就不惦记你的大人孩子,她们在家里不骂你呀?”

我说:“她不骂我,今天才从我们家乡来了个人,她还捎口信给我说:‘好好抗日,不要想家,你抗日有了成绩,我和孩子在家里也光荣,出门进门,人家都尊敬。’”

我说到这里,那女人脸红了一下。

她说:“呀,你家里真进步!”

我说:“我们那里有敌人,村边就是炮楼,她们痛苦极了,她恨敌人,就愿意我在外面好好抗日。”

女人说:“有人给她种地吗?”

我说:“家乡来的人说,一到春天,不用她说话,就有人给她种上了,一到该锄苗的时候,不用她说话,就有人给她锄去了;秋天,她的粮食比起别人,早打到屯里。我在家的时候,是我一个人种地,忙得不行,现在是有好多人给她耕种。我们八路军的弟兄,比亲弟兄还亲,他们在那里驻防,打敌人,知道我不在家,就会替我去种上地,照顾我的大人孩子,和我在家一样。”

这时候,这女人才真正眉开眼笑了。

她说:“刚才我还觉得辛苦你,自己不落意,这样一说,你和我们当家的是一家人,他要住在你们村里,也准得给你家里去帮忙吧?”

我说:“一定,我们八路军就是这样一个天南海北的大家庭。你明白这个道理,你就不用惦记他,他也就不再惦记你们了。”

这时候,女孩子跑到那小枣树下面,伸手去够那枪,又回过头来望望我,望望她母亲。我放下担子过去,哄着她穿上我那军装上衣,系上皮带,把枪放在她那小手里,那孩子就像一个小战士一样,紧紧地闭着小嘴。对面的母亲,响亮地笑了。

战士

那年冬天,我住在一个叫石桥的小村子。村子前面有一条河,搭上了一个草桥。天气好的时候,从桥上走过,常看见有些村妇淘菜;有些军队上的小鬼,打破冰层捉小沙鱼,手冻得像胡萝卜,还是兴高采烈地喊着。

这个冬季,我有几次是通过这个小桥,到河对岸镇上,去买猪肉吃。掌柜是一个残废军人,打伤了右臂和左腿。这铺子,是他几个残废弟兄合股开的合作社。

第一次,我向他买了一个腰花和一块猪肝。他摆荡着左腿用左手给我切好了。一般的山里的猪肉是弄得粗糙的,猪很小就杀了,皮上还带着毛,涂上刺眼的颜色,煮的时候不放盐。当我称赞他的肉有味道和干净的时候,他透露聪明地笑着,两排洁白的牙齿,一个嘴角往上翘起来,肉也多给了我一些。

第二次,我去是一个雪天,我多烫了一小壶酒。这天,多了一个伙计:伤了胯骨,两条腿都软了。

三个人围着火谈起来。

伙计不爱说话。我们说起和他没有关系的话来,他就只是笑笑。有时也插进一两句,就像新开刃的刀子一样。谈到他们受伤,掌柜望着伙计说:

"先还是他把我背到担架上去,我们是一班,我是他的班长。那次追击敌人,我们拼命追,指导员喊,叫防御着身子,我们只是追,不肯放走一个敌人!"

"那样有意思的生活不会有了。"伙计说了一句,用力吹着火,火照进他的眼,眼珠好像浮在火里。

掌柜还是笑着,对伙计说:"又来了!"他转过头来对我说:"他沉不住气哩,同志。那时,我倒下了,他把我往后背了几十步,又赶上去,被最后的一个敌人打穿了胯。他直到现在,还想再干干呢!"

伙计干脆地说:"怨我们的医道不行么!"

"怎样?"我问他。

“不能换上一副胯骨吗？如能那样，我今天还在队伍里。难道我能剥一辈子猪吗？”

“小心你的眼！”掌柜停止了笑，对伙计警戒着，使我吃了一惊。

“他整天焦躁不能上火线，眼睛已经有毛病了。”

我安慰他说，人民和国家记着他的功劳，打走敌人，我们有好日子过。

“什么好的生活比得上冲锋陷阵呢？”他沉默了。

第三次我去，正赶上他两个抬了一筐肉要去赶集，我已经是熟人了，掌柜的对伏在锅上的一个女人说：

“照顾这位同志吃吧。新出锅的，对不起，我不照应了。”

那个女人个子很矮，衣服上涂着油垢，正在肉皮上抹糖色。我坐在他们的炕上，炕头上睡着一个孩子，放着一个火盆。

女人多话，有些泼。她对我说，她是掌柜的老婆，掌柜的从一百里以外的家把她接来，她有些抱怨，说他不中用，得她来帮忙。

我对她讲，她丈夫的伤，是天下最大的光荣记号，她应该好好帮他做事。

这都是一年前的事了。第四次我去，是今年冬季战斗结束以后。一天黄昏，我又去看他们，他们却搬走了，遇见一个村干部，他和我说起了那个伙计。

他说：“那才算个战士！反‘扫荡’开始了，我们的队伍已经准备在附近作战，我派了人去抬他们，因为他们不能上山过岭。那个伙计不走，他对去抬他的民兵们说：‘你们不配合子弟兵作战吗？’民兵们说：‘配合呀！’他大声喊：‘好！那你们抬我到山头上去吧，我要指挥你们！’民兵们都劝他，他说不能因为抬一个残废的人耽误几个有战斗力的。他对民兵们讲：‘你们不知道我吗？我可以指挥你们！我可以打枪，也可以扔手榴弹，我只是不会跑罢了。’民兵们拗他不过，就真的带好一切武器，把他抬到敌人过路的山头上去。你看，结果就打了一个漂亮的伏击战。”

临别他说：“你要找他们，到城南庄去吧，他们的肉铺比以前红火多了！”

投 宿

春天,天晚了,我来到一个村庄,到一个熟人家去住宿。走进院里,看见北窗前那棵梨树,和东北墙角石台上几只瓦花盆里的迎春、番石榴、月季花的叶子越发新鲜了。

我正在院里张望,主人出来招呼我,还是那个宽脸庞、黑胡须,满脸红光、充满希望的老人。我向他说明来意,并且说:

"我还是住那间南房吧!"

"不要住它了,"老人笑着说,"那里已经堆放了家具和柴草,这一次,让你住间好房吧!"

他从腰间掏出了钥匙,开了西房的门。这间房我也熟悉,门框上的红对联"白玉种兰田百年和好",还看得清楚。

我问:"媳妇呢,住娘家去了?"

"不,去学习了,我那孩子去年升了连长,回家来一次,接了她出去。孩子们愿意向上,我是不好阻挡的。"老人大声地骄傲地说。

我向他恭喜。他照料着我安置好东西,问过我晚饭吃过没有。我告诉他,一切用不着费心;他就告辞出去了。

我点着那留在桌子上的半截红蜡烛,屋子里更是耀眼。墙上的粉纸白得发光,两只红油箱叠放在一起,箱上装饰着年轻夫妇的热烈爱情的白蛇盗灵芝草的故事,墙上挂着麒麟送子的中堂和撒金的对联,红漆门橱上是高大的立镜,镜上遮着垂璎珞的蓝花布巾。

我躺在炕上吸着烟,让奔跑一整天的身体恢复精力。想到原是冬天的夜晚,两个爱慕的娇憨的少年人走进屋里来;第二年秋季,侵略者来了,少年的丈夫推开身边的一个走了,没有回顾。

两年前,我住在这里,也曾见过那个少妇。是年岁小的缘故还是生得矮小一些,但身体发育得很匀称,微微黑色的脸,低垂着眼睛。除去做饭或是洗衣服,她不常出来,对我尤其生疏,从跟前走过,脚步紧迈着,斜转着脸,用右手抚摸着那长长的柔软的头发。

那时候,虽是丈夫去打仗了,我看她对针线还是有兴趣的,有时候女孩子们来找她出去,她常常拿出一两件绣花的样子给她们看。

然而她现在出去了,扔下那些绣花布……她的生活该是怎样地变化着呢?

女人们(三篇)

1. 红棉袄

风把山坡上的荒草,吹得俯到地面上、砂石上。云并不厚,可沉重得怕人,树叶子为昨夜初霜的侵凌焦枯了,正一片片地坠落。

我同小鬼顾林从滚龙沟的大山顶上爬下来。在强登那峭峻的山顶时,身上发了暖,但一到山顶,被逆风一吹,就觉得难以支持了。顾林在我眼前,连打了三个寒噤。

我拉他赶紧走下来,在那容易迷失的牧羊人的路上一步一步走下,在乱石中开拔着脚步。顾林害了两个月的疟疾,现在刚休养得有了些力气,我送他回原部队。我们还都穿着单军服,谁知一两天天气变得这样剧烈。

虽说有病,这孩子是很矜持的。十五岁的一个人,已经有从吉林到边区这一段长的、而大半是一个人流浪的旅程。在故乡的草原里拉走了两匹敌人放牧的马,偷偷卖掉了,跑到天津,做了一家制皮工厂的学徒。事变了,他投到冀中区的游击队里……

"身子一弱就到了这样!"

像是怨恨自己。但我从那发白的而又有些颤抖的薄嘴唇,便觉得他这久病的身子是不能支持了。我希望到一个村庄,在那休息一下,暖暖身子。

风还是吹着,云,凌人地往下垂,我想要下雨了,下的一定是雪片吧?天突然暗了。

远远地在前面的高坡上出现一片白色的墙壁,我尽可能地加快了脚步,顾林也勉强着。这时,远处山坡上,已经有牧羊人的吆喝声,我知道天色该不早了,应是拦羊下山入圈的时分。

爬上那个小山庄的高坡,白墙壁上的一个小方窗,就透出了灯火。我叫顾林坐在门前一块方石上休息,自己上前打门。门很快地开了,一个姑娘走了出来。

我对她说明来意,问她这里有没村长,她用很流利的地方话回答说,这只是一个小庄子,总共三家人家,过往的军队有事都是找她家的,因为她的哥哥是自卫队的一个班长。随着她就踌躇了。今天家里只有她一个人,妈妈去外婆家了,哥哥还没回来。

她转眼望一望顾林,对我说:

“他病得很重吗?”

我说:“是。”

她把我们让到她家里,一盏高座的油灯放在窗台上,浮在黑色油脂里的灯芯,挑着一个不停跳动的灯花,有时碎细地爆炸着。

姑娘有十六岁,穿着一件红色的棉袄,头发梳得很平,动作很敏捷,和人说话的时候,眼睛便盯住人。我想,屋里要没有那灯光和灶下的柴禾的光,机灵的两只大眼也会把这间屋子照亮的吧?她挽起两只袖子,正在烧她一个人的晚饭。

我一时觉得我们休息在这里,有些不适当,但顾林躺在那只铺一张破席子的炕上了,显然他已是筋疲力尽。我摸摸他的额,又热到灼手的程度。

“你的病不会又犯了吧?”

顾林没有说话,我只听到他牙齿的“得得”声,他又发起冷来。我有些发慌,我们没有一件盖的东西。炕的一角好像是有一条棉被,我问那正在低头烧火的姑娘,是不是可以拿来盖一下,姑娘抬着头没听完我的话,便跳起来,爬到炕上,把它拉过来替顾林盖上去。一边嘴里说,她家是有两条被的,哥哥今天背一条出操去了。把被紧紧地盖住了顾林的蜷伏的身体,她才跳下来,临离开,把手按按顾林的头,对我蹙着眉说:

“一定是打摆子!”

她回去吹那因为潮湿而熄灭的木柴了,我坐在顾林的身边,从门口向外望着那昏暗的天。我听到风还在刮,隔壁有一只驴子在叫。我想起明天顾林是不是能走,有些愁闷起来。

姑娘对我慢慢地讲起话来。灶膛里的火旺了,火光照得她的脸发红,那件深红的棉袄,便像蔓延着火焰一样。

她对我讲,今年打摆子的人很多。她问我顾林的用什么法子治过。她说有一个好方法，用白纸剪一个打秋千的小人形，晚上睡觉，放在身下，第二天用黄表纸卷起来，向东南走出三十六步，用火焚化，便好了。她小时便害过这样的病，是用这个方法治好的。说完便笑起来："这是不是迷信呢？"

夜晚静得很，顾林有时发出呻吟声，身体越缩拢越小起来。我知道他冷。我摸摸那条棉被，不只破烂，简直像纸一样单薄。我已经恢复了温暖，就脱下我的军服的上身，只留下里面一件衬衫，把军服盖在顾林的头上。

这时，锅里的饭已经煮好。姑娘盛了一碗米汤放在炕沿上，她看见我把军服盖上去，就沉吟着说：

"那不抵事。"她又机灵地盯视着我。我只是对她干笑了一下，表示：这不抵事，怎样办呢？我看见她右手触着自己棉袄的偏在左边的纽扣，最下的一个，已经应手而开了。她后退了一步，对我说：

"盖上我这件棉袄好不好？"

没等我答话，她便转过身去断然地脱了下来，我看见她的脸飞红了一下，但马上平复了。她把棉袄递给我，自己退到角落里把内衣整理了一下，便又坐到灶前去了，末了还笑着讲：

"我也是今天早上才穿上的。"

她身上只留下一件皱褶的花条布的小衫。对这个举动，我来不及惊异，我只是把那满留着姑娘的体温的棉袄替顾林盖上，我只是觉得身边这女人的动作，是幼年自己病倒了时，服侍自己的妈妈和姐姐有过的。

我凝视着那暗红的棉袄。姑娘凝视着那灶膛里一熄一燃的余烬。一时，她又讲话了。她问我从哪里来，尽走过哪些地方，哪里的妇女自卫队好，又问我，什么时候妇女自卫队再来一次检阅。一会我才知道，在去年，平山县妇女自卫队检阅的时候，打靶，她是第三名！

2. 瓜的故事

马金霞又坐在那看瓜园的窝棚里了。已经吃过了晌午饭，肚子饱饱的，从家里跑来的，满身汗，一到这里就干了，凉快得很呐，窝棚用四根杨树干支起来，上面搭上席子，中间铺上木板，一头像梯子一样横上木棍，踏着上去,像坐在篷子车里。

“好凉快呀。”马金霞把两只胳膊左右伸开一下,风便吹到了袖子里、怀里。窝棚前后是二亩地的甜瓜和西瓜,爹租来种的。甜瓜一律是“蛤蟆酥”和“谢花甜”种,一阵阵的香味送过来。一个个大肚子西瓜,长满在嫩草的地上。那边是一个用来从河里打水浇地的架子,“斗子”悬空着。

一带沙滩,是通南北的大道,河从中间转弯流过。

村边上,那个斜眼的铁匠的老婆,又爬上她那蔓延在一棵大柳树上的葡萄架了。从马金霞这里也会看见那已经发紫的累累的葡萄。马金霞给这个铁匠老婆起了一个外号,一看见她便叫起来:

“馋懒斜!”是因为这个老婆顶馋(不住嘴地偷吃东西)、顶懒(连丈夫打铁的风箱也不高兴去拉)、顶斜(眼也斜,脾气性情儿也斜)的。

那女人从葡萄架上转过身子来,用手护着嘴像传声筒喊:

“金霞又卖俏哩吗?”

“放屁,放屁!”马金霞回骂着。

“你看你不是坐在八人抬的大轿里了吗?要做新媳妇了呢!”斜眼女人扭着嗓子怪叫。

马金霞便不理睬她了。理她干吗呢,狗嘴掉不出象牙来,满嘴喷粪。

水冲着石子,“哗啦啦”地响着。

马金霞把鞋脱掉了,放在一边。把右腿的裤角挽到了膝盖上面,拿过一团麻,理了一理,在右腿上搓起麻绳来,随口唱一支新鲜小曲儿:

> 小亲亲,我不要你的金,
> 小亲亲,我不要你的银,
> 只要(你那)抗日积极的一片心!

一架担架过来了,四个人抬着疾走,后面跟着两个人挥着汗。马金霞停止了唱。

“住下,住下。”后面一个人望了一望瓜园嚷着。

“什么事,这里晒得很哩!”抬的人问着,脚也没停,头也没回。

“王同志不是说要吃瓜吗？这里又有甜瓜又有西瓜，住下，住下……”担架住下了。在一床白布罩子下面，露出了一个脸。黄黄的，好大的眼睛啊。头歪到了瓜园这边，像找寻着什么，微笑了。一个民兵跑上来喊：

“下来，小姑娘，买瓜。”

马金霞赤着脚下来了，快得像一只猴子。两步并作一步，跑到伤兵的面前，望了望那大眼睛，又看见那白布罩角上的一片血迹，就“哎呀”了一声。

她带那个人去挑选瓜了，告诉他还是给同志一个西瓜吃罢。受了伤吃甜瓜不好，肚子痛还是不要吃甜瓜呢。那个人以为这女孩子要做“大宗买卖”，也便没说话。马金霞在瓜园里践踏着，用手指一个个地去弹打着瓜皮，细听着声响。然后她问：

“是前两天那次大战受的伤吗？”

“是，真是英雄呢。”那个人赞叹着，“可是你会挑选瓜吗？”

“你瞧着吧。”马金霞想起在西北角上那个血瓤的西瓜了，那是她前天就看准的，她把它摘下来，亲手抱过去。

抬担架的小伙子们还不相信，就地把那瓜用一把小刀剖开来。

瓜瓤是血红的、美丽的，使人想起那白布罩上的光荣的、战士的血迹了。几个小伙子夸奖着，问价钱。

“送给同志们吃的，不是卖的。”

虽然那战士也用微弱的声音诉说着这不好，但马金霞跑上窝棚了。她对那远远的葡萄架上的女人喊：

“馋懒斜，把你的葡萄送些来，有位受伤的同志呢。”

可是斜眼女人问了：“买几毛钱的呀？”

有什么意味呀！马金霞气恼了。总是“几毛钱”。她常见斜眼女人烦絮地和来买葡萄的同志们要着大价钱，赚了钱来往自己坏嘴里填，吃饱了和不三不四的坏男人嚼舌头，有什么意味呀！

3. 子弟兵之家

从前,村里的人称呼她“三太家的”,现在,妇女自卫队分队长找上她的门子是喊:

“李小翠同志!”

丈夫是子弟兵,临入伍那天,大会上小翠去送他;临走,三太用眼招呼她。小翠把手一扬:“去你的吧!”

两个人都笑了。李小翠便一边耍逗着怀里的孩子,一边想着心思,回家了。

在边区,时光过得快。打了一个大胜仗,选举了区代表、县议员、参议员,打走鬼子的捣乱……就要过年了。

天明便是大年初一了。

天还没亮,鸡只叫了两遍,“申星”还很高呢。

孩子闹起来,小手抓着小翠的胸脯,小脚蹬着肚子。

“他妈的!”小翠一边骂着,一边点起灯来。

窗纸上糊着用彩色纸剪成的小人们,闪耀着……

小纸人是西头叫小兰的那女孩子剪的。那孩子昨天早晨捧着这些小人们跑来,红着脸对小翠说:

“小翠婶婶,我剪了两个戏剧,一个捉汉奸,一个打鬼子,送给你贴在窗子上。”

“呀,你费了半天工夫,拿去叫你娘贴吧!”小翠客气着。

“为的是,”小兰睁大眼睛,“我家三太叔上前线了。”

小兰还怕她贴错,帮她贴好才走了。

小翠给孩子穿衣裳,打开一个小匣子,拿出一顶用红布和黄布做成的小孩帽,是个老虎头的样子,用黑布贴成眼,用白布剪成虎牙。

孩子一戴上新帽子,觉着舒服,便在小翠的腿上跳起来。

小翠骂:“小家子气。”

小翠又想起心思来了。前年死了一个孩子,没戴过新帽子。这个孩子三岁了,这还是头一顶。虽说裤子还破着,可是今年过年没有别的花销,村里优待了一小笸箩白面、五斤猪肉、三棵白菜,便也乐开了。她把孩子举起来,叫孩子望着她的放光的大眼,她唱着自己编的哄孩子的曲儿:

孩子长大,
要像爹一样
上战场……

孩子便"马,马"叫起来。小翠叫孩子骑在自己脖子上,接着:

骑大马,
背洋枪!

唱到这里,小翠又想起心思来了:"谁知道他骑上马没有呢?"三太那大个子大嘴大眼睛便显在她眼前对她笑了。她喃喃地好像对孩子说,又好像对三太说:"你呀!多打好仗呀!就骑大马呀!"

风吹窗纸动起来,小人们动起来了。她愿意风把这话吹送到三太的耳鼓里去……

识字班

鲜姜台的识字班开学了。

鲜姜台是个小村子，三姓，十几家人家，差不多都是佃户，原本是个庄子。

房子在北山坡下盖起来，高低不平的。村前是条小河，水长年地流着。河那边是一带东西高山，正午前后，太阳总是像在那山头上，自东向西地滚动着。

冬天到来了。

一个机关住在这村里，住得很好，分不出你我来啦。过阳历年，机关杀了个猪，请村里的男人坐席，吃了一顿，又叫小鬼们端着菜，托着饼，挨门挨户送给女人和孩子去吃。

而村里呢，买了一只山羊，送到机关的厨房。到旧历腊八日，村里又送了一大筐红枣，给他们熬腊八粥。

鲜姜台的小孩子们，从过了新年，就都学会了唱"卖梨膏糖"，是跟着机关里那个红红的圆圆脸的女同志学会的。

他们放着山羊，在雪地里，或是在山坡上，喊叫着：

鲜姜台老乡吃了我的梨膏糖呵，
五谷丰登打满场，
黑枣长得肥又大呵，
红枣打得晒满房呵。
自卫队员吃了我的梨膏糖呵，
帮助军队去打仗，自己打仗保家乡呵，
日本人不敢再来烧房呵。
妇救会员吃了我的梨膏糖呵，
大鞋做得硬邦邦，

当兵的穿了去打仗呵，
赶走日本回东洋呵。

而唱到下面一节的时候，就更得意扬扬了。如果是在放着羊，总是把鞭子高高举起：

儿童团员吃了我的梨膏糖呵，
拿起红缨枪去站岗，
捉住汉奸往村里送呵，
他要逃跑就给他一枪呵。

接着是“得得呛”，又接着是向身边的一只山羊一鞭打去，那头倒霉的羊便“咩”的一声跑开了。

大家住在一起，住在一个院里，什么也谈，过去的事，现在的事，以至未来的事。吃饭的时候，小孩子们总是拿着块红薯，走进同志们的房子：“你们吃吧！”

同志们也就接过来，再给他些干饭，站在院里观望的妈妈也就笑了。

“这孩子几岁了？”

“七岁了呢。”

“认识字吧？”

“哪里去识字呢！”

接着，边区又在提倡着冬学运动，鲜姜台也就为这件事忙起来。自卫队的班长，妇救会的班长，儿童团的班长，都忙起来了。

怎么都是班长呢？有的读者要问啦！那因为这是个小村庄，是一个“编村”，所以都叫班。

打扫了一间房子，找了一块黑板——那是临时把一块箱盖涂上烟子的。又找了几支粉笔。定了个功课表：识字，讲报，唱歌。

全村的人都参加学习。

分成了两个班：自卫队一青抗先一班，这算第一班。妇女一儿童团一班,这算第二班。

每天吃过午饭,要是轮到第二班上课了,那位长脚板的班长,便挨户去告诉了。

“大青他妈,吃了饭上学去呵!”

“等我刷了碗吧!”

“不要去晚了。”

当机关的“先生”同志走到屋里,人们就都坐在那里了。小孩子闹得很厉害,总是咧着嘴笑。有一回一个小孩子小声说:

“三槐,你奶奶那么老了,还来干什么呢?”

这叫那老太太听见了,便大声喊起来,第一句是:“你们小王八羔子!”第二句是:“人老心不老!”

还是“先生”调停了事。

第二班的“先生”,尽先是女同志来担任,可是有一回,一个女同志病了,叫一个男“先生”去代课,一进门,女人们便叫起来:

“呵!不行!我们不叫他上!”

有的便立起来掉过脸去,有的便要走出去,差一点没散了台,还是儿童团的班长说话了:

“有什么关系呢?你们这些顽固!”

虽然还是报复了几声“王八羔子”,可也终于听下去了。

这一回,弄得这个男“先生”也不好意思,他整整两点钟,把身子退到墙角去说话,小心翼翼的。

等到下课的时候,小孩子都是兴头很高的,互相问:

“你学会了几个字?”

“五个。”

可有一天,有两个女人这样谈论着:

“念什么书呢?快过年了,孩子们还没新鞋。”

“念老鼠!我心里总惦记着孩子会睡醒。”

“坐在板凳上,不舒服,不如坐在家里的炕上!”

“明天,我们带鞋底子去吧,偷着纳两针。”

第二天,果然“先生”看见有一个女人,坐在角落里偷偷地做活计。“先生”指了出来,大家哄堂大笑,那女人红了脸。

其实,这都是头几天的事。后来这些女人们都变样了。一轮到她们上学,她们总是提前把饭做好,赶紧吃完,刷了锅,把孩子一把送到丈夫手里说:“你看着他,我去上学了。”

并且有的着了急,她们想:什么时候,才能自己看报呵!

对不起鲜姜台的自卫队、青抗先同志们,这里很少提到他们。可是,在这里,我向你们报告吧!他们进步是顶快的,因为他们都觉到了这两点:

第一,要不是这个年头,我们能念书?别做梦了!活了半辈子,谁认得一个大字呢!

第二,只有这年头,念书、认字,才重要,查个路条,看个公事,看个报,不认字,不只是别扭,有时还会误事呢!

觉到了这两点,他们用不着人督促,学习便很努力了。

末了,我向读者报告一个“场面”作为结尾吧。

晚上,房子里并没有点灯,只有火盆里的火,闪着光亮。

鲜姜台的妇女班长,和她的丈夫、儿子们坐在炕上,围着火盆。她丈夫是自卫队,大儿子是青抗先,小孩子还小,正躺在妈妈怀里吃奶。

这个女班长开腔了:“你们第一班,今天上的什么课?”

“讲报说是日本又换了……”当自卫队的父亲记不起来了。

妻子想笑话他,然而儿子接下去:“换一个内阁!”

“当爹的还不如儿子,不害羞!”当妻的终于笑了。

当丈夫的有些不服气,紧接着:“你说日本又想换什么花样?”

这个问题,不但叫当妻的一怔,就是和爹在一班的孩子也怔了。他虽然和爹是一班,应该站在一条战线上,可是他不同意他爹拿这个难题来故意难别人。

他说:“什么时候讲过这个呢?这个不是说明天才讲吗?”

当爹的便没话说了,可是当妻子的并没有示弱,她说:

“不用看还没讲,可是,我知道这个。不管日本换什么花样,只要我们有那‘三个坚持’,他换什么花样,也不要紧,我们总能打胜它。”

接着,她又转向丈夫,笑着问:“又得问住你:你说‘三个坚持’,是坚持些什么?”

这里丈夫只说出了一个,那是“坚持抗战”。

儿子又添了一个,是“坚持团结”。

最后,还是丈夫的妻、儿子的娘、这位女班长告诉了他们这全的:“坚持抗战,坚持团结,坚持进步。”

当盆里的火要熄下去,而外面又飘起雪来的时候,儿子提议父、母、子三个人合唱了一个新学会的歌,便铺上炕睡觉了。

躺在妈妈怀里的小孩子,不知什么时候撒了一大泡尿,已经湿透妈妈的棉裤。

图书在版编目(CIP)数据

山地回忆・芦花荡:白洋淀纪事/孙犁著.—长沙:岳麓书社,2017.10
("名著导读"名家讲解版/郭英德主编)
ISBN 978-7-5538-0794-2

Ⅰ.①山... Ⅱ.①孙... Ⅲ.①短篇小说—小说集—中国—当代
②散文集—中国—当代 Ⅳ.①I217.2

中国版本图书馆 CIP 数据核字(2017)第 229358 号

SHANDI HUIYI LUHUA DANG BAIYANG DIAN JISHI

山地回忆・芦花荡——白洋淀纪事

作　　者:孙　犁
统　　筹:蔡　晟
责任编辑:蔡　晟　彭卫才
责任校对:舒　舍
封面设计:风格八号

岳麓书社出版发行
地址:湖南省长沙市爱民路 47 号
直销电话:0731-88804152　0731-88885616
邮编:410006
岳麓书社网址:www.yueluhistory.com

2017 年 10 月第 1 版第 1 次印刷
开本:640×960　1/16
印张:16.75
字数:245 千字
印数:1—30 000
ISBN 978-7-5538-0794-2
定价:24.00 元

承印:长沙鸿发印务实业有限公司
如有印装质量问题,请与本社印务部联系
电话:0731-88884129